No
Todo
Está
Olvidado

No todo está olvidado

WENDY WALKER

Traducción de Jofre Homedes Beutnagel

Umbriel Editores

Argentina • Chile • Colombia • España
Estados Unidos • México • Perú • Uruguay • Venezuela

Título original: *All Is Not Forgotten*
Editor original: St. Martin's Press, New York
Traducción: Jofre Homedes Beutnagel

1.ª edición Febrero 2017

Copyright © 2016 by Wendy Walker
All Rights Reserved
© de la traducción 2017 *by* Jofre Homedes Beutnagel
© 2017 *by* Ediciones Urano, S.A.U.
   Aribau, 142, pral. – 08036 Barcelona
   www.umbrieleditores.com

ISBN: 978-84-92915-92-7
E-ISBN: 978-84-16715-81-7
Depósito legal: B-1.979-2017

Fotocomposición: Ediciones Urano, S.A.U.

Impreso por Romanyà Valls, S.A. – Verdaguer, 1 – 08786 Capellades (Barcelona)

Impreso en España – *Printed in Spain*

Para Andrew, Ben y Christopher

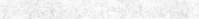

1

La siguió por el bosque de detrás de la casa. El suelo estaba lleno de residuos invernales, hojas muertas y ramas caídas en los últimos seis meses, que se descomponían bajo un manto de nieve. Es posible que ella oyera sus pasos. Es posible que, girándose, lo viese con el pasamontañas de lana negra del que se encontraron fibras debajo de sus uñas. Al caer ella de rodillas se partieron como huesos viejos los restos de ramas quebradizas, que le hicieron arañazos en la piel desnuda. Con la cara y el pecho contra el suelo, probablemente presionados por la parte exterior del antebrazo de él, debió de sentir el contacto del agua que vaporizaban a seis o siete metros los aspersores del césped. Cuando la encontraron tenía el pelo mojado.

De más pequeña perseguía los aspersores de su casa, tratando de atraparlos al calor de las tardes de verano, o esquivarlos en el aire fresco de un anochecer primaveral. Su hermano, bebé entonces, la perseguía desnudo, con esa barriguita y esos brazos que agitaba sin coordinarlos del todo con sus piernas menudas. A veces se les sumaba el perro, con ladridos tan fuertes que se sobreponían a las risas. Media hectárea de césped verde, mojado y resbaladizo. Todo un cielo a la redonda, con sus blancas nubes de algodón. Su madre estaba en casa, mirándolos por la ventana. Su padre llegaría pronto de sitios que dejaban olores en su traje: el café recalentado del despacho del concesionario, cuero nuevo, goma de neumático… Ahora eran recuerdos dolorosos, a los que sin embargo acudió inmediatamente cuando le preguntaron por los aspersores, y por si estaban encendidos en el momento en que corría por el césped, hacia el bosque.

La violación duró casi una hora. Parece imposible que lo averiguaran. Si lo hicieron fue por la coagulación de la sangre en los puntos de penetración, y por las distintas fases de amoratamiento de la espalda, los brazos y el cuello, en función de cómo iba cambiando el método del agresor para retenerla a la fuerza. Durante esa hora continuó la fiesta tal como la había dejado. Debió de verla desde el suelo, con la intensa luz que parpadeaba en las ventanas por el tránsito de siluetas entre las habitaciones. Era una fiesta multitudinaria, con el décimo curso prácticamente en pleno, y algunos grupos de noveno y undécimo. El instituto de Fairview era pequeño, hasta para el Connecticut más suburbano, con una división en clases mucho más relajada que en el resto de la zona. Equipos deportivos, grupos de teatro, conciertos… Todo mixto. En algunas clases hasta se saltaban los límites de un curso a otro, y los mejores alumnos en matemáticas e idiomas subían un nivel. A Jenny Kramer nunca la habían puesto en una clase adelantada. Aun así, se consideraba una chica inteligente, y con un acerado sentido del humor. También era buena deportista: natación, hockey sobre hierba, tenis… No obstante, tenía la impresión de que todo ello careció de importancia hasta que maduró su cuerpo.

Nunca había estado tan contenta como la noche de la fiesta. No descarto que hiciera el comentario de que *Va a ser la mejor noche de mi vida*. Tras varios años de adolescencia sobreprotegida, que es la conclusión a la que he llegado, le

parecía que por fin era ella misma. La crueldad de los aparatos dentales, de los restos de grasa infantil, de los pechos
demasiado pequeños para un sujetador, pero que le abulta-
ban la camiseta, del acné, del pelo imposible de peinar… Por
fin quedaba todo atrás. Siempre había sido la «chicazo», la
amiga, la confidente de chicos invariablemente interesados
por otras. Por ella nunca. Lo decía ella, no yo, aunque tengo
la impresión de que lo describía muy bien para sus quince
años. Era más lúcida de lo habitual. A pesar de lo que le habían inculcado —como a todos— sus padres y sus profesores, estaba convencida (y en eso coincidía con otras de su
edad) de que en Fairview la mayor baza de las chicas seguía
siendo la belleza. Por eso conseguirla, después de tanto tiempo, le había parecido como ganar la lotería.

Luego el chico, Doug Hastings. La invitó a la fiesta el
lunes, en el pasillo, entre Química e Historia de Europa. En
eso fue muy concreta. En eso y en la ropa de él, y en su
expresión, y en que se le veía un poco nervioso, a pesar de
su afectada indiferencia. Durante el resto de la semana casi
solo pensó en lo que se pondría, y en cómo se peinaría, y en
el color que elegiría cuando fuera a hacerse las uñas con su
madre el sábado por la mañana. A mí me sorprendió un
poco. Por lo que he visto de Doug Hastings, no me cae muy
bien. Como padre me considero con derecho a este tipo de
opiniones. No es que no lo compadezca por su situación
—un padre que es un animal y una madre a quien no se le
da muy bien ese papel—, pero me pareció un poco decep-
cionante que Jenny no calara al chico.

La fiesta cumplía todas sus expectativas. Los padres fuera del pueblo, los niños fingiendo ser adultos, combinando
cócteles en vasos de Martini y bebiendo cerveza en vasos de

cristal tallado… Fue donde se encontró con Doug, pero no estaba solo.

La música sonaba a todo volumen. Debió de oírla incluso en el lugar de la agresión. Las canciones eran todo megaéxitos, los que decía ella que se sabía, con esas letras que se te graban en la cabeza. Pero ni la música ni el murmullo de risas que salía por las ventanas abiertas debió de silenciar otros sonidos más cercanos: los de la depravación de su agresor y los gritos guturales de la propia Jenny.

Cuando él acabó, y se perdió en la oscuridad, Jenny, apoyándose en un brazo para hacer palanca, despegó su cara del sotobosque. Es posible que sintiera el aire en la piel de la mejilla, que hasta entonces no había estado al descubierto. Es posible que en ese momento se diera cuenta de que la tenía mojada. Se le quedaron algunos hierbajos enganchados, como si le hubieran impregnado la cara de un pegamento que ya se empezaba a secar.

Así, apoyada en el antebrazo, debió de oírlo.

En algún momento se incorporó y se quedó sentada. Se pasó el dorso de la mano por la mejilla. Cayeron al suelo restos de hojas secas. En ese momento debió de ver que tenía la falda arremangada por la cintura, dejando a la vista sus genitales desnudos. Parece ser que usó ambas manos para recorrer a gatas una breve distancia, probablemente para recoger su ropa interior. Cuando la encontraron, la tenía en la mano.

El ruido debía de ser cada vez más fuerte, porque en un momento dado llegó a oídos de otra chica y de su novio, que habían buscado intimidad bastante cerca, en el jardín. El peso de las manos y las rodillas de Jenny, que había vuelto a dirigirse a la franja de césped, debía de llenar el suelo de crujidos. Yo me la he imaginado a gatas, con la coordinación entorpecida por la borrachera, y el tiempo detenido por el shock. Me la he imaginado haciendo una valoración de los daños en el momento en el que se detuvo y, al quedarse sentada, vio que su ropa interior estaba rota, y sintió el contacto del suelo en la piel de las nalgas.

La ropa interior demasiado desgarrada como para ponérsela, y todo lleno de sangre pegajosa y tierra. El ruido cada vez más fuerte. Y la duda de cuánto tiempo había estado en el bosque.

Volvió a ponerse a cuatro patas, y a avanzar, pero el ruido era siempre más fuerte, fuera a donde fuese. Qué ganas locas debía de tener de huir y llegar al césped blando, al agua limpia de que estaba ahora cubierto, a donde había estado antes del bosque.

Después de un par de metros se volvió a parar. Quizá fuera entonces cuando se dio cuenta de que el ruido, el turbador gemido, salía de su cabeza y pasaba por su boca. Vencida por el agotamiento, se le doblaron las rodillas, seguidas por los brazos.

Dijo que siempre se había considerado fuerte, una deportista con una fuerza de voluntad tremenda. Fuerte de cuerpo y de cabeza. Se lo decía su padre desde que era pequeña. *Sé fuerte de cuerpo y de cabeza y vivirás bien.* Quizá se dijera lo mismo al levantarse. Quizás ordenara a sus piernas, y después a sus brazos, que se movieran, pero no sirvió de nada apelar a la voluntad. En vez de llevarla a donde había estado antes, piernas y brazos se encogieron en torno a su cuerpo magullado, sobre el suelo sucio.

Deshecha en lágrimas, con el atroz sonido que se hacía eco de ellas por su boca, al final la oyeron y la rescataron. Desde entonces se ha preguntado mil veces por qué nada de lo que tenía dentro —sus músculos, su inteligencia, su fuerza de voluntad— fue capaz de impedir lo que ocurrió. No se acordaba de si había intentado resistirse y pedir ayuda a gritos, o bien se había resignado a que pasara. No la oyó nadie hasta después. Dijo que ahora entiende que cualquier batalla deje un conquistador y un conquistado, un vencedor y una víctima, y que aceptó la realidad: que a ella la habían derrotado por completo, irrevocablemente.

Cuando oí toda esta historia de la violación de Jenny Kramer, no habría sabido decir hasta qué punto era verdad. Era una historia reconstruida a partir de indicios forenses, testimonios, perfiles psicológicos criminales y los pocos e inconexos retazos de memoria que quedaron en Jenny después del tratamiento. Dicen que es milagroso que un tratamiento te borre del cerebro los más horribles traumas, pero claro, de mágico no tiene nada. En términos científicos tampoco es nada excepcional. Bueno, todo eso ya lo explicaré. Lo que quiero dejar de manifiesto ahora, al principio de la historia, es que para esta chica tan joven y guapa no fue ningún milagro. Lo que le quitaron del cerebro siguió vivo en su cuerpo y en su alma, y yo sentí el impulso de devolverle lo que le habían arrebatado. Quizás os parezca rarísimo, desprovisto de cualquier lógica. Y muy inquietante.

Ya he adelantado que Fairview es pequeño. Yo, durante años, había visto fotos de Jenny Kramer en el periódico del pueblo y en folletos escolares sobre obras de teatro o torneos de tenis colgados en el bar de Gina, en East Main Street. La reconocía por el pueblo, yendo por la calle, o saliendo del cine con amigas, o en un concierto del colegio, el mismo al que iban mis hijos. Tenía un aire de inocencia que no concordaba con su ansiada madurez. Hasta con la falda corta y

las camisetas que parece que se llevan ahora, esas que ense-
ñan el ombligo, era una niña, no una mujer. Y al verla me
sentía más optimista sobre el mundo. Mentiría si dijese que
me inspira lo mismo toda la caterva de adolescentes que a
veces parece que se hayan llevado cualquier asomo de orden
de nuestras vidas como una nube de langostas. Enganchados
a los móviles como drones en coma cerebral, indiferentes a
todo menos a los cotilleos del corazón y a lo que les aporte
una gratificación instantánea: vídeos, música y tweets, insta-
grams y snapchats para darse autobombo. Los adolescentes
tienen un egoísmo innato. Sus cerebros no están maduros,
pero hay algunos que es como si conservaran la dulzura con
el paso de los años, y esos algunos destacan. Son los que te
miran a los ojos cuando los saludas, sonríen con educación y
te ceden el paso por la simple razón de que eres mayor que
ellos, y entienden el sitio que le corresponde al respeto en
una sociedad ordenada. Jenny era de esos.

Verla después, no ver esa alegría efervescente de otros
tiempos, me inspiraba rabia contra el conjunto de la humanidad. Sabiendo lo que había pasado en el bosque, era difícil
impedir que mis pensamientos tomaran ese curso. A todos
nos atraen los incidentes lúbricos, la violencia, el horror.
Fingimos lo contrario, pero forma parte de nuestra naturaleza. La ambulancia en el arcén, y todos los coches reducien-
do al máximo para vislumbrar algún herido… No por eso
somos malos.

Una niña tan perfecta, y su cuerpo ensuciado, violado. Su
virtud robada. Su alma rota. Sueno melodramático, trillado,
pero es que el violador irrumpió en ella con tal fuerza que tuvieron que operarla. Pensadlo. Pensad que eligió a una niña,
quizá con la esperanza de que fuera virgen, para poder violar

no solo su cuerpo, sino su inocencia. Pensad en el dolor físico que soportó mientras le desgarraban sus tejidos más íntimos. Y ahora, pensad qué más se desgarró durante la hora en que él estuvo torturando su cuerpo, embistiéndola una y otra vez, tal vez con su rostro a la vista. ¿Cuántas expresiones le dio ella para su disfrute? Sorpresa, miedo, terror, angustia, aceptación, y al final de todo, ya al desconectar, indiferencia. Cada una de ellas, un pedazo de la niña tomado y devorado por el monstruo. Y luego, incluso después del tratamiento —porque siguió sabiendo lo ocurrido—, todos sus sueños románticos sobre la primera vez con su enamorado, todas las historias de amor que en su mente la hacían sonreír, imaginándose adorada por una persona distinta a cualquier otra. Lo más probable es que todo eso hubiera desaparecido para siempre. ¿Qué le quedaba entonces a una niña que se hacía mujer? Es muy posible que hubiera perdido lo que más ocupa a nuestro corazón durante la mayor parte de la vida.

Se acordaba de un olor intenso, pero que no podía describir. Se acordaba de una canción, pero era posible que la hubieran puesto varias veces. Se acordaba de la sucesión de hechos que la hicieron salir por la parte trasera de la casa, cruzar el césped y meterse en el bosque. De los aspersores no se acordaba. Formaron parte de la reconstrucción de los hechos. Se encendían a las nueve y se apagaban a las diez, con un temporizador. La pareja que encontró a Jenny salió cuando estaba mojada la hierba, pero seco el aire. Entre ambos momentos se produjo la violación.

Doug, mientras tanto, estaba con otra, una chica de tercero que lo necesitaba para sus planes de dar celos a uno de cuarto. No vale la pena esclarecer los insulsos motivos de la joven en cuestión. Lo importante para Jenny fue que en un segundo le hicieron trizas una semana entera de fantasías de las que había hecho depender en gran medida su estado de ánimo. Como era previsible, empezó a ahogar sus penas en alcohol. Según recordaba su mejor amiga, Violet, empezó con chupitos de vodka. Una hora después vomitaba en el cuarto de baño, para diversión de algunos otros, seguida por más humillaciones. Parece un guión de una de esas series de «chica mala» que por lo visto están arrasando. Pero no lo que pasó después. No la parte en que se fue corriendo al bosque, a fin de poder llorar a solas.

Yo estaba furioso. No me disculparé por ello. Quería que se hiciera justicia, pero sin recuerdos, sin indicios forenses más allá de las fibras de lana de debajo de las uñas, porque el monstruo había tomado precauciones, la justicia ya no formaba parte del orden del día. Es pequeño, Fairview. Sí, ya sé que me repito, pero hay que tener en cuenta que no es el tipo de pueblo que pueda atraer a personas de fuera para cometer un crimen. Cualquier desconocido a quien se vea caminando por las dos pequeñas calles comerciales del centro llamará la atención. No en el mal sentido, ¿eh? Por curiosidad. ¿Es pariente de alguien? ¿Acaba de instalarse en el pueblo? De vez en cuando acude gente para algún acto especial, algún torneo, o feria, u otra cosa por el estilo. Vienen de otros pueblos, y los recibimos con los brazos abiertos. En líneas generales somos gente amable y confiada. Pero los fines de semana normales todo el mundo se fija en las caras nuevas.

A lo que voy, con todo esto, es a la siguiente conclusión, que cae por su propio peso: si a Jenny no le hubieran administrado el tratamiento, si hubiera estado intacta su memoria, quizá pudiera haberlo reconocido. Las fibras de debajo de sus uñas eran señal de que había intentado quitarle el pasamontañas. Quizá se lo arrancase, o se lo subiese bastante para verle la cara. Quizás oyera su voz. A menos que él estuviera callado durante toda una hora de violación. No parece muy probable, ¿verdad? Habría sabido lo alto que era, y si estaba gordo o flaco. Quizá sus manos fueran las de un viejo, o al contrario, las de un joven. Es posible que llevara un anillo, una alianza de oro o el símbolo de algún equipo. ¿Qué calzaba, zapatillas deportivas, mocasines o botas de trabajo? ¿Estaban gastados, manchados de aceite o de pintura, o al contrario, lustrosos? ¿Lo reconocería Jenny si lo tuviese al lado en la heladería? ¿O en el bar? ¿O en el instituto, haciendo cola para comer? ¿Lo intuiría en sus entrañas? Es mucho tiempo, una hora, para estar con otro cuerpo.

Quizá fuera cruel deseárselo a Jenny Kramer. Quizá fuera una crueldad por mi parte persistir en tal deseo. Ya veréis que tuvo consecuencias imprevistas. Pero la injusticia de la situación, la rabia que inspiraba en mí, y la capacidad de comprender el sufrimiento de Jenny, se unieron para dirigirme hacia un solo objetivo: devolverle a Jenny Kramer aquella espantosa pesadilla.

2

A los padres de Jenny los llamaron poco después de las diez y media. Estaban cenando con dos parejas de su club de campo, aunque la cena no era en el club, sino en casa de una de las dos. Fue de lo que se quejó Charlotte Kramer, la madre de Jenny, durante el trayecto de ida en coche: de que habría sido mejor cenar en el club, para amortizar la cuota, y según su marido, Tom, porque a Charlotte le gustaba el ambiente. Como siempre servían cócteles en el salón, independientemente de con quién tuvieras pensado cenar siempre existía la posibilidad de alternar con otros miembros.

Lo único que le gustaba a Tom del club era jugar cada domingo a golf con su cuadrilla: un amigo de la universidad y dos padres del equipo de atletismo de Jenny. En cambio, Charlotte era muy sociable y aspiraba a entrar la temporada siguiente en el comité de la piscina. Cualquier noche de sábado fuera del club le parecía una ocasión perdida. Era una de las muchas fuentes de discordia marital. Acabaron en silencio el breve viaje en coche, irritados por los comentarios de siempre.

Más tarde se acordaron de la discusión, y de su mezquindad en contraste con la brutal violación de su hija.

Entre lo bueno de los pueblos está que la gente se salta las normas siempre que lo estima conveniente. El miedo a los reproches, o incluso denuncias, no intimida tanto como en comunidades de mayor tamaño. Por eso cuando el inspector Parsons llamó por teléfono a los Kramer no les contó lo que había pasado. Solo que Jenny había bebido mucho en una fiesta, y que se la habían llevado al hospital. Ante todo les dijo que estuvieran tranquilos, que su vida no corría peligro. Eso Tom lo agradeció: que le ahorrasen unos pocos minutos de agonía durante el trayecto desde la cena hasta el hospital. Después de enterarse de la violación, para Tom cada minuto fue eso, una agonía constante.

Charlotte no lo agradeció tanto, porque la media verdad hizo que se pusiera furiosa por la irresponsabilidad de su hija. Seguro que se enteraría todo el pueblo. ¿Qué imagen daría de la familia? De camino al hospital, hablaron de castigos, sopesando los efectos de prohibirle salir de casa o requisarle el móvil. Una vez que supieron la verdad, el sentimiento de Charlotte, como es lógico, fue de culpa, y esta, a su vez, dio paso al rencor por haber recibido una noticia equivocada. Una reacción muy comprensible cuando te dan un motivo para estar enfadada con tu hija, y justo después te enteras de que la han agredido brutalmente. Aun así, en este caso yo me identifiqué más con Tom; quizá porque soy padre, no madre.

No encontraron a nadie en el vestíbulo del hospital. En los últimos años se había hecho hincapié en recaudar fondos y hacer reformas, y los resultados, aunque más de uno los viera más cosméticos que sustanciales, saltaban a la vista. Madera en las paredes y moqueta nueva. La iluminación era suave, y sonaba música clásica por altavoces inalámbricos discretamente encajados en lo alto de las paredes. Charlotte «asaltó» (en palabras de Tom) el mostrador. Tom le dio alcance y se quedó a su lado, cerrando los ojos y dejando que la música le moderara el pulso. Tenía miedo de que Charlotte se excediera en su severidad, al menos para lo que dictaba el momento, y quería «compensar». Lo que necesitaba Jenny era dormir, y saber que sus padres aún la querían y que ya se arreglaría todo. Las consecuencias podían esperar a que estuvieran todos más tranquilos, con la cabeza más despejada.

Los Kramer sabían el papel que les correspondía en la familia. Ser autoritaria con Jenny era un atributo de Charlotte. Con el niño, Lucas, se invertían a menudo los papeles, seguramente por su edad (diez) y su sexo. Tom describía esta distribución como aquel que describe un cielo azul: así tenía que ser, en esa y todas las familias. Teóricamente tenía razón. Siempre hay papeles que desempeñar, alianzas cambiantes y buenos y malos polis, pero en el caso de los Kramer los vaivenes naturales parecían haber dejado paso a las necesidades de Charlotte, y los papeles que adoptaban los demás eran los que no monopolizaba ella. Por decirlo de otro modo, la normalidad que intentaba atribuir Tom a su familia demostró ser profundamente anómala, e insostenible.

Con una sonrisa compasiva, la enfermera abrió el seguro de la puerta de acceso a la zona de pacientes. No la conocían. Claro que eso se podía decir de casi todo el personal no médico del hospital. Los profesionales de salarios bajos casi nunca vivían en Fairview, sino en Cranston, la ciudad de al lado. Tom se acordó de la sonrisa. Fue el primer indicio de que el incidente era más grave de lo que les habían hecho creer. La gente subestima los mensajes ocultos en una expresión facial pasajera. Pensemos, sin embargo, en cómo le sonreiríamos a un amigo con una hija adolescente a la que han pillado borracha. La sonrisa expresaría un tipo de empatía cómico, como diciendo: *Es que con los adolescentes no hay manera. ¿Te acuerdas de cómo éramos nosotros?* Pensemos luego en cómo le sonreiríamos si a la adolescente en cuestión la hubieran violado. Seguro que diría, la sonrisa: *¡Dios mío! ¡Cuánto lo siento! ¡Pobre chica!* Se ve en los ojos, en el encogimiento de los hombros y en la forma de la boca. Cuando sonrió la enfermera, Tom pasó de pensar en cómo controlar a su mujer a pensar en ver a su hija.

Cruzaron las puertas de seguridad, pasaron junto a la zona de triaje y se dirigieron a un mostrador circular donde las enfermeras tramitaban papeles y expedientes en ordenadores. Había otra mujer, otra sonrisa preocupante. Avisó por teléfono a un médico.

Me imagino el momento: Charlotte con su vestido de cóctel beis y el pelo rubio muy bien recogido, cruzados los brazos en el pecho, preparando su postura para cuando viera a Jenny, y para las críticas que ya se imaginaba entre el personal; Tom a su lado, quince centímetros más alto, con las manos en los bolsillos de sus pantalones de sport, apoyándose en un pie y luego en el otro, cada vez más preocupado a medida que su intuición alimentaba pensamientos fuera de control. Los dos estuvieron de acuerdo en que los pocos minutos de espera les parecieron horas.

Charlotte, con su perspicacia, se fijó enseguida en los tres policías que tomaban café al fondo, en vasos de cartón. Estaban de espaldas, hablando con una enfermera. Esta, sintiéndose observada, susurró algo a los agentes, que se giraron a mirar a Charlotte. Tom miraba hacia otra parte, pero también empezó a darse cuenta de que eran el centro de atención.

A ninguno de los dos se les grabaron con exactitud en la memoria las palabras que usó el médico para explicárselo. Hubo, por lo visto, la fugaz constatación por parte de Charlotte de que se conocían de oídas (ya que la hija del médico iba un curso por debajo de Lucas en la escuela primaria), lo cual hizo aumentar su inquietud por la reputación de su hija, y por que el desdoro que acababa de sufrir pudiera llegar a oídos de su hermano. El doctor Robert Baird. Le faltaba poco para cumplir cuarenta años. Robusto. Pelo castaño y poco abundante, y ojos azules de expresión bondadosa que se empequeñecieron cuando pronunció ciertas palabras, a la vez que se elevaban sus mejillas. De algo de él se acordaron los dos en el momento en que empezó a exponer las lesiones. *Desgarro externo del perineo y del ano… lesiones rectales y vaginales… amoratamiento del cuello y de la espalda… operación… puntos… reconstrucción.*

Una vez salidas de su boca, las palabras se quedaron flotando en el aire como si pertenecieran a otro idioma. Charlotte sacudió la cabeza y repitió varias veces la palabra «no», sin alterarse. Dio por hecho que el médico los confundía con los padres de otra paciente, e intentó evitar que revelase nada más, para ahorrarle la vergüenza. Repitió su nombre y le dijo que a su hija la habían ingresado por «pasarse» en una fiesta. Más tarde Tom recordó que se quedó callado, como si no hacer ruido fuera la manera de parar el tiempo antes de que la situación siguiera por la cuesta que empezaba a vislumbrar.

El doctor Baird dejó de hablar y lanzó una mirada a los policías, uno de los cuales, el inspector Parsons, se acercó despacio, con visible reticencia. Baird y Parsons se apartaron para hablar. Baird sacudía la cabeza, mirando sus zapatos negros. Suspiró. Parsons hizo un gesto de disculpa con los hombros.

Acto seguido Baird volvió a ponerse delante de los Kramer, y con las manos juntas, como si rezara, les expuso la verdad concisa y sin adornos. *Han encontrado a su hija en el bosque, detrás de una casa de Juniper Road. La han violado.*

Al doctor Baird se le quedó en la memoria el ruido que salió del cuerpo de Tom Kramer. No era una palabra, ni un gemido, ni un grito ahogado, sino algo que jamás había presenciado. Sonaba a muerte, como si hubieran matado un trozo de Tom Kramer. A Tom se le doblaron las rodillas. Tendió las manos hacia Baird, que lo sujetó por los brazos e impidió que se cayera. Llegó corriendo una enfermera que les ofreció su ayuda y se brindó a traer una silla, pero Tom no la quiso. *¿Dónde está? ¿Dónde está mi niña?*, exigió saber, apartándose del médico. Se lanzó hacia una de las cortinas, pero la enfermera lo retuvo por los antebrazos, desde atrás, y se lo llevó otra vez al pasillo. *Está aquí al lado. Se pondrá bien. Ahora duerme.*

Llegaron a una de las zonas de triaje. La enfermera apartó la cortina.

Desde que nosotros tuvimos a nuestra hija, desde que fuimos padres por primera vez —se llama Megan y ya va a la universidad—, mi mujer me ha contado que proyecta situaciones parecidas en su vida. El primer día en que vimos que se iba en nuestro coche, saliendo del camino de entrada. El verano en que se fue a participar en un programa en África. Cuando la pillamos subiéndose a un árbol del jardín, parece que haga un siglo. Podría haber tantos ejemplos… Mi mujer cerraba los ojos y visualizaba un amasijo de metal y carne a un lado de la carretera, o al jefe de una tribu con un machete y nuestra hija a sus pies, deshecha en llanto. O a nuestra hija con el cuello partido, y su cuerpo sin vida al pie de un árbol. Los padres viven con miedo, y los factores de los que depende nuestra forma de enfrentarnos a él, de procesarlo, son demasiados para que los enumere aquí. Mi mujer tiene la necesidad de ver las imágenes y sentir el dolor. Luego lo guarda en una caja y la deja en una estantería. Así, cuando reaparece la preocupación, furtiva e insistente, puede mirar la caja y dejarse atravesar por la inquietud sin que esta logre arraigar y cebarse en su gusto por la vida.

Estas imágenes de mi mujer me las ha descrito ella misma, y hasta ha derramado algunas lágrimas entre mis brazos. Lo que hay en el centro de cada descripción, lo que me conmueve por su uniformidad, es la yuxtaposición de pureza y corrupción, del bien y el mal. Porque ¿puede haber algo más puro, más bueno que un niño?

Cuando Tom Kramer tuvo a su hija delante, vio lo que mi mujer solo se había imaginado. Pequeñas trenzas con cintas junto a los morados de la cara. Rímel corrido en lo que aún eran mofletes de niña. Pintaúñas rosa en uñas rotas. Uno solo de los pendientes que le había regalado Tom para su cumpleaños, con su piedra del mes. Faltaba el del lóbulo opuesto, ensangrentado. Alrededor había varias mesas de metal con instrumentos y apósitos empapados de sangre. Estaba todo por limpiar, porque aún no habían terminado el tratamiento. Al lado de la cama había una mujer con una bata blanca de laboratorio que le tomaba la presión. Llevaba estetoscopio. Apenas levantó un momento la vista del disco de la bomba de goma negra. Una policía discretamente apostada en un rincón se fingía ocupada con una libreta.

Como lo de «la vida en un segundo» justo antes de morir, Tom vio a una recién nacida en una manta rosa de bebé. Sintió en su cuello el aliento de un bebé que dormía en sus brazos. Una mano diminuta perdida en su palma. Un abrazo a manos llenas en sus piernas. Oyó una risa aguda salida de una blanda barriguita. La relación entre los dos no estaba empañada por el mal comportamiento. Eso lo tenía en exclusiva Charlotte, y me di cuenta de que en ese aspecto les había hecho, sin querer, un regalo a los dos.

Aún no había aparecido, aunque ya lo haría, la rabia contra el agresor. Si algo vio, sintió y oyó Tom en ese momento fue que no había protegido a su niña. Sería imposible medir su desesperación, o describirla con palabras adecuadas. Se puso a llorar como un niño, con la enfermera al lado, y su hija pálida e inerte en la cama.

Charlotte Kramer se quedó más rezagada, junto al médico. Aunque pueda parecer chocante, vio la violación de su hija como un problema que había que resolver. Una cañería rota que estaba inundando el sótano. O algo peor, tal vez: un incendio que había dejado su casa hecha cenizas, pero sin matarlos. La clave era lo último, que habían sobrevivido. Sus pensamientos se centraron de inmediato en la reconstrucción de la casa.

Miró al doctor Baird con los brazos cruzados.

¿Qué tipo de violación?

Bair se quedó callado, sin saber muy bien cómo interpretar la pregunta. Charlotte se dio cuenta de su perplejidad.

Que si se ha pasado de la raya alguno de los chicos de la fiesta.

Baird sacudió la cabeza.

No lo sé. Quizá sepa algo más el inspector Parsons.

Charlotte se impacientó.

Por lo que se pueda haber visto en las pruebas, me refiero. Que si le han hecho un examen posviolación, vamos.

Sí. Estamos obligados, por ley.

Y… ¿han encontrado algún indicio que ayude a hacerse una idea?

Señora Kramer, no sé si no es mejor que vea primero a Jenny, y después lo hablemos con usted y su marido con más intimidad.

Charlotte se quedó un poco molesta, pero le hizo caso. No es una persona de trato difícil. Si mis descripciones llevan a pensar lo contrario, habrá sido sin querer, os lo aseguro. Charlotte Kramer me inspira un gran respeto. No ha tenido una vida fácil. Sorprende la moderación con la que ha asimilado su trauma infantil. Es un reflejo de su fortaleza de ánimo. Yo creo que quería de verdad a su marido, aunque lo castrase. Y a sus hijos también, a ambos por igual, aunque con Jenny fuera más exigente. Pero es que la palabra «amor» pertenece a la esfera del arte, no a la de la ciencia. Cada persona puede describirlo con distintos términos y sentirlo a su manera. Por amor habrá quien llore y quien sonría. Quien se enfade y quien se ponga triste. Quien se excite y quien esté tan satisfecho que el amor le dé sueño.

Charlotte vivía el amor a través de un prisma. No es fácil describirlo sin que parezca que vuelvo a hacer juicios de valor, o sin que os haga verla con antipatía, pero el caso es que Charlotte tenía la necesidad acuciante de crear lo que le habían quitado en su infancia: una familia americana tradicional (hasta «aburrida», creo que decía). Le encantaba su pueblo porque sus habitantes pensaban todos de modo parecido y eran todos gente trabajadora y con principios. Le encantaba su casa por su estilo colonial, típico de Nueva Inglaterra, y por la tranquilidad del barrio. Le encantaba estar casada con Tom porque era un buen padre de familia, y su trabajo, aun siendo bueno, no era fabuloso. (Los trabajos fabulosos apartaban a los hombres de sus familias.) Tom dirigía varios concesionarios de coches. Conviene señalar que vendía BMW, Jaguar y otros modelos de lujo, cosa que, según lo que me han dicho, no tiene nada que ver con dedicarse a «colocar» Hyundais. En cuanto a si Charlotte quería a Tom al margen de todas estas

cosas, ambos lo ignoraban. A sus hijos los quería porque eran
suyos y porque cumplían con todos los requisitos de un niño:
inteligentes, deportistas y obedientes (en la mayoría de los casos), pero también desordenados, ruidosos y tontos, objeto
necesariamente de mucho trabajo y mucho esfuerzo, lo cual le
daba a ella algo digno en que ocuparse, y de lo que hablar
largo y tendido con sus amigas del club a la hora de comer.
Sentía amor, profundo amor, por todos los detalles de la com-
posición. Por eso cuando Jenny «se rompió», Charlotte sintió
la urgencia de arreglarla. Ya he dicho que necesitaba reconstruir la casa.

Una vez ingresada en urgencias, Jenny fue sedada. Los chicos que la habían encontrado dijeron que a ratos estaba consciente y otros no, aunque es más probable que fuera por el
shock que por la borrachera. Tenía los ojos abiertos, y pudo
incorporarse y caminar sin mucha ayuda por el césped, hasta
una tumbona. Según la descripción de sus amigos, había momentos en que parecía que los reconociera y supiera dónde
estaba y qué había pasado, pero al cabo de unos segundos ni
siquiera contestaba a sus preguntas. Estaba catatónica. Pidió
ayuda, lloró y se quedó en blanco. El personal de la ambulancia informó de la misma conducta. Lo que ocurre es que el
protocolo les impide administrar sedantes. Cuando se puso
histérica fue en el hospital, al principio del examen. El doctor
Baird pidió que la aliviasen. La hemorragia era bastante preocupante para medicarla sin esperar a la autorización, ya que
de lo contrario no habrían podido examinarla.

Aunque de puertas afuera no lo demostrase, Charlotte
quedó profundamente afectada al ver a su hija. De hecho,
tengo la impresión de que en el primer momento sintió algo
muy parecido a Tom. Se aferró con las dos manos al brazo de

su marido, a pesar de que casi nunca se tocaban fuera del dormitorio (y dentro solo para practicar los mecanismos de la intimidad), y escondió la cara en la manga de su camisa, susurrando: «Dios mío». Llorar no lloró, pero Tom notó que le clavaba las uñas mientras hacía el esfuerzo de recuperar la compostura. Cuando intentó tragar saliva, sintió su boca completamente seca.

Al inspector Parsons, que los veía a través de la cortina, se le quedaron en la memoria las expresiones con las que contemplaron a su hija. Tom estaba demudado y lacrimoso, con el sufrimiento marcado en las facciones. En cuanto al rostro de Charlotte, tras la breve pérdida de compostura se mostró resoluta. Manteniendo el tipo, dijo Parsons, que recordaba su incomodidad al ser testigo de un momento tan íntimo. Aun así no apartó la vista. Dijo haberse quedado estupefacto por la debilidad de Tom y la entereza de Charlotte, aunque cualquier otra persona con una idea menos simplista de las emociones humanas se habría dado cuenta de que en realidad era todo lo contrario: hace falta mucha más entereza para manifestar emociones que para reprimirlas.

El doctor Baird estaba detrás, consultando un gráfico de un portapapeles colgado al pie de la cama de Jenny.

¿Por qué no hablamos en la sala de familiares?, propuso.

Tom asintió, enjugándose las lágrimas, y se agachó para besar la coronilla de su hija, preludio a una serie de profundos sollozos. Charlotte apartó un pelo suelto de la cara de Jenny y le acarició la mejilla con el dorso de la mano.

Angelito mío… angelito, amor mío…, susurró.

Salieron al pasillo detrás de Baird y el inspector Parsons, y llegaron a una puerta cerrada. Detrás había otro pasillo que llevaba a un pequeño salón con muebles y un televisor. Baird se ofreció a pedir café o algo de comer, pero los Kramer no quisieron. Baird cerró la puerta. Parsons se sentó al lado del médico, enfrente de los Kramer.

Así explicó Charlotte lo sucedido desde aquel momento:

Empezaron a irse por las ramas, preguntando por los amigos de Jenny, si conocíamos a alguien de la fiesta, si Jenny tenía problemas con algún chico, si nos había comentado que la molestara alguien en el instituto, o en el pueblo, o en las redes sociales... Tom contestaba como si estuviera en Babia y no se diera cuenta de que lo único que hacíamos era esquivar lo importante. No digo que no estuvieran justificadas, las preguntas, ni que no tuviéramos que haberlas contestado en algún momento, pero estaba harta, la verdad. Quería que me dijeran algo a mí. Siempre me esfuerzo mucho por dejar que lleve Tom los pantalones, como quien dice, porque sé que a veces soy un poco controladora. Aunque bueno, tampoco se queja nadie de que la casa esté ordenada al milímetro, ni de que haya de todo en la nevera, ni de que esté toda la ropa limpia, planchada y guardada en su sitio... En fin, que me esfuerzo, porque sé que en los matrimonios es importante que el hombre sea el hombre, pero ya no podía más. De verdad que no podía.

Resumiendo, que los interrumpí, a todos los hombres, diciendo: «Alguien tiene que explicarnos qué le ha pasado a nuestra hija». El doctor Baird y el inspector se miraron como si ninguno de los dos quisiera ser el primero en hablar. El palo más corto le tocó al doctor, que nos lo dijo. Nos explicó cómo la habían violado. No fue lo que esperaba yo, que hubiera perdido los papeles algún chico que le gustara. Dios mío... Me doy cuenta de lo mal que suena. Seguro que las feministas se me tirarían a la yugular. No quiero decir que en el fondo no sea una violación, ni que no haya que castigarla. Te aseguro que cuando Lucas sea

*mayor me ocuparé de que se entere de lo que le caería encima si
no estuviera seguro al cien por cien de que es consentido. Tengo
muy claro que los hombres tienen una responsabilidad, y que es
necesario que se den cuenta de que en cuestiones sexuales no
estamos en igualdad de condiciones. Y no solo por fisiología.
Por psicología también, porque las chicas todavía se sienten pre-
sionadas a hacer cosas que no quieren, y los chicos, los hombres,
entienden muy poco cómo lo viven ellas. Bueno, que no fue lo
que esperaba. De hecho fue lo que más temía. Esa parte la explicó el inspector Parsons. El violador llevaba un pasamontañas.
La obligó a ponerse boca abajo y... Perdón, es que me cuesta
decirlo en voz alta. Oigo las palabras dentro de mi cabeza, pero
decirlas es muy diferente.*

Charlotte hizo una pausa para recuperarse. Tenía un método invariable al que siempre recurría: una larga inhalación
con los ojos cerrados, una breve sacudida de la cabeza y una
lenta exhalación. Al abrir los ojos, miró hacia abajo y asintió
para confirmar que volvía a ser dueña de sí.

*Lo soltaré todo de golpe, y así ya estará dicho. La violaron
por detrás, vaginal y analmente, parece que de forma alterna,
durante una hora. Bueno, ya está, ya lo he dicho. Al examinarla
encontraron rastros de espermicida y látex. El... el ser en cuestión se puso un preservativo. No encontraron ni un pelo. Los
que vinieron más tarde de Cranston, de la policía científica, dijeron que lo más probable era que se afeitase. ¿Te imaginas? Se
preparó para la violación como un nadador olímpico. Pues la
medalla de oro no la ganó, ¿eh? Todas las lesiones físicas se han
curado perfectamente. No notará ninguna diferencia respecto a
cualquier otra mujer. Y emocionalmente, pues...*

Hizo otra pausa, pero más para pensar que para rehacerse.
Su tono se tiñó de irreverencia.

Me acuerdo de que pensé que menos mal que existía el tratamiento. Deshicimos todo lo que le habían hecho a mi niña. Perdona que sea tan malhablada, pero pensé que se podía ir a la mierda, esa persona. Ya no existe.

3

Charlotte y Tom Kramer no estuvieron de acuerdo en la decisión de administrar a Jenny el tratamiento. Esa batalla la ganó Charlotte.

A la comunidad médica aún le queda mucho por descubrir sobre la formación y retención de la memoria. Se están multiplicando los estudios y cada poco tiempo se hacen públicas nuevas investigaciones. Nuestro cerebro posee memoria a largo y corto plazo, la capacidad de almacenar recuerdos, así como de localizarlos y sacarlos de donde están guardados, espacio al que hoy en día los científicos atribuyen grandes dimensiones. Hay que tener en cuenta que durante décadas los neurocientíficos creían que los recuerdos se almacenaban en las sinapsis que conectan las células del cerebro, o neuronas, no en las neuronas propiamente dichas. Hoy está demostrado que no es así, y se cree que son las neuronas las que contienen nuestra historia. También hemos descubierto que los recuerdos no son estáticos, sino que cambian cada vez que los sacamos de su lugar de almacenamiento.

El tratamiento para provocar la amnesia anterógrada de hechos traumáticos no se encontró hasta después de muchos años de efectuar todo tipo de pruebas tanto con animales como con seres humanos. El punto de partida fue la morfina. Corrían los años cincuenta cuando los médicos observaron que su administración en grandes dosis reducía el trastorno por estrés postraumático (TEPT). Fue un descubrimiento involuntario, debido a la administración de morfina con fines puramente analgésicos a niños que habían sufrido quemaduras en el transcurso de un incendio. Los que recibieron dosis más elevadas justo después del incendio presentaban síntomas manifiestamente menores de TEPT que los que recibieron poca o ninguna morfina. En 2010 se publicó un artículo que confirmaba los beneficios de la morfina en niños con quemaduras. Desde hace años, por otra parte, se usa la morfina, junto con otros fármacos, para tratar a los soldados heridos en combate, y en los estudios que han establecido una correlación entre los traumatismos, la morfina y el TEPT se ha observado que administrar una dosis elevada justo después de un traumatismo puede reducir considerablemente el TEPT en heridos de ambos sexos.

La razón es la siguiente: no estamos despiertos ni un momento sin tener experiencias. Vemos, sentimos y oímos. Toda esta información la procesa nuestro cerebro y la guarda en la memoria. Es lo que se llama consolidación de la memoria. Por otra parte, cada hecho objetivo tiene su contrapartida emocional, que hace que el cerebro segregue determinadas sustancias químicas que a su vez, por decirlo de algún modo, colocan cada hecho en el archivador adecuado. Los hechos que provocan emociones se guardan bajo llave en un archivador metálico. No son sustituidos por hechos posteriores, y se recuerdan con facilidad. Otros hechos menos provocadores, como lo que preparamos el jueves pasado para cenar, pueden acabar en una carpeta cualquiera, que con el paso del tiempo queda sepultada por muchas más carpetas, hasta que se vuelve imposible de localizar. Hasta puede acabar en el destructor de documentos. Según algunos investigadores, la morfina reduce la reacción emocional a los hechos bloqueando la norepinefrina, con el resultado de que un hecho «de archivador metálico» puede verse reducido a uno «de carpeta». Es el primer componente del tratamiento.

Si tenemos en cuenta que para que se archive cualquier hecho es necesario que interactúen sustancias químicas en el cerebro, es lógico que si incidimos en dichas sustancias justo en el momento en que tratan de proceder al almacenamiento, el proceso pueda verse interrumpido. Por eso se queda la memoria «en blanco» después de beber mucho una noche de juerga; y por eso, también, algunos fármacos como el Rohipnol (la «droga de la violación») permiten que una persona funcione «normalmente» pero no recuerde nada de lo sucedido mientras el fármaco estaba dentro de su organismo. El equipo de almacenamiento cerebral se ha tomado un descanso. No archiva nada, y es de suponer que los hechos se pierdan como si no hubieran pasado. Todo ello, sin embargo, ocurre durante la fase de memoria a corto plazo. La segunda parte del tratamiento utiliza un fármaco revolucionario que supuestamente hace que la pausa se la tomen los archivadores durante la consolidación de la memoria a largo plazo: inhibiendo proteínas necesarias, evita que funcionen las sinapsis en esta fase, con el resultado de que se descartan los recuerdos a corto plazo. Su nombre es Benzatral.

El quid de la cuestión, en lo que a traumas se refiere, son los tiempos. Entre la memoria a corto plazo y la consolidación de la memoria a largo plazo no hay un límite temporal exacto. Cada recuerdo, en función de sus características, hace que participen partes distintas del cerebro. ¿Era algo visual, sonoro, táctil? ¿Música, matemáticas, una nueva relación personal? El cerebro está activo en el momento en el que se produce el trauma, y por lo tanto el almacenamiento está en marcha. El tratamiento debe ser administrado en cuestión de horas, e incluso entonces se corre el riesgo de que su eficacia no sea total, ya que algunos de los hechos pueden haber llegado ya a la zona de almacenamiento a largo plazo.

En el caso de Jenny, se juntaban las circunstancias perfectas. Cuando empezó la violación ya estaba borracha. Durante el ataque entró en estado de shock; al cabo de media hora le dieron un sedante, y dos horas después recibió el tratamiento. Doce horas más tarde, se despertaba sin recuerdos más allá de los pocos jirones de memoria a los que ya me he referido.

También Tom Kramer recordaba la conversación en la sala de familiares. Como sería imposible plasmar del todo la emoción con que la refirió, me limitaré a reproducir sus palabras, y a señalar que no lloró. Creo que para entonces se había quedado sin lágrimas.

No recuerdo exactamente lo que dijo. Solo oí repetirse la palabra «violación». Lo que te puedo decir es que fue un ataque brutal y despiadado. Que no tenían sospechosos. Que el violador tuvo cuidado, se puso un condón y puede que se afeitase todo el vello corporal. Otra cosa que pensaban, y que confirmó más tarde la policía científica, es que llevaba un pasamontañas negro como de esquiador, de esos que tapan toda la cara y la cabeza. Dijeron que duró más o menos una hora. Es un dato al que le he dado muchas vueltas, demasiadas. Ocho meses después de la violación, cuando Jenny volvió al hospital y yo supe que no había terminado, fui a mi casa, me puse boca abajo en el suelo, en la misma postura como decían que había estado ella, y me quedé toda una hora así. Es mucho, una hora, para que te torturen. Te aseguro que la mayoría de la gente no nos lo podemos ni imaginar.

Pero bueno, a lo que íbamos, el tratamiento. Explicaron el proceso, los medicamentos que le darían, que estaría más o menos un día en una especie de coma y que si teníamos suerte podría bloquear su recuerdo de la violación, o como mínimo (de eso dijeron que estaban seguros) reducir el TEPT que pudiera sufrir. Dijeron que el TEPT podía limitar su vida cotidiana y requerir varios años de terapia. El doctor Baird nos preguntó si queríamos hablar con un psiquiatra, para hacernos una idea más clara del tratamiento y de cómo viviría sin él. Dijo que cada minuto que pasaba reducía su eficacia.

Charlotte abrió mucho los ojos.

—¡Sí! —Ni siquiera me miró—. ¡Adelante! ¿A qué esperan?

Se levantó y señaló la puerta, como si los dos tuvieran que salir corriendo a cumplir sus órdenes, pero yo la agarré por el brazo. Puede que no sea la persona más inteligente del mundo, pero no lo vi claro. Si Jenny no se acordaba de nada, ¿cómo podría ayudar a buscar al violador? ¿Cómo ayudaría a ponerlo entre rejas, para que recibiera su merecido? El inspector Parsons asintió mirando el suelo, como si me entendiera perfectamente. Al final confesó que sería muy difícil, y que incluso si el fármaco no funcionaba del todo, lo que recordase Jenny lo desmontarían en el juicio, por falta de solidez. Pues claro que lo desmontarían. Lógico, ¿no? Y entonces, fin de la partida. No digo que tuviera más ganas de que lo pillaran y lo castigaran que de que se recuperase mi hija, pero a diferencia de su madre, para quien la recuperación pasaba por olvidar, por hacer como si no hubiera pasado nada, para mí pasaba más bien por mirar al demonio a la cara. Mirarlo a los ojos y recuperar una parte de lo robado. Y tenía razón, ¿verdad? Dios mío… Ya me habría gustado no tenerla. Pero la tenía.

Le hice la pregunta lógica.

—Si tan convencido estabas, ¿por qué accediste?

Pensó varios segundos. Creo que se lo había preguntado a sí mismo un millón de veces, pero que nunca había pronunciado la respuesta en voz alta. Lo hizo mirándome sin expresión, como si fuera una obviedad. Tom aún no se había dado cuenta de que la dinámica en la que se basaba su matrimonio no tenía nada de evidente, ni de normal, dicho sea de paso.

Porque si no tenía razón, y Jenny no lo superaba, me echarían la culpa a mí. ¿Que por qué accedí? Pues porque fui un cobarde.

4

Lo que aún no he mencionado es la incisión en la espalda de Jenny. La verdad es que solo adquirió importancia real a estas alturas de la historia, así que conviene que lo explique antes de seguir. La noche de la violación de Jenny, todo fue muy rápido. Una hora después de que la encontrasen ya estaba en el hospital. Luego la sedaron, media hora después llegaron sus padres, y los bombardearon enseguida con la decisión sobre el tratamiento. Tenía que administrarlo el psiquiatra, por la vía intravenosa que puso la enfermera en el dorso de la mano de Jenny. Había que leer y firmar autorizaciones y formularios, y dar garantías de pago. No lo cubría el seguro. Por último la sometieron al preoperatorio, preámbulo de la intervención que subsanaría los daños de la violación, y al examen forense exhaustivo.

Tom permaneció a su lado hasta que se la llevaron en camilla a un quirófano. Decía que fue como ver a su hija en una fábrica. En la época en que vendía coches Ford, había visitado una planta en Detroit: piezas metálicas, tornillos y tuercas, plástico, cables, chips informáticos, miles de operarios con las manos ocupadas y de máquinas con partes móviles que ensamblaban cosas... Fue la imagen que acudió a su mente mientras veía cómo manipulaban cinco personas el cuerpo inanimado de Jenny, atareadas con su cuerpo, concentradas exclusivamente en su cuerpo, mientras su cerebro era manipulado con sustancias químicas, y la obligaban a quedarse dormida; una imagen que le produjo tanta inquietud como la deferencia con la que asistió él a todo, cuando de lo que tenía ganas era de bajarla de la camilla, levantar el puño y gritarles que la dejaran en paz. No lo hizo, claro.

No es por subrayar sus diferencias, pero de lo que tuvo ganas Charlotte fue de que la sedasen, como a su hija, y dormir y olvidar lo sucedido. No vio cómo hacían su trabajo los profesionales, sino que volvió a su casa, dio el día libre a la canguro, se tomó una pastilla para dormir, arropó a Lucas con las mantas y se acurrucó a pocos metros, en la cama de invitados. Se quedó dormida escuchando la respiración de su hijo. Más tarde me enteré de que lo hacía a menudo para no estar en la misma cama que Tom.

Una vez curados los desgarros de los genitales y el intestino de Jenny, la llevaron a la UCI. El doctor Baird pasó a ver cómo estaba Tom. Poco después llegó el inspector Parsons. Fue entonces cuando Tom se enteró por primera vez de la incisión en la espalda de su hija. Parsons se lo explicó así:

Hemos recibido el informe preliminar del examen forense. Tenían que analizar unas cuantas muestras de fluidos y pelos, pero no saldrá nada. Ahora ya lo sabemos. Durante el examen han encontrado la incisión. En realidad era más bien un tajo, por su profundidad. Su longitud solo era de dos o tres centímetros, pero han tenido que darle diecisiete puntos. Al principio nadie se dio cuenta, por lo sucia que estaba. Tenía tantos arañazos superficiales que no le dieron importancia hasta después de lavarla. Este corte seguía sangrando. El equipo que ha inspeccionado la parte del bosque donde atacaron a Jenny ha encontrado un palo. Tenía afilado uno de sus extremos con algún tipo de cuchillo, como si fuera una lanza en miniatura. El palo medía unos treinta centímetros. Los únicos restos de piel eran de Jenny, aunque también han encontrado algunas fibras que han resultado ser de neopreno. Es el material que se usa para los guantes de deporte. Piensan que usó la lanza como una herramienta de corte, retirando poco a poco las capas de piel.

El inspector Parsons es un hombre joven, de treinta y un años; de ahí la libertad que se tomó al informar a los Kramer de lo referente a Jenny durante la noche de la violación. La juventud lleva aparejada la incapacidad de prever las consecuencias de una decisión. Una de las grandes vergüenzas de la experiencia humana es que solo sabemos adoptar la conducta adecuada cuando ya es muy tarde.

En Fairview no hacen mucha falta los inspectores. Serlo aquí es un peldaño, o bien hacia arriba, hacia un puesto más «activo» en otra parte, como en Cranston, la ciudad vecina, o bien hacia abajo, hacia la jubilación. Parsons no es mal inspector, pero su relativa inexperiencia hizo que no se sintiese cómodo al referir los detalles más «íntimos» de la violación. Sus ganas de aparentar desinterés y profesionalidad tuvieron el efecto contrario, revelar hasta qué punto estaba interesado. Pero gravitar hacia lo lúbrico, ya lo he dicho, no nos hace malvados. A fin de cuentas, hacemos lo posible por tratar de ocultarlo. Fue justamente lo que hizo el inspector Parsons al seguir con sus explicaciones.

Hemos consultado a los especialistas en violaciones de Cranston, y todos han cuestionado el marco temporal. Es muy inhabitual, una hora, para una violación en un lugar público. Esa noche era difícil verlos en el bosque, porque casi no había luna y el cielo estaba bastante tapado, pero cualquier persona que anduviera por la calle, yendo o viniendo de la fiesta, podría haber oído a Jenny, y más desde el jardín, como la pareja que al final la oyó y acudió en su ayuda. Lo que no han podido cuestionar son los datos médicos. Luego, al enterarse de lo del palo y el corte, han dicho que tenía más sentido. Según ellos, el violador iniciaba y detenía sus diversas [una pausa de una longitud insólita] *penetraciones para ir cortando. El tajo se lo hizo en la base de la espalda, que es un sitio donde les gusta hacerse tatuajes a las chicas. Según ellos lo hacía para marcarla, o también puede ser que simplemente disfrutara con los ciclos de alivio y miedo renovado que provocaba el ir parando y siguiendo, y luego con los sobresaltos de dolor que provocaba algo tan afilado en la piel.* [Otra larga pausa, esta vez para reflexionar.] *Según ellos, es posible que el violador siguiera sus propios ciclos de excitación. Puede que necesitara reavivar su excitación con los cortes. Eso le da una dirección completamente nueva a nuestro planteamiento. El violador tiene más de sociópata de lo que habíamos supuesto en un primer momento. Y eso que ya suponíamos bastante.*

La recuperación física de Jenny no estuvo exenta de dificultades. Las zonas que le cosieron no se «cierran» fácilmente, así que los dolores fueron recurrentes y diarios. Intentó no comer, a fin de reducir las visitas al retrete. Durante las dos semanas en que se curó su cuerpo, perdió unos cinco kilos. Estuvo casi todo el tiempo en la cama o el sofá, atiborrada de calmantes. Sobre la decisión de que volviera al instituto hubo cierta discordia. Cuando estuviera en condiciones solo quedarían tres semanas de clases, y el instituto, profesores incluidos, se brindó generosamente a llevarle los materiales y permitir que hiciera los exámenes finales durante el verano.

Tuve curiosidad por cómo reaccionarían los Kramer ante este tema. Lo interesante es que era Charlotte la que quería que Jenny se quedara en casa, entre algodones, y Tom quien prefería que volviera a estar «al pie del cañón». Me pregunté si la auténtica motivación de Charlotte no estaría relacionada con el mal aspecto de Jenny en ese estadio. Más allá de haber perdido peso, estaba pálida, de un color casi gris, con ojeras debidas a los analgésicos, y en líneas generales había perdido su «garra», su chispa y su sonrisa. Yo creo que si Charlotte hubiera sido sincera consigo misma, se habría dado cuenta de que no quería que nadie viera a Jenny hasta que se hubiera borrado la violación de su apariencia física, como se la habían borrado del cerebro.

También esta batalla la ganó Charlotte.

Los Kramer alquilaron una casa en Block Island. Para Charlotte fue un gran sacrificio, porque tuvo que renunciar a su puesto en el comité de la piscina del club, pero fue idea suya, como una manera de pulsar el botón de reseteo. Supongo que también agradeció el respiro que se daban ella y Tom. Las grietas en su relación se habían vuelto más patentes que nunca y ambos temían la fractura que parecía avecinarse. Tom iba los fines de semana, y en agosto se instaló dos semanas enteras en la casa. Lucas iba a un campamento de verano de la zona. Cuando le explicaron el ataque (sin usar la palabra «violación») no le dio muchas vueltas, más allá de las repercusiones que pudiera tener en su vida. Es muy normal para su edad. Jenny acabó los trabajos y los exámenes para aprobar décimo curso. Invitó a Violet a pasar una semana en la casa. Fueron a la playa y celebraron su decimosexto cumpleaños. Hubo algunas sonrisas. A Tom le parecieron forzadas. En cambio Charlotte estaba convencida de que eran sinceras, y dado que era ella la encargada de vigilar atentamente a Jenny, llevando la cuenta de sus estados de ánimo, sus hábitos alimentarios, lo contenta o triste que estuviera y lo bien o mal que durmiese, se encontró en profunda sintonía con la recuperación emocional de su hija. El verano, en todo caso, concluyó sin incidentes. Pero claro, era la calma antes de la tempestad.

A Jenny le hablaron de la violación el psicólogo y el psiquiatra del hospital antes de darle el alta. Seguimiento de profesionales en salud mental apenas lo hubo. Más allá de los controles de rutina, no recibió terapia ni asesoramiento. Se lo aconsejaron, pero ni Charlotte ni Tom estaban a favor. Desde el punto de vista de Charlotte, no tenía sentido hablar de la violación tras esforzarse tanto en olvidarlo; y desde el de Tom, contrario al tratamiento desde un buen principio, la psicoterapia parecía otra manera de no hacer lo correcto, es decir, encontrar al violador.

A principios de curso, cuando se reunieron los profesionales y los Kramer, estuvieron de acuerdo en que el tratamiento había sido un éxito fenomenal. Jenny no recordaba la violación. Había recuperado su rutina de alimentación y sueño. Sus padres tenían la esperanza de que se incorporara a la vorágine de preparativos para la universidad que dominaba el último año de instituto: pruebas de selectividad, créditos preuniversitarios, voluntariado, deporte… No manifestaba síntomas de TEPT; nada de flashbacks, ni de pesadillas, ni de miedo a quedarse sola, ni reacciones físicas al ser tocada por otra persona. Tan grande se consideraba el éxito, que una médica militar de Norwich solicitó su historial para un estudio en curso sobre el tratamiento del protocolo de combate.

Había un solo pero, y era la incisión.

¿Qué tal las clases?

Charlotte Kramer le hizo a Jenny la pregunta una velada del siguiente invierno, transcurridos ocho meses desde la violación, rompiendo el incómodo silencio que parecía instalarse siempre que cenaban los tres solos. Aquel lunes por la noche, como durante todos los de la temporada, Lucas estaba en entrenamiento de hockey. Aprovechando que mostraba dotes innatas de deportista, su madre lo había apuntado a la santísima trinidad del Connecticut suburbano: fútbol americano en otoño, hockey en invierno y lacrosse en primavera. Así las cosas, Charlotte, Tom y Jenny no tenían más remedio que quedarse los tres solos, cosa nada fácil desde la violación. Sin la cháchara adolescente de Lucas sobre el estado del lavabo de chicos en la escuela, sobre a cuál de sus amigos le gustaba tal chica o sobre su irreprochable rendimiento deportivo, el silencio que había infectado la casa se sentaba siempre a presidir la mesa.

Jenny se acordaba de la cena: su plato favorito, pollo al horno con patatas al romero y judías verdes. Pero no tenía hambre, aunque lo disimulara ante sus padres. Tragó un pequeño bocado antes de contestar.

Muy bien.

Su padre se la quedó mirando. Estoy seguro de que no se daba cuenta, pero según Jenny lo hacía desde que habían vuelto de Block Island. Jenny decía que notaba que su padre escrutaba hasta el último músculo de su cara en busca de algún indicio. Sabedora de que cualquiera de sus expresiones podía dar pie a alguna conclusión, se volvió muy consciente de ellas. ¿Se adivinaba una sonrisa en la comisura de su boca? Tal vez hoy le hubiera pasado algo bueno. ¿Qué le pasaba en el ojo? ¿Un tic? ¿Una mueca? ¿Le molestaban las preguntas de sus padres, como a todas las adolescentes de todas las mesas del mundo? Pero, sobre todo, ¿había algo que manifestase el desasosiego que no había conseguido ahuyentar? Se había vuelto una gran experta en disimularlo.

Levantó la vista para darle a su padre lo que deseaba, una sonrisa benévola. Él también sonrió, momento en que Jenny, según dijo, vio la angustia que no se apartaba de sus ojos desde la noche en el bosque. Se preguntó si él también veía la suya. A pesar de todo, siguieron sonriéndose y haciéndose los ciegos.

Lo que no sabía Jenny era que su padre no escrutaba su cara. Se la había quedado mirando, es verdad, pero solo para disimular que había vuelto a darse cuenta de que Jenny tenía una mano en la espalda, para frotarse la pequeña cicatriz que le habían dejado grabada como en un trofeo.

Su madre siguió con la conversación.

¡Hoy he visto un vestido monísimo en Taggert's! Podríamos ir a verlo el sábado, si es que no tienes planes con ninguna amiga... ¿Tienes planes, cielo?

Jenny consideraba, creo que con bastante acierto, que su madre había reanudado sin problemas su vida anterior. Aunque en el tono ligeramente más agudo de la cuenta que adoptaba su voz en momentos así pudiera descifrarse su contrariedad por la tensión que creaban Jenny y su padre, vivía como antes. Siempre atareada, siempre acompañada, vital... Clases de yoga, comidas y voluntariado en el colegio. No se fijó ni una sola vez en que Jenny se frotara la cicatriz, e incluso cuando se habló de ello sin tapujos aseguró no recordar aquel hábito.

Jenny tampoco era consciente de él, a pesar de que Violet le había hecho bastantes preguntas al respecto. Parecía del mismo orden que morderse las uñas, o que chuparse el pulgar en los niños pequeños. En el subconsciente de Jenny, algo enviaba una señal a la mano para que tocase el sitio donde le habían hecho el corte. Yo lo interpreté como el primer indicador de que el tratamiento no había salido tan bien como creían los profesionales.

Lo ocurrido esa noche en el bosque se había condensado en una concienzuda narración, entre cuyos capítulos no se encontraba el tajo. Todo el mundo sabía que a Jenny la habían violado, pera no durante cuánto tiempo, ni de qué manera. Su pérdida de memoria fue atribuida al shock y el trauma emocional. Era lo que contaba Charlotte. Tom no le decía nada a nadie. Se lo permitía el hecho de ser hombre. En cuanto a Jenny, no tenía nada que contar salvo que había recibido un tratamiento para no acordarse, y se lo guardaba con una diligencia irreprochable.

A pesar de tanto orden, el cerebro y el cuerpo de Jenny habían sido invadidos por otro tipo de monstruo, que donde había cosas buenas ponía una ansiedad, un resquemor que empezaba a ser grave.

¿Qué, cielo, qué dices?

Su madre quería ir a comprar un vestido bonito. Su padre la miraba con mala cara. De la noche en el bosque no habló nadie, pero a juzgar por cómo describía Jenny las cosas, era como si pudiera oírse hasta en el menor de los suspiros que salían de sus cuerpos. Jenny era consciente de que su padre se arrepentía de lo que le habían hecho (obligarla a olvidar). Él quería venganza, justicia, algo más de lo que tenían, que era nada, a pesar del tiempo transcurrido. Quien no se arrepentía era su madre. Echando mano de la analogía que he expuesto anteriormente, la casa estaba arreglada, y no había más que decir. Si le daban a escoger entre la tensión que no salía de las cuatro paredes de su casa reformada y que Jenny se acordase de esa noche, Charlotte elegía muy gustosamente lo primero.

De noche Jenny oía sus peleas, que acababan con el llanto de su padre, a quien su madre, con «tono de asco», tachaba de «débil». Tenía la sensación de que era culpa suya, por no haber sabido exorcizar el monstruo e ir a comprar vestidos. Se sentía destruida por dentro. Y tenía la sensación de estar destruyendo a su familia. No se había fijado en que siempre hubiera habido grietas. En esas cosas no se fijan los hijos.

Contestó a su madre.

Vale, mamá, suena muy bien. Podríamos ir antes a comer.

Se metió a la fuerza otro bocado en la boca. Charlotte sonrió.

¡Qué bien!

Acto seguido miró a Tom, pagada de sí misma por cómo mejoraba todo.

Una vez que Jenny hubo comido bastante para convencerlos, pidió permiso para levantarse de la mesa, se llevó su plato al fregadero y comentó que tenía que chatear con sus amigas.

Fue a su habitación.

Creo haber descrito a Jenny con cierto detalle. ¿Qué me he dejado, para que os la imaginéis? Pelo rubio y largo. Ojos azules. Esbelta, atlética. Su cara estaba a medio camino entre la juventud y la madurez. Empezaban a asomar los pómulos de modo más visible. Se le estaba afilando la nariz. Tenía pecas, y un hoyuelo en un solo lado de la boca. Su forma de hablar era elocuente, sin los «mmm» y «eeeh» de los adolescentes. También se mostraba muy natural en su manera de mirar a los ojos, facultad que hay que aprender. Hay gente que mira demasiado tiempo antes de apartar la vista, y gente que no mira bastante. Jenny aplicaba el justo medio, que los mayores damos por supuesto, debido a que hemos dominado —al menos la mayoría— esta aclimatación social.

A pesar de que hubiera perdido la inocencia (valga la expresión), seguía siendo un encanto. Así fue como describió sus pensamientos. Lo hizo con tono inexpresivo y una falta sorprendente de emoción.

Me senté al borde de la cama y empecé a mirar alrededor. Estaba todo lleno de cosas conocidas, elegidas por mí, o que había ayudado a decorar. Mis paredes son de color fucsia, más que rosa, porque tienden demasiado al rojo. Fue lo que dijo la señora de la tienda de decoración. No me acuerdo de cómo se llamaba la pintura, pero vendría a ser un rosa oscuro. Las estanterías son muy blancas, con muchos libros, aunque la verdad es que ya no me gusta leer. No es solo por lo que pasó. Dejé de ser muy lectora a los doce años. Yo creo que es porque ahora, al ir al instituto, tengo muchas lecturas obligatorias. Antes, además, hacían concursos de lectura, y en mi curso ya no hay. Por eso la mayoría de mis libros son para el colegio, o para niños muy pequeños.

También tengo una colección de animales de peluche. Todavía traigo uno de todos los sitios nuevos adonde voy. Bueno, no, supongo que ya no. En Block Island no me compré ninguno. No sabría explicar por qué. Lo sé, pero no sé explicarlo. Si tuviera que explicarlo, diría que tenía la sensación de que hacer lo de siempre era una especie de mentira, como si intentara hacerme pasar por alguien que ya no era. Como si te pusieras algo azul pensando que antes te gustaba el azul y que debería seguir gustándote, pero ya no te gusta. ¿Tiene algún sentido? Ya no me gustaba hacer nada de lo de antes. Lo hacía de manera mecánica, porque tenía la sensación de que si no se me desmontaría todo. Sentada en mi cama, con todas esas cosas que antes me encantaban pero que habían dejado de encantarme, mi impulso era quemarlas todas. Fue cuando me di cuenta de que nunca volvería a estar bien.

Acto seguido explicó su decisión. A mí se me hace chocante que decida la gente algo así, pero es que no soy creyente, y para mí la única esperanza reside en vivir. Claro que las palabras «adolescente» y «decisión» no deberían estar en el mismo diccionario.

En momentos así es cuando me exaspera la falta generalizada de conocimientos sobre el cerebro adolescente. Si los adolescentes no deberían beber alcohol, ni tener relaciones sexuales, ni conducir, ni votar, ni ir a la guerra, es por algo. No porque se lo digamos nosotros, ni porque tengan demasiada poca «experiencia» para tomar decisiones acertadas, sino porque el cerebro adolescente aún no está desarrollado por completo. Como les ves el cuerpo tan maduro, se te hace difícil pensarlo. Yo he visto chicos de dieciséis años con barba, vello corporal y unos brazos musculosos que parece que tengan veintiséis. Y chicas de pechos grandes y caderas anchas maquilladas como para trabajar en Las Vegas. Mejor no hablo de las trifulcas que tenía con mi hija sobre la ropa con la que intentaba salir de casa, o con mi hijo cuando me jura que no se juntará con seis amigos de camino a un partido e intentará comprar cerveza con documentos de identidad falsificados.

A pesar de su apariencia física, si pudiéramos ver su cerebro no encontraríamos a un adulto ni en doscientos kilómetros a la redonda. Lo que hace que tomen malas decisiones no es la inexperiencia, es que les faltan herramientas. No hay más que ver lo que pensó Jenny aquella noche, sentada en su cama:

Cerré los ojos y dejé que entrara el monstruo. Lo visualicé. Era como una mancha de oscuridad. La forma no la vi del todo, porque cambiaba al moverse, pero sí lo áspera que tenía la piel, con cráteres y bultos. Me acuerdo de que lo sentí dentro de la barriga. Fue como una explosión de lo que sientes cuando estás muy nerviosa, como justo antes de una carrera, cuando espero el disparo de salida, pero un millón de veces peor. No podía soportarlo. Empecé a frotarme la cicatriz. Recuerdo que esa noche lo hice. No podía parar. Tenía ganas de chillar, pero sabía que era inútil. Lo había hecho muchas veces desde la violación. Les decía a mis padres que salía a correr, y al principio corría, pero solo hasta estar lejos de casa, en el prado de detrás de las pistas de tenis del parque. Entonces me ponía a gritar. En cuanto paraba, como con todo —correr, dormir, emborracharme o fliparme—, en cuanto paraba volvía la sensación. Tenía ganas de arrancarme de mí misma. Ya habían pasado casi ocho meses. Demasiado tiempo.

Jenny había empezado a consumir drogas para que se le pasara la ansiedad. Del alcohol había pasado a la marihuana y las pastillas. Estas últimas las conseguía en los cuartos de baño de sus amigos. Pillaba cualquier cosa que encontrase. Se acabó todo su Oxycotin, incluso después de que pasaran los dolores físicos. Sus padres no lo sabían. Es curioso, pero suele ocurrir. Se habían fijado en su cambio de amistades y en el bajón sufrido por sus notas, pero le daban «un poco de margen».

Es lamentable —mejor dicho, imperdonable— que los profesionales que abogaron por que Jenny —o cualquier otra persona— recibiera un tratamiento así no tuvieran en cuenta lo siguiente: que al margen de que se archiven los hechos concretos en nuestra memoria, e incluso si en la fase del almacenamiento en la memoria a largo plazo las emociones han sido suavizadas por la morfina, la reacción física que se experimenta está programada dentro de nuestro cerebro. No la borra el Benzatral. Voy a explicarlo muy sencillamente: si tocas un fogón caliente y te quemas la mano, pero luego te hacen olvidar cómo te lo hiciste, tu cuerpo seguirá con miedo a quemarse. La única diferencia es que ese miedo no lo activará solo el calor, o un fogón al rojo vivo, sino que aparecerá y desaparecerá como buenamente quiera, y no tendrás ni idea de cómo frenarlo. Por eso la terapia tradicional para el TEPT consiste en ir sacando recuerdos del almacén y revivirlos en un estado de calma emocional. Con el paso del tiempo empieza a cambiar la conexión emocional con la memoria factual, y al ir reduciéndose, también se aminora el dolor emocional que provoca el recuerdo del trauma. De este modo puede disminuir el dolor emocional en sí. Pero claro, solo a costa de mucho trabajo. Es mucho más fácil borrar los hechos, y todos tan contentos. Como esos cinturones vibratorios de los años cincuenta que supuestamente quemaban grasas sin ejercicio ni dieta. Los traumas no pueden curarse con pastillas.

Jenny no se acordaba de la violación, pero llevaba el terror en su cuerpo. El recuerdo físico, la reacción emocional que había quedado programada dentro de ella, no tenía nada a lo que vincularse, ninguna serie de hechos que lo contextualizase, así que deambulaba libremente en su interior. Lo único tangible que quedaba de la violación era la cicatriz del tajo.

Lo más fácil es decir que debería haber buscado ayuda, pero es una adolescente, y para su cerebro adolescente ocho meses eran «demasiado tiempo».

Fue a su cuarto de baño, abrió el cajón de debajo del lavabo y sacó una maquinilla de afeitar, rosa, de las desechables. La desmontó con los utensilios del kit para hacerse las uñas hasta que saltaron las cuchillas. Las dejó al lado del grifo y volvió a sentarse en la cama. A esperar.

5

Tengo la sensación de que me estoy precipitando. Vamos a retroceder un poco.

Tom Kramer vivía su propio infierno. La sensación de no haber sabido proteger a su hija lo acosaba día y noche.

Era algo totalmente irracional. No podemos vigilar a nuestros hijos cada segundo de cada día. Es normal que pasen cosas malas. Es la realidad. Nuestra sociedad ha conocido varias modas de paternidad protectora. Soy del parecer de que la última tiene su origen en la proliferación de información en Internet. Cualquier secuestro, abuso, incorrección sexual, ahogo en la piscina, accidente de trineo, impacto en bicicleta o atragantamiento empezó a ser puesto de inmediato en conocimiento de todos los padres desde Maine hasta Nuevo México. Fue así como cundió la sensación de que pasaban cada vez más cosas. Se crearon campañas, publirreportajes, nuevos productos de seguridad y nuevas etiquetas de advertencia. Los bebés ya no podían dormir boca abajo, ni los niños ir caminando a la escuela o esperar solos en la parada del autobús. A mí se me hace cómica la idea de mi madre llevándome en coche a la parada y aparcando para esperar conmigo el autobús. ¡Si de niño, cuando me iba al colegio, ni siquiera estaba levantada! Pero hoy en día es lo que se lleva, ¿no?

También ha habido cierta reacción, el movimiento «flexibilidad con los niños» y las advertencias contra ser «padre helicóptero». Se empieza a hablar menos del peligro que corren los niños por las negligencias de sus padres, y más del daño que sufren por culpa de la sobreprotección.

Es hablar por hablar. Si alguien quiere hacerle daño a tu hijo, si lo quiere de verdad, encontrará la manera.

El verano de después de la violación, Tom se obsesionó con encontrar al violador. Como el resto de la familia estaba en Block Island, dedicó mucho tiempo a buscar. No salía con sus amigos, ni iba al gimnasio. También dejó de ver la tele. De ocho a seis estaba en el trabajo, pero su obsesión lo acompañaba a todas partes. Al dedicarse a la venta de coches, cada día veía caras nuevas. Aun siendo una ciudad modesta, Cranston tiene más de ochenta mil habitantes. Si a eso le añadimos que su empresa, Sullivan Luxury Cars, tenía las únicas salas de exposición de BMW y Jaguar en cien kilómetros a la redonda, es lógico que cada día se presentase frente a Tom Kramer una cara nueva, que desde el punto de vista de él podía ser perfectamente la del violador de su hija.

La policía había hecho cuanto estaba en su mano, dentro de lo razonable. Hablaron con todos los chicos que habían estado en la fiesta. Los de sexo masculino, en concreto, fueron sometidos a un interrogatorio formal en la comisaría. Muchos declararon en presencia de un abogado. Tom habría querido que los examinaran a todos y tomaran muestras de ADN y piel. Habría querido un registro de sus coches y cuartos en busca del pasamontañas y los guantes negros, y un examen físico por si alguno se había afeitado el cuerpo. Su deseo, como es lógico, no fue cumplido.

También fueron interrogados los vecinos: familias que en todos los casos se habían quedado en casa, o salido juntas, o salido con otras. Todo el mundo tenía una coartada, y todas las coartadas se tenían en pie. Uno de los vecinos, un niño de doce años que se llamaba Teddy Duncan, había salido de su casa a las nueve menos cuarto, y su perro, un beagle curioso cuyo nombre era *Messi* (por el jugador de fútbol), había encontrado un agujero en la valla, por el que se había escapado. Es lo que hacen los beagles, escaparse, cavar, cazar y buscar cosas. Probablemente Teddy estuviera en el bosque justo antes de la violación de Jenny, pero dada la ubicación de las casas tuvo que ser en el borde derecho, no al fondo del todo. Luego salió otra vez a Juniper Road para seguir buscando al perro por la calle. Dijo que recordaba haber visto un coche aparcado que desentonaba, en el sentido de que no era de gama alta, ni un todoterreno con imanes deportivos en la parte trasera. Con algo de ayuda por parte de Parsons, y de imágenes de Google, Teddy pudo llegar a la conclusión de que era un Honda Civic.

Durante casi todo el verano un Honda Civic azul marino fue el foco de la persecución del violador de Fairview. Se cruzaron las bases de datos de las autoridades de tráfico con el registro de delincuentes sexuales y otras personas con antecedentes. En el estado de Nueva York había miles de Civic azules. Encima a Teddy Duncan «le parecía» que la matrícula era blanca y azul, como las de Nueva York, pero nada más. Por cierto, antes de que vuestros pensamientos tomen una dirección equivocada, Teddy encontró el perro en casa de un vecino, y a las nueve y cuarto volvía a estar en la suya. Y tiene doce años.

El inspector Parsons lo hizo bastante bien, dentro de sus aptitudes. Al principio no anduvo falto de entusiasmo; de hecho, hasta parecía «civil», por cómo despertaron su curiosidad los pormenores de la violación, pero siempre volcaba su atención fuera de Fairview. Se puso en contacto con otras comisarías de la zona para preguntar si se habían producido violaciones similares: una chica adolescente, un pasamontañas, ningún rastro físico en el lugar de los hechos, un Civic azul... Y el tajo en la espalda, por supuesto. Había decenas de violaciones que coincidían en alguna de las pautas, pero ninguna en todas. Sus colegas de otros cuerpos prometieron estar atentos. El problema era que todos los violadores detenidos estaban en la cárcel, y los impunes no se podían localizar. No es fácil saber a cuántas mujeres se viola, porque en Estados Unidos es el delito violento que menos denuncias origina. Aun así, los expertos calculan que solo llega a resolverse el 25 por ciento de las violaciones denunciadas. El caso de Jenny no pintaba nada bien. En Navidad, la incansable búsqueda de justicia de Tom ya tenía un solo motor, él mismo.

Cada año venían sus padres a pasar las fiestas. La familia decidió mantener la costumbre. Llegaron a media semana, justo cuando terminaba el colegio. La madre de Tom, Millie, era una mujer inteligente, de una perspicacia excepcional, cosa que a Charlotte la desconcertaba, ya que con Millie en el pueblo le costaba esconder sus secretos. (Ya llegaremos a eso.) El padre de Tom, Arthur, vivía más con el cerebro que con el corazón. Había sido profesor en el Connecticut College, aunque ya estaba jubilado. Su carácter estoico lo hacía congeniar muy bien, en este aspecto, con su nuera.

Así recordó Tom la visita:

Tuve la sensación de volver a la infancia, como si quisiera echarme en brazos de mi madre y llorar un buen rato, y luego sentarme en las rodillas de mi padre para mirar un partido de hockey. Tenía ganas de que me dijeran que se arreglaría todo, mi madre con un análisis complejo de la situación, y mi padre con una mirada que me aclararía las ideas, por muy mal que estuvieran las cosas. Con Jenny estuvieron geniales. Mi madre se la llevó de compras y le habló del futuro, de universidades y carreras. Le hizo un montón de preguntas sobre sus actividades, sus amistades y lo que le apetecería hacer en verano. Mi padre también colaboró, entreteniendo a Lucas: un día se lo llevó a patinar, otro jugaron a Lego en el sótano... Cosas de hombres. Pero yo lo veía todo como desde fuera. Era incapaz de involucrarme en lo que hacían. Era demasiado normal, demasiado... calmado. Por dentro me volvía loco. Me rebelaba a gritos y patadas contra el destino que le había asignado el universo a mi familia. No estaba dispuesto a aceptarlo. No había sido capaz de proteger a mi hija. Esta vez no fallaría. Al mismo tiempo, sin embargo, sabía que cada segundo había menos posibilidades de encontrar a aquella bestia. Quería ser un hombre. Quería sentirme otra vez como un hombre. Iba siempre callado, inexpresivo, dando una imagen de hombre fuerte, pero por dentro era un niño en plena rabieta. Y una parte de mí necesitaba urgentemente que lo vieran mis padres.

Fue durante esta semana cuando Charlotte empezó a tener el sueño. Conocía su origen: un documental de animales que habían visto hacía unas semanas, sobre lobos. En una escena salía un lobo que perseguía por el bosque a un impala, hasta llegar a un precipicio. El impala, ágil y con muy buen equilibrio, empezaba a bajar por la pendiente rocosa, mientras el lobo corría desquiciado por el borde, viendo tan cerca, pero inalcanzable, la comida. Tardaba casi una hora en rendirse.

En el sueño, Charlotte presenciaba la escena desde lejos, y aunque supiera el final, lo revivía cada vez como si el impala pudiera ser cazado en el bosque antes de ponerse a salvo; a menos que esta vez el lobo se atreviese a bajar por la pendiente rocosa, y hacer equilibrios por las rocas. Al llegar el desenlace, que era siempre el mismo, Charlotte se despertaba con el corazón a cien, envuelta en sábanas, sudor y miedo.

Era un sueño turbador en muchos aspectos. Cazador y cazado. Tom y el violador. La injusticia y Tom. El violador y Jenny. La familia de Tom y los secretos de Charlotte.

Le pregunté qué personaje era ella en el sueño: el lobo que se queda sin comida o el impala que se las ingenia para escapar, pero que en terreno llano siempre correrá peligro.

No lo sé. En el sueño no estaba claro. Siempre lo veía desde lejos, observando a los dos animales: el que huía para que no lo mataran y el que iba a por su presa. Vaya, que no puedo decir lo que sentía, ni cómo lo veía, aunque lo he pensado mucho. Cuando estuvieron aquí los Kramer, aquella Navidad, me torturaba casi cada noche, y después de que se fueron continuó varias semanas. Supongo que podría ser el lobo, en el sentido de haber puesto en peligro a mi familia y toda la vida que me he construido, pero no, yo creo que soy más bien el impala que corre para sobrevivir. Es como me siento, siempre a un paso de que me descubran. Seguro que parezco paranoica, pero yo creo que la madre de Tom lo sabía. Se le veía en los ojos. Y por eso la odiaba. Ya sé que ayudaba a Jenny, y que debería haber querido que se quedara más tiempo, pero durante toda la cena de Navidad, mientras cantábamos villancicos, y el día siguiente, al abrir los regalos, y luego, en la iglesia, y a la hora de cenar, solo pensaba en una cosa: que se fuera de mi casa de una vez.

Charlotte tenía sus secretos, pero su aversión a los padres de Tom, especialmente a su madre, tenía otras razones, a mi juicio. Antes me he referido a su infancia. Supongo que es buen momento para esclarecerlo, con vuestro permiso.

Charlotte creció en New London. Para los que no conozcan esta parte del país, diré que en New London está la academia de la Guardia Costera, así como una subbase naval. En la zona hay muchos militares. La madre de Charlotte, Ruthanne, era una joven promiscua que a los veintitrés años se convirtió en madre soltera. No había ido a la universidad. Trabajaba en una pequeña fábrica de velas decorativas. Charlotte guarda un recuerdo muy nítido del olor a cera aromatizada que traía Ruthanne al volver del trabajo. La familia de Ruthanne también vivía en New London. Al principio sus padres la ayudaron, tras hacer unos cuantos ajustes en los sueños que albergaban para su hija menor, pero no eran gente muy sana: bebían, fumaban y poco les faltaba para ser obesos. Murieron ambos antes de que Charlotte cumpliera los diez años. Al cabo de dos años Ruthanne se casó. Él se llamaba Greg.

Se trata del primer secreto de Charlotte, que lo guardaba bien. A mí no me lo reveló hasta que me gané su confianza. Lo cual no fue tarea fácil.

Yo era una chica muy guapa, rubia, de ojos azules y con un cuerpo que para entonces ya estaba bastante desarrollado. De cara… Si miras las fotos ves muy claro que Jenny es hija mía. Mi madre llegó a encargada de la fábrica de velas. Funcionaba a todas horas, con turnos de día y de noche. Supongo que es porque había muchos clientes, y tenían que hacer muchas velas, aunque algo tendría que ver con el hecho de que contrataran a «ilegales», seguro. Quizá supieran que de noche no había inspecciones. Mi madre hablaba muchas veces de una doble nómina, la de los libros y otra en efectivo. Greg iba haciendo trabajitos de carpintería. A mi madre le decía que tuviera bien controlado el efectivo y no se fiara de nadie, sobre todo de los «ilegales». Tenía varios tatuajes, uno de ellos en el cuello, con una serpiente

*y una frase debajo: «No me pises». No le gustaba mucho el go-
bierno. «El jefe», lo llamaba. Cualquier cosa con un mínimo de
autoridad era «el jefe», en plan medio hippy. Greg era idiota.*

*La primera noche que pasó, mi madre estaba trabajando. Yo
tenía diecisiete años. Vivíamos en una porquería de piso, con un
solo dormitorio y las paredes muy finas. La cocina se reducía a
un fogón eléctrico y un microondas. No teníamos horno de verdad. Cuarto de baño había uno solo, con una ducha diminuta
que cada mañana se quedaba sin agua caliente, porque los vecinos también eran «ilegales», como seis o siete metidos en un
piso. A Greg le gustaban casi tan poco los «ilegales» como el
gobierno. Siempre estaba dando vueltas y hablando solo. Dormía con mi madre en la habitación, y yo en el sofá, o sea, que
cuando salía Greg no podía irme a ningún sitio. Le oía decir
muchas barbaridades.*

*Mira, no te mentiré: me lo veía venir. De estas cosas se dan
cuenta las mujeres. Puede que los hombres también, aunque no
lo tengo tan claro. Nosotras notamos el cambio, el momento en
que un hombre decide que se quiere acostar con nosotras. Me ha
pasado con amigos de la universidad, en bares llenos, con compañeros de trabajo... Con Greg también lo noté. Me esforcé en
no hacerle caso y no tropezarme demasiado con él. Empecé a
taparme más y a no ponerme faldas, sino pantalones, zapatos
planos, cuellos cisne... No sirvió de nada. Nunca sirve de nada,
¿verdad? Cuando un hombre ha decidido que se quiere acostar
contigo, de ahí ya no lo mueves, te lo digo yo. Bueno, pues la
noche en que pasó yo había vuelto a casa del trabajo. Era camarera en un restaurante, dos noches por semana. Me acuerdo de
que estaba muy disgustada por un cliente. Esa noche la recuerdo
minuto a minuto, de verdad. El cliente me gritó porque le había
traído tarta con helado cuando él la había pedido sin helado. Era*

verdad, y me disculpé, pero él quiso ver al encargado. No paraba de chillar, diciendo que teníamos que invitarlo. Me puse a llorar, pensando que me echarían. Mi jefe me dijo que me fuera a casa. Pero qué tonto suena ahora, por Dios... Resultó que siempre hacía lo mismo, el tío, para intentar cenar gratis.

—Cualquier chica de diecisiete años se habría disgustado —le dije.

Supongo. La cuestión es que volví a mi casa llorando. Estaba Greg. Nos sentamos en el sofá. Me estuvo escuchando un buen rato, trajo dos cervezas y me dijo que no pasaba nada. La verdad es que me tranquilizó. Y que bajé la guardia.

El resto de la historia contiene algunos detalles explícitos, pero creo que es importante. Perdón si se hace difícil la lectura.

Greg le sonrió y le acarició el pelo. Me imagino que se habría convencido de que Charlotte también lo deseaba, a pesar de los cuellos cisne y de los pantalones largos. La gente se convence de lo que quiere. A Charlotte empezó a latirle el corazón con mucha fuerza, pero no se movió. Greg le acarició la cara y gimió. Sonaba como la palabra «ahhhh». La miraba a los ojos como un enamorado. Luego le metió la mano por la blusa y le tocó un pecho. Volvió a gemir. Charlotte sintió su aliento caliente en la cara, en el momento en que Greg se inclinó para besarla.

Charlotte recuerda que se quedó muy quieta. Greg la había consolado, y ella quería más. Pero no así. No con su cuerpo. Sin embargo, era lo único a su alcance, así que se mantuvo inmóvil, paralizada entre la necesidad de consuelo, de amor, y la repulsa. Dijo que Greg parecía un animal salvaje que acabara de atrapar a su presa. Exacto: el impala y el lobo. Le dio un mordisco en el lóbulo, con fuerza, y metió una mano por dentro de los pantalones de Charlotte, entre sus piernas. Después la echó hacia atrás, hasta que se quedaron tendidos los dos en el sofá. Ella sentía en el muslo la presión de su pene erecto. Greg introdujo un dedo en ella. Fue una sensación agradable, distinta a todo lo que conocía Charlotte, que ni siquiera le había dado nunca un beso a un chico.

Estás mojada, dijo él, riéndose. *Estás mojada, zorrita.*

A partir de entonces fue como si tuviera la fuerza de dos hombres, y los brazos de un pulpo. Le agarró el pelo y le quitó los pantalones a gran velocidad, como si tuviera superpoderes. Ya tenía las rodillas entre las piernas de ella, y el pene erecto contra su barriga. Luego separó lentamente sus rodillas y bajó, deslizando el pene por la parte interior del muslo. Charlotte se acordaba del «ahhhhh». La penetró, apretando sus caderas contra las de ella. Después de acabar (en cuestión de segundos, por lo visto), salió y se puso de manera que Charlotte quedase apoyada en el respaldo del sofá. Le dio un beso en el cuello, y gimió. A continuación le manipuló el clítoris con los dedos hasta que ella tuvo un orgasmo, porque lo tuvo, a pesar de la repulsa. El cuerpo es una máquina. A veces lo olvidamos.

Se hicieron «amantes» en secreto. La necesidad que alimentaban en Charlotte sus encuentros eclipsaba su conciencia, su moral y su voluntad. Greg le compraba regalos, y la llevaba al cine. Durante la cena se miraban, y en los turnos de noche de Ruthanne «hacían el amor» en el sofá. Charlotte sabía que estaba mal, y en muchos aspectos seguía repugnándole Greg, pero por lo que dice no podía evitarlo.

Me da vergüenza, pero es la verdad. Sentir tan cerca un cuerpo humano. Sentir otra piel contra la mía. Ser besada y abrazada. Y luego el placer sexual, que no podía controlar. No sé.

Quizá fuera el sexo. Quizá fuera una zorrita. Pero en su momen-
to lo viví como si fuera amor.

Ruthanne tardó unos seis meses en reconocer lo que veía y
sentía cuando estaba con ellos. Para entonces Greg no tenía
trabajo, y dependía de su mujer. Me imagino que nunca hubo
duda alguna sobre lo que pasaría, aunque para Charlotte fue
como si le arrancaran del pecho el corazón.

Ruthanne mandó a su hija a casa de la tía Peg, en Hart-
ford. Peg era seis años mayor que Ruthanne, y había cazado
un marido que se dedicaba a los seguros. Tenían tres hijos,
que iban los tres a un internado. Accedieron a regañadientes a
hacer lo mismo con su sobrina. Charlotte ya no volvió nunca
a su casa.

Tom no sabía nada de su vida con su madre y Greg.

Ahora entenderéis la necesidad de Charlotte de arreglar
su casa. Me imagino que algunos, yendo un poco más lejos,
pensaréis que su insistencia en administrar el tratamiento a
Jenny podría deberse a que en su pasado había algo sexual-
mente perverso, pero os equivocaréis. La noche del sofá la
veía Charlotte como una seducción, un acto de deseo y el
principio de una historia de amor. Aun así, se daba cuenta
de que su relación con su padrastro era «anticonvencional»
y «moralmente cuestionable», y por eso no se lo contaba a
nadie, ni siquiera a su marido.

No es este, sin embargo, el secreto que más temía Charlotte que pudiera ver su suegra.

6

Pero volvamos a Jenny, y a la noche en que se sentó en su cama.

El jefe de Tom se llamaba Bob Sullivan. Tenía doce concesionarios de coches en el estado de Connecticut, y un patrimonio neto por valor de más de veinte millones de dólares. Su cara aparecía en diversas vallas publicitarias de la I-95 entre Stamford y Mystic, y en todas las localidades donde aún estaba permitido instalarlas. Si habéis visto su abundante pelo negro, sus ojos decididos, su gran sonrisa blanca y su nariz redonda, os acordaréis. Bob Sullivan era un hombre hecho a sí mismo, del tipo sobre el que les gusta escribir a las revistas. De esos tan henchidos de seguridad en sí mismos que en el caso de Bob parecía un milagro que no explotara como una piñata, llenando el cielo de confeti. Bob Sullivan vivía en Fairview. Tenía una mujer «de talla extra» y tres hijos a quienes estaba preparando para dirigir la empresa familiar. Siempre conducía un último modelo, fuera de BMW, de Porsche o de Ferrari. Seguía la paleodieta y bebía vino tinto sin restricciones. Era generoso, pero también ambicioso, con la mirada puesta en un escaño de la asamblea del estado.

Y él y Charlotte Kramer eran amantes.

Tendemos a pensar que sabemos por qué se buscan un amante las personas. Porque no les va bien en su vida conyugal, pero no pueden separarse a causa de los hijos. Porque tienen necesidades sexuales insatisfechas. Porque caen víctimas de una seducción, y pueden más los deseos humanos que el autocontrol. En el caso de Charlotte no se trató de ninguna de estas cosas.

Charlotte Kramer era dos personas. Por un lado, la graduada en Literatura por Smith, y después subdirectora de la revista *Connecticut*, que ahora, convertida en ama de casa, tenía dos hijos encantadores y estaba casada con Tom Kramer, de familia de estudiosos y de profesores. Miembro del Fairview Country Club, se la conocía por lo irreprochable de sus modales y la riqueza de su vocabulario. Había construido su casa con esmero, una buena casa, con principios, admirada.

Nadie conocía a la otra Charlotte Kramer, la chica que se había acostado con el marido de su madre y había tenido que irse a la fuerza de su casa. Nadie sabía que su familia estaba compuesta de alcohólicos sin formación que habían muerto jóvenes tras una vida dura. Era la chica que se desnudaba cada noche para un hombre el doble de mayor que ella, un hombre que olía a cigarrillos y falta de higiene. Nadie sabía nada de esa chica, excepto Bob Sullivan. Charlotte la había metido en una jaula, pero con el paso del tiempo esa chica había empezado a sacudir los barrotes hasta que ya no era posible seguir ignorándola. Bob Sullivan era la manera que tenía Charlotte de reconocer su existencia, y de que se quedara tranquila en su prisión. Era su manera de ser una persona entera viviendo media vida como la Charlotte Kramer de Fairview.

Cuando estoy con Bob vuelvo a ser esa chica. La chica guarra que se excita con cosas malas. Bob es buena persona, pero como estamos los dos casados, lo que hacemos está mal hecho. No sé explicarlo. Me he esforzado mucho por vivir «como es debido».

¿Sabes lo que quiero decir? No tener malas ideas y evitar por-
tarme mal. Pero el ansia está ahí. Como los que fuman en el la-
vabo, ¿sabes? Los que prácticamente lo han dejado y se morirían
antes de que se supiera que fuman, pero se escapan a fumar un
cigarrillo al día. Solo uno. Para el ansia no hace falta más. Bob
es mi único cigarrillo.

Acaso juzguéis a Charlotte Kramer por su cigarrillo al día.
Por tener ansias secretas que es incapaz de controlar. Por no
haber dicho toda la verdad. Por no dejar que su marido co-
nozca por entero a su mujer. Y por juzgar a Charlotte Kramer
tendré que juzgaros yo como unos hipócritas.

No hay nadie, nadie en absoluto, que se muestre por entero a ninguna otra persona. El que crea haberlo hecho, que se
haga estas preguntas: ¿has fingido alguna vez que te gustaba
algo muy malo cocinado por tu mujer? ¿Le has dicho a tu hija
que estaba muy guapa con un vestido feo? ¿Has hecho el amor
con tu marido y has fingido suspirar mientras pensabas en
otra cosa, por ejemplo, en la lista de la compra? ¿O elogiado
el trabajo mediocre de un colega? ¿Le has dicho alguna vez a
alguien que se arreglaría todo, cuando no era cierto? Sé que sí.
Mentiras piadosas o crueles. Un millón de mentiras un millón
de veces al día, en todas partes, en todas nuestras bocas. Todos le escondemos algo a alguien.

Quizá te parezca descorazonador. Es posible que a partir de
ahora te quedes pensativo cuando tu mujer se muestre convencida de que te ascenderán, o cuando te asegure tu marido que en
la asociación de padres caes muy bien. La verdad es que nunca
sabrás la verdad, y que si la supieras, lo más probable es que
estuvieras luchando por salvar tu matrimonio. Podré parecer
un traidor, un hereje, pero no hay ninguna relación capaz de
sobrevivir a la verdad pura y dura, a la verdad completa. No.

A partir del momento en que una pareja se confiesa lo que siente de verdad, sea en privado, en una terapia de pareja o incluso a amigos indiscretos, se acabó lo que se daba. ¿No lo veis? ¿No os dais cuenta en vuestro fuero más interno? A las personas las queremos por cómo son, y por cómo nos hacen sentir. Normalmente toleramos sus defectos, y hasta nos los guardamos, pero en cuanto nos vemos reflejados en sus ojos de algún modo que no responda a lo que deseamos ver, a lo que necesitamos ver para sentirnos bien, se rompe la columna vertebral de ese amor.

Tom nunca había tenido esa oportunidad. Ningún reflejo que pudiera ver Charlotte en sus ojos podía ser creíble, porque solo conocía a la Charlotte que le había sido revelada. Solo Bob Sullivan las conocía a las dos.

Charlotte y Bob se citaban de día en la caseta de la piscina, al fondo del jardín de los Kramer. Había un camino de tierra usado por la empresa de mantenimiento, y escondido casi del todo por los árboles. Incluso en invierno Bob podía aparcar sin ser visto desde la carretera. El jardín estaba vallado. Eran muy precavidos. Ambos tenían mucho que perder.

La noche en que su madre hizo pollo al romero, Jenny se sentó en su cama sin poder soportarse ni un minuto más. Oyó que su madre se iba a recoger a Lucas. Los oyó entrar en casa. Intentó esperar a que se fueran sus padres a la cama, pero volvieron a embarcarse en una de sus interminables «conversaciones». Jenny contempló la reserva de pastillas que había ido arramblando en los cuartos de baño de los padres de sus amigas, y eligió una pequeña y blanca. Siempre eran Xanax, o Lorazepam, o Valium. Ella no los conocía por sus nombres, pero yo las identifiqué a partir de la descripción que me hizo, tanto de su aspecto como del efecto que tenían cuando las tomaba. Veinte minutos después dormía.

A la mañana siguiente fue al instituto en autobús. Su madre se despidió de ella con la mano. Jenny fue a tutoría, a Química y a Historia. A la hora de comer se fue a su casa caminando.

Ya he dicho que Bob Sullivan se presentaba a la asamblea del estado. Por eso su mujer, Fran, contrató a un detective para que lo siguiera y recogiera pruebas. He observado que cuando pasa algo raro, la gente se da cuenta. Aunque ya no haya intimidad en el matrimonio, los otros cambios son demasiado difíciles de esconder. A la felicidad, concretamente, no le gusta esconderse. En el caso de Bob, la explicación es tan sencilla como que su mujer lo conocía demasiado.

Por la tarde, después de que Jenny volviera caminando a casa, Charlotte y Bob se vieron en la caseta de la piscina. No era un edificio muy grande, solo un cambiador de cuatro metros por cuatro con un cuarto de baño al lado. Había un sofá, baldosas en el suelo, puertas correderas con estores y unas cuantas estanterías para las toallas, el protector solar y varios accesorios de piscina. Y una pequeña grabadora activada por sonido, que había instalado el detective de Fran Sullivan.

Lo que se grabó fue lo siguiente:

[puerta que se cierra, estores sacudidos, risa pícara de mujer]

—Shhh, ven aquí, preciosidad.

[ruido de besos, jadeos]

—¿Cuánto tiempo tienes?

—Media hora, o sea, que quítate la ropa y échate en el suelo.

[más risas, suspiros, ruido de quitarse la ropa]

—Hoy quieres mi boca, ¿verdad? ¿Quieres que te lama?

—Sí.

[suspiros de mujer, gemidos de hombre]

—Si fueras mi mujer te comería cada noche para cenar.

[suspiros de mujer, excitación]

—Espera, un momento... [voz de mujer, preocupada]

—¿Qué pasa? [voz de hombre, alarmada]

—La puerta del lavabo... Está cerrada, pero por debajo de la puerta... Creo que está encendida la luz. [voz de mujer susurrando]

[roces, y luego silencio]

[un fuerte grito de mujer]

—¡Dios mío! ¡Ay, Dios mío! [voz de hombre, aterrorizada]

[gritos de mujer]

—¡Ayúdala! ¡Mi niña! ¡Mi bebé!

—¿Está viva? ¡Mierda! ¡Mierda!

—¡Ve a buscar una toalla! ¡Átale las muñecas, muy fuerte!

—¡Mi bebé!

—¡Envuélveselas! ¡Estira! ¡Fuerte! ¡Ay, Dios mío! ¡Cuánta sangre...!

—¡Le noto el pulso! ¡Jenny! ¿Me oyes, Jenny? ¡Pásame las toallas esas! ¡Ay, Dios mío, Dios mío, Dios mío!

—¡Jenny! [voz de mujer, desesperada]

—¡Llama al 911! ¡Jenny! ¡Jenny, despierta! [voz de hombre]

—¿Dónde está mi móvil? [voz de mujer, roces]

—¡En el suelo! ¡Venga! [voz de hombre]

[pasos, roces, voz de mujer hablando con urgencias y dando una dirección, histérica]

—¡Tienes que irte! ¡Ahora mismo! ¡Vete! [voz de mujer]

—¡No! ¡No puedo! ¡Dios mío!

A Charlotte le costaba hablar de aquella tarde, pero una mañana, después de que yo encontrase la forma de rodear la barrera, sacó fuerzas de flaqueza y consiguió explicar lo siguiente:

Cuando encontramos a Jenny desangrándose en aquel lavabo, Bob se portó como un héroe. Yo, después de pedir ayuda por teléfono, le dije que se fuera, pero no quiso. Le daba igual. En ese momento vi a un hombre a quien no ve nadie más. Será codicioso, y lo que diga la gente, pero se lo jugó todo por salvar a mi hija. Partió una toalla por la mitad y se la pasó por la muñeca. Me pidió que agarrase una punta y estirase. Era una toalla gruesa, difícil de apretar. «¡Estira!», me gritaba él. Yo estiré. Al final quedó apretada, y él entonces hizo un nudo. Lo repetimos con la otra muñeca. Estábamos los dos llenos de sangre. Empapados. Mis pies resbalaban en el suelo. Cuando Bob acabó con las dos muñecas, llamé al 911. Le dije que se fuera, pero se negó. Me puse la cabeza de Jenny en el regazo y empecé a llorar. No como antes, a gritos. Solo lágrimas, ¿entiendes? Bob también lloraba. Miraba mi cara y la de Jenny como si no supiera cuál de las dos le dolía más. Le acarició la cara a Jenny, y luego se giró hacia mí y se me quedó mirando. «¡Escúchame! —me dijo—. ¡Se va a salvar! ¿Me oyes? ¡Seguro!» Oímos las sirenas. Yo volví a gritarle que se fuera. Se lo supliqué. Él contestaba todo el rato «¡no!», pero al final lo entendió. A mí no me importaba su carrera, ni su mujer, ni su reputación. En ese momento lo único que me importaba eran Jenny y mi familia. No podía estar Bob cuando llegara la policía. Al levantarse, y esquivar la sangre, gritó más fuerte que antes. «Te quiero», dijo. Y se fue.

Jenny se salvó, en efecto. Que es cuando entro yo.

7

Me llamo Alan Forrester, y soy psiquiatra. Por si no estáis al corriente de la diversidad de titulaciones que hay entre los profesionales de la salud mental, soy de los que salen de la Facultad de Medicina. Tengo el título de doctor en Medicina summa cum laude por la Universidad Johns Hopkins. La residencia la hice en el Hospital Presbiteriano de New York. Durante los veintidós años que llevo en activo, he recibido varios premios y distinciones, pero yo no me amparo en los certificados de papel, de esos que seguro que habéis visto en las paredes de las consultas de vuestros médicos. Papel de color crema, palabras latinas escritas en caligrafía, marcos de buena madera… Me recuerdan los trofeos deportivos que le daban a mi hijo al final de cada temporada. Baratos, y que lo único que reflejan es la necesidad de conseguir futuras inscripciones. No hay nada que atraiga tanto a los clientes como la promesa de un premio. Son anuncios, y quienes los exponen públicamente, simples carteles humanos.

Mi profesión está llena de retos. Lo que se ha conseguido forma parte por definición del pasado, y es poco probable que tenga algún peso en si logro tratar con éxito al próximo paciente que entre por mi puerta. Es verdad que la experiencia nos hace ser mejores en nuestros respectivos oficios, y en eso el mío no es ninguna excepción. No cabe duda de que ahora hago mejores diagnósticos que al principio de mi carrera, pero he observado que el diagnóstico es la parte fácil. Lo que plantea mayores desafíos, lo que exige humildad y habilidad a partes iguales, es el tratamiento, la aplicación cuidadosa, equilibrada y meticulosa de pastillas y terapia. Cada cerebro es diferente, por lo que también debe serlo cada terapia. Yo nunca pretendo saber qué funcionará. Y por «funcionar» entiendo ayudar, porque es lo que nos proponemos conseguir: prestar ayuda a un ser humano a fin de que se libre del dolor que le inflige su propio cerebro.

Quizá me tachéis de fanfarrón, pero he ayudado con éxito a todos mis pacientes, excepto a uno. Me refiero tanto a mi consulta privada en el número 85 de Cherry Street, en Fairview, como a mi otro trabajo, más duro, en la penitenciaría de hombres de Somers.

Soy el único psiquiatra que ejerce en Fairview. El médico que le administró la medicación a Jenny Kramer, el doctor Markovitz, vive en Cranston y no tiene consulta propia. En nuestro pueblo hay muchos más psicólogos, trabajadores sociales, terapeutas y demás, pero ninguno puede recetar medicamentos, ni tiene formación en psicofarmacología. Es el primer motivo de que recurrieran a mí los Kramer.

El segundo es mi trabajo en Somers. Una vez por semana me traslado al norte del estado para un día de voluntariado (ocho horas que en otras circunstancias podría facturar a cuatrocientos dólares la hora), consistente en tratar a delincuentes con trastornos mentales de la Northern Correctional Institution de Connecticut. Se trata de un centro de máxima seguridad, de nivel cinco. No os equivoquéis, no: los reclusos de Somers han sido declarados culpables de algún delito, y cumplen condena de privación de libertad. En algunos casos resultan ser también enfermos mentales. Cuando alguien es declarado inocente de un delito por enajenación mental, no lo mandan a la cárcel, sino a un hospital psiquiátrico del estado, donde es muy posible que pase por su propio infierno. A veces lo sueltan después de un tratamiento mínimo e insuficiente. Lo irónico es que no existe una correlación perfecta entre el grado de enajenación de un delincuente y su capacidad de sostener una defensa por enajenación. Al hombre, «cuerdo» por lo demás, que en un arrebato mata al amante de su mujer pueden atribuirle enajenación transitoria, y asignarle defensa pública, mientras que los asesinos en serie (que son siempre clínicamente sociopáticos, y eso estoy dispuesto a recalcarlo) acabarán en el pasillo de la muerte. Sí, sí, ya sé que es más complejo. Los abogados penalistas seguro que os estáis tirando de los pelos por la simplificación excesiva de mi perorata, pero una cosa os digo: ¿no estaba loco Charles Manson cuando ordenó a su secta que asesinase a siete personas? ¿No estaba loca Susan Smith cuando ahogó a sus hijos? El propio Bernie Madoff, ¿no estaba loco cuando siguió estafando con su esquema Ponzi después de haber ganado más dinero del que pudiera gastar?

«Locura» solo es una palabra. Los hombres a quienes trato son delincuentes violentos, con trastornos que van desde la depresión hasta la psicosis aguda. Yo les proporciono la terapia «oral» tradicional, aunque no en la cantidad necesaria, y también les doy medicación. La dirección preferiría que me concentrase en los medicamentos. De hecho, si estuviera permitido, los funcionarios de la cárcel me dejarían medicar a toda la población que vive entre sus muros. Un preso sedado es más fácil de tratar. Pero claro, está prohibido. En todo caso, es comprensible que tengan tantas ganas de mandarme a cualquier preso que se ajuste a sus criterios. Vienen y van durante horas, haciendo cola al otro lado de la puerta de metal vigilada. A veces la fila se hace más larga a medida que transcurre el día, y siento el impulso de abreviar las sesiones para no dejar desatendido a nadie. Seguro que sí, que siento dicho impulso, y es algo que me produce mala conciencia. Durante el largo camino de regreso a mi casa veo sus caras, las de los que no he tenido tiempo de atender, y también las de aquellos a los que he despachado apresuradamente con algunas pastillas.

Cada trimestre vienen funcionarios para vigilar el dispendio en recetas, pero no pueden poner ninguna pega a mi ritmo de gastos. Por muy desagradable que sea dedicar todo un día a delincuentes violentos, creo desempeñar una función imprescindible. Nuestras cárceles están saturadas de enfermos mentales. No siempre es fácil decidir si fue la enfermedad la que llevó al delito, o el entorno carcelario el que creó la enfermedad. En lo que a mi labor respecta, en realidad, tampoco tiene demasiada importancia. Pero en fin, que entiendo la mente de los delincuentes.

El tercer motivo de que me eligieran para el caso Jenny Kramer guarda relación con un joven, Sean Logan. Pronto hablaré de él.

Después de cortarse las venas, Jenny se despertó en mitad de la noche. En la habitación estaba su padre, que se había quedado dormido en una silla. Tal como describió Jenny el momento, jamás albergué ninguna duda de que su intención de suicidarse hubiera sido real.

De repente tenía los ojos abiertos, y veía otra vez la cortina. Es una cortina azul claro colgada con anillas metálicas de una barra que rodea la habitación de la UCI. Me habían puesto en la misma habitación que la noche en que me dieron el tratamiento. La noche en que me violaron. Odio decirlo. Me piden que lo diga —y que lo piense—, porque me ayudará a aceptarlo, y supongo que a mejorar, pero el caso es que no lo ha hecho, ¿no?

Jenny levantó las muñecas vendadas.

No sé qué me dieron para dormir, pero aún duraban los efectos. Me encontraba bastante bien, como flipada.

—¿Cómo cuando te tomas las pastillas de las casas de tus amigos? —le pregunté.

Exacto. Luego, de repente, tuve un montón de pensamientos a la vez, como una ráfaga de balas. Estoy muerta. Estoy viva. Todo este año no ha pasado. Aún es la noche de la violación. Me alivió que el año hubiera sido una pesadilla, pero luego me sentó fatal pensar en revivirlo todo. De ahí volví a lo más evidente: me había cortado las venas. Salieron más pensamientos disparados. Primero una especie de shock por haberlo hecho, y hasta de alivio por que no hubiera funcionado, porque era una locura haberlo deseado. Pero después me asaltaron de golpe todas las razones por las que lo había hecho, y me quedé como pensando: ah, pues tan loca tampoco estaba. Tenía mis razones, de mucho peso, y no han cambiado. Seguía presente la sensación ominosa que siento cada día, a todas horas. Era como subir nadando desde el fondo de la piscina, y al sacar la cabeza ver que estás en el mismo lugar que antes de zambullirte. No sé si me entiende. Estaba en el mismo sitio que antes. Intenté ponerme las manos en la barriga, porque es lo que hago siempre que pienso en ello, en lo mal que me siento, pero tenía los brazos atados a la baranda de la cama. En lo siguiente que pensé fue en la rabia que me daba que no hubiera funcionado.

En ese momento Jenny se puso a llorar. No era la primera vez, pero en esta ocasión las lágrimas eran de rabia.

No se crea que fue fácil. Tenía un miedo… Me senté en el cuarto de baño y no paraba de llorar. Pensaba sobre todo en Lucas, y en mi padre, y en cómo les sentaría. En mi madre también, aunque es la más fuerte de los tres. Supuse que se enfadaría muchísimo conmigo. En ese momento casi desistí, pero entonces me dije: ¡venga, hazlo de una vez y sanseacabó! La cuchilla estaba afiladísima. Me dolió mucho más de lo que pensaba. Lo que dolía no era el corte, sino el aire al entrar en las venas, una especie de escozor, de ardor horrible. Me las corté las dos. ¿Usted sabe lo difícil que fue? ¿Habiéndome dolido tanto la primera, saber que volvería a dolerme igual? Dicen que no hay que mirar la sangre, porque entonces intentas salvarte, por instinto, pero me habría costado demasiado no mirarla. Tenían razón. Empezó a latirme como loco el corazón. Mi cabeza gritaba: «¡Para, para!» Empecé a buscar con la mirada alguna manera de vendarme, pero antes de empezar lo había retirado todo, que era lo que ponía en las instrucciones que leí. Ya sabía que pasaría, que intentaría evitarlo. Tenía que resistirme con todas mis fuerzas. No se puede imaginar lo difícil que fue. Tenía que cerrar los ojos, tumbarme en el suelo y concentrarme en la sensación de mareo, bastante agradable, la verdad. Como si me desprendiera de todo. Fue lo que hice. Cerré los ojos, ignorando las voces que seguían gritándome y la sensación de ardor. Me desprendí de todo. Seguí todos los pasos. Todo al pie de la letra, pero no funcionó.

—¿Estás enfadada? —le pregunté.

Asintió con los ojos llenos de lágrimas que se le deslizaban por la cara.

—¿Con quién?

Tardó un poco en responder. Lo hizo refiriéndose al blanco de su rabia mediante alusiones, no por su nombre. *¿Qué*

hacía allí? Con la cantidad de sitios donde podía estar… ¡Si aún
no habían abierto la piscina! Todavía quedaba un poco de nieve
en el suelo. ¡Y después de lo que había pasado! Increíble. ¿Por
qué tenía que estar?

Todo esto no lo dijo Jenny al abrir los ojos y ver a su padre;
se guardó sus sentimientos, pero los de Tom Kramer habrían
podido llenar todo el hospital. Se inclinó sobre la cama.

¡Menos mal, Dios mío! Lo repetí un montón de veces. Intenté
abrazarla, pero era tan frágil, con capas y capas de vendas en los
brazos finos, atados a las barandas de la cama… Junté mi mejilla
con la suya y olí su pelo y su piel. No tenía bastante con verla
despierta. Necesitaba sentirla, y olerla. Pero qué cara tan pálida,
por Dios. No era como la noche del ataque. Entonces parecía iner-
te. Aquella mañana parecía muerta. Nunca se me había ocurrido
que hubiera alguna diferencia, pero la hay, te lo aseguro. Tenía
los ojos abiertos, y me miraba a mí y el techo, pero no estaba. Mi
hija bonita ya no estaba. Entró el doctor Baird con el doctor
Markovitz. Me resultó surrealista estar otra vez con los mismos
dos médicos en el hospital. Supongo que había empezado a creer
lo que decía mi mujer, que Jenny estaba mejor; que seguiría mejo-
rando, y que por fin empezaba a quedar en el pasado aquel momen-
to tan oscuro de nuestras vidas. Ahora que lo pienso, seguro que
había empezado a volcar todas mis dudas en mí mismo. Como si
fuera el único de la familia incapaz de superarlo. O estuviera pro-
yectando en mi hija mi propia desesperación, cuando en el fondo
ella estaba bien. Era yo el que no podía aceptar que no encontrá-
semos nunca a ese monstruo. Y… Caray. No me puedo creer que
esté diciéndolo en voz alta. Creo que estaba enfadado con ella, con
Jenny, por no acordarse. Por no poder ayudar a la policía a encon-
trarlo y darle el castigo que se merecía por sus actos. ¿Es de locos,
obsesionarse tanto con la venganza?

—No —le aseguré—. Eres su padre. Es el instinto.

Lo dije en serio. Tenía el firme propósito de aliviar su sentimiento de culpa, aun a riesgo de alentar su búsqueda del violador de Jenny. Respecto a esto último, me arrepiento un poco de no haber apartado a Tom de una aceptación sin reservas de sus instintos. Aunque una reacción se explique por el instinto, no necesariamente es el mejor camino que se puede tomar. Tom, en todo caso, se quedó más tranquilo.

¡Exacto! ¡Como si no pudiera evitarlo! Me pasaba todo el día, y parte de la noche, mirando las noticias. Hacía zapping entre la CNN, la CNBC y la Fox por si decían algo sobre otra agresión. Tenía «violación» como alerta de Google. ¿A que es increíble? En parte quería que el monstruo atacara otra vez, para que hubiera alguna oportunidad de atraparlo. Ni más ni menos. Soy una persona horrible. ¿Y sabes qué? Que a estas alturas me da igual. Qué bien sienta reconocerlo delante de otra persona. Que pase lo que tenga que pasar. Por mí como si acabo en el infierno, o en la cárcel, o qué sé yo. ¡Haber vuelto al hospital, con los mismos médicos, y con mi hija otra vez en la UCI del carajo! Mierda. A la mierda conmigo. Debería haber sabido que no estaba bien. ¡Soy su padre, por Dios! Pero el shock que sentí en el hospital me ha enseñado que me engañé a mí mismo.

Lo que no dijo Tom ese día, pero que reconoció después de unas semanas, en conversación conmigo, es que también hizo el juramento de no seguir cediendo ante su mujer. Se había abierto la primera falla. Había empezado la fractura de su matrimonio, y de su familia. Y así, la mañana después de que Jenny se cortara las venas, Charlotte se convirtió en la nueva mala de la historia, tanto para su hija como para su padre.

A mí no me sorprendió, pero el arte de la terapia es dejar que sea el paciente quien saque sus propias conclusiones. Es como tiene que ser. El terapeuta necesita grandes dosis de paciencia para alimentar este proceso sin que se corrompa. Para mí habría sido muy fácil guiar a Tom hasta esa conclusión, la de que estaba enfadado con su mujer por haberle hecho creer que su hija se estaba recuperando. Unas cuantas palabras en el momento oportuno, algunas frases bien dosificadas, recordatorios de los hechos en los que se sustentarían sus acusaciones contra su mujer... A fin de cuentas era Charlotte la que había insistido en que Jenny recibiera el tratamiento, y exigido que prescindieran de cualquier terapia y se la llevaran a Block Island, donde viviría en relativo aislamiento. Era Charlotte quien había hecho todo el hincapié del mundo en que pusieran en práctica un remedo de normalidad, a pesar de que Jenny hubiera perdido su interés por la vida, y quien colmaba a su marido de reproches cada vez que sacaba a relucir el tema de la violación de su hija. Pero no dije nada en ese sentido. Fui muy cuidadoso. Los terapeutas tienen un poder de sugestión tremendo. Un poder tremendo y punto.

No voy a entrar en si los sentimientos de Tom eran justificados. Los sentimientos no precisan justificación. Por un lado, Charlotte había sido inflexible en su versión de la verdad. La violación estaba borrada del cerebro de su hija, así que no existía. Ahora es evidente que se equivocaba, pero lo hizo con la mejor intención del mundo. Tampoco se engañaba del todo. El doctor Markovitz había administrado los fármacos, y la memoria de Jenny acusaba sus efectos. No se acordaba de la violación. No se le puede reprochar a Charlotte que desconociera el cerebro humano; y las devastadoras consecuencias del tratamiento, que apenas empezaban a manifiestarse. Lo cual nos lleva de nuevo a Sean Logan.

8

Sean Logan era un militar del Navy SEAL. Había crecido cerca de Fairview, en New London, igual que Charlotte Kramer. Su padre había estado en la marina de guerra, y a su abuelo le habían dado una medalla póstuma en el Marine Corps. Sean tenía seis hermanos, tres mayores y tres más pequeños, es decir, que era el del medio, con toda la indefinición que comporta. Físicamente era muy guapo. Fueras hombre o mujer, heterosexual u homosexual, joven o viejo, era imposible mirar a Sean Logan sin quedar impresionado por su belleza física. No era por nada en concreto. Sus ojos azul claro, su pelo poblado y oscuro, la estructura ósea tan masculina de sus pómulos y de su frente... Todo se conjugaba en un lienzo perfecto, pero sobre ese lienzo siempre había pintada alguna emoción. Sean era incapaz de esconderlas. Su alegría, que no vi hasta después de unos años, era infinita, y su socarronería, contagiosa. Nunca he tratado a ningún paciente que me haya hecho reír tanto, a pesar de mis esfuerzos por quedarme serio. Se me escapaba la risa como lava de un volcán. Su amor era profundo y puro. Su sufrimiento, embriagador.

Pese a haber obtenido una beca para la Universidad de Brown, no llegó a cursar estudios superiores. Así de testarudo era, y así de inteligente. Por desgracia, no tenía ni un momento de sosiego interno. A todos (o a casi todos) nos superan en alguna ocasión los sentimientos. Acordaos de cuando os «enamorasteis» por primera vez, o del primer momento en que visteis a vuestro hijo recién nacido. Puede ser también el hondo miedo que sentimos al salvarnos in extremis de un accidente, o la rabia sin límites que nos provoca ser perjudicados de forma intencionada, o que lo sea nuestra familia. En esos casos podemos pasarnos varios días casi sin comer, durmiendo mal y sin poder controlar nuestros pensamientos, fijados en la causa del trastorno que ha sufrido nuestra vida normal. Si la causa del trastorno es positiva (un «enamoramiento», pongamos por caso), podemos creernos «felices», pero no se trata de «felicidad». El trastorno tiene su origen en el miedo a no saber asimilar la nueva situación e incorporarla a la normalidad, ni saber si será permanente o transitoria. Lo cierto es que el cerebro está en modo de ajuste. Trata de encontrar el encaje del cambio en este nuevo entorno emocional. La auténtica «felicidad» llega cuando la relación se asienta y se hace estable. Cuando puedes dormir toda la noche al lado de tu nuevo amor, porque sabes que no se marchará.

Imaginaos que después de un trastorno, en vez de alcanzar la estabilidad, sentís continuamente la misma emoción, nueva y potente, del principio. Es una situación insostenible, y la verdad es que francamente dolorosa.

En mi profesión solemos diagnosticar este problema como alguna forma de ansiedad. A veces se presta a recibir la etiqueta de TOC, y otras nos limitamos a llamarlo trastorno de ansiedad generalizada. Los trastornos de ansiedad se distribuyen a lo largo de un continuo, como todas las enfermedades mentales. Necesitamos ponerles algún nombre para poder comunicar lo que vemos, pero no es lo mismo que diagnosticar una dolencia física como la gripe. No hay bichitos que puedan verse a través del microscopio. Lo único que tenemos son observaciones y deducciones que con algo de suerte serán inteligentes.

He tratado a muchos pacientes como Sean, a pesar de que su caso fuera excepcional. A este tipo de personas puede ser difícil recetarles la medicación correcta. Está en mis manos conseguir que bajen a la Tierra, pero de ahí ya no se moverán. Los demás discurrimos por el patrón normal de sentir emociones elevadas y volver a la normalidad, pero en cambio estos pacientes tienen que elegir. Es algo similar a una adicción, y a la decisión de desintoxicarse. ¿Qué prefieres, vivir en una abstinencia total o en un estado constante de ebriedad? Yo elegiría lo primero, no me cabe duda alguna.

Al Sean de antes de la marina de guerra no lo conocí. Se alistó con solo diecisiete años, cuando en sus propias palabras «se subía por las paredes». Iba de novia en novia, y bebía y se drogaba a diario, incluso en la escuela. Su madre había tirado la toalla. Dos de los hermanos mayores habían vuelto a casa, uno recién licenciado y el otro con la carrera a medias. Los tres pequeños siempre necesitaban algo: comer, que los llevaran en coche, una camisa limpia… La mayor de las hermanas fue madre soltera a los veintitrés años. A veces le dejaba el bebé a su madre para poder trabajar de auxiliar administrativa. Lo que intento transmitir es que Sean no sabía ayudarse a sí mismo, y que no había ninguna otra persona que pudiera hacerlo. Al terminar el bachillerato se alistó.

En su caso, la vida militar no fue mala elección. Las exigencias físicas de la instrucción, y las innumerables ocasiones para forzar el cuerpo al máximo, le proporcionaron otro tipo de medicación para su ansiedad. Las endorfinas y la adrenalina generadas por el ejercicio anaeróbico son sustancias químicas que hacen que el cuerpo sienta bienestar. Es la manera más fácil de explicarlo. Para alguien aquejado de ansiedad, el ejercicio físico extremo puede aportar un alivio considerable. Sean destacó tanto que acabó todo el proceso en poco más de dieciocho meses. A los dieciocho años fue destinado a Irak, de donde volvió recién cumplidos los diecinueve. Sus padres estaban orgullosos. Sus hermanos se debatían entre el orgullo y la envidia. Sin su régimen, no obstante, y sin el chute natural y constante del peligro, Sean volvió a caer en la vorágine de su ansiedad.

¿Usted ha probado la coca, doctor? Me lo preguntó sabiendo la respuesta de antemano. Era una picardía muy suya. *Pues saltas por cualquier cosa.*

Todavía lo veo sentado en el sofá de mi consulta, con las piernas separadas y los puños apretados. Empezó a temblar.

Es así, como si tuvieras que mover todo el rato alguna parte del cuerpo para quitarte los nervios. No puedes dormir. No tienes hambre. Te puedes pasar horas hablando de cualquier tontería.

—No suena muy agradable —dije yo.

Sean se rió.

Ya, doctor, ya. Una taza de té y un buen libro. No podemos ser todos unos santos.

—¿Cuándo has tomado tú cocaína? —pregunté.

Pues la última vez fue en décimo curso. Solo lo he dicho en el sentido de que es como me sentía a todas horas. Se me había olvidado cómo era antes de..., pues de estar tanto tiempo en el desierto. Allá dormía como un tronco. Nunca pensaba en lo que me retorcía las entrañas.

—¿Y cuando volvías a casa, antes de la última misión?

Una mierda. Era como estar metido en una jaula, como los animales salvajes en los zoos. Me despertaba, y después de un

segundo de tranquilidad empezaba a notarlo hasta que se me
llenaba la barriga de ácido. Entonces me levantaba de golpe y
salía pitando de casa. Me iba a correr hasta que me quedaba sin
respiración. Le daba un beso en la mejilla a mi mamá, pillaba
una cerveza y me la llevaba al sótano para hacer pesas hasta que
me temblaran los músculos. Para unas horas iba bien. El resto
del día me lo pasaba bebiendo. La hierba ya no la toco. No me
puedo arriesgar.

—¿Y Tammy, tu mujer? Me has contado que os conocisteis durante un permiso, ¿no? ¿Cómo fue?

Sean sonrió y me hizo un guiño.

Bueno, cuando digo beber también digo follar. Las dos cosas
a la vez. Era mi manera de pasar el día. Estaba en un bar y me
daba cuenta de que me miraba alguna chica. Era demasiado fá-
cil. Hablando así parezco un desgraciado, pero es que iban muy
lanzadas. No sé, en el instituto nunca había tenido tanta suerte.
Igual es que les doy pena porque tengo que volver.

No puse en duda una sola palabra. Sean era un cóctel perfecto para atraer a las mujeres.

Supongo que tuve un descuido. Cuando volví, la vez siguien-
te, tenía hijo y mujer.

Estoy dispuesto a sostener que Sean Logan, a pesar de su promiscuidad, era una buena persona en el sentido más profundo de la palabra. Y no solo porque se casara con la madre de su hijo. Era un luchador. Luchaba por su vida y su cordura. De todo lo que conocía, lo único que le hacía la vida soportable era que lo movilizasen. Por eso, cuando le dijeron que volviera, volvió y se esforzó al máximo por querer a su mujer y conocer a su hijo. Lo que ocurre es que le daba miedo. No como los típicos casos que hemos oído todos de hombres que sufren TEPT o se hacen adictos a la adrenalina. En general estos hombres son normales antes de irse a la guerra. En el caso de Sean era lo contrario. Él buscaba la guerra para huir de sí mismo.

Tammy lo describió así:

Yo de Sean estoy enamorada. No lo dude, por favor. El día que piense que no le quiero, me moriré. Parecerá una tontería, pero me enamoré a primera vista, de verdad. Tal como suena. No se imagina lo que fue aquella tarde. Llovía, y hacía bochorno. Yo había salido a tomar unas cervezas y jugar a billar con un grupo de amigas. Era sábado y no había mucho más que hacer. Sean estaba en la barra, contando no sé qué de una barbaridad que le había hecho a un amigo, una broma en Irak, y todo el mundo se reía a carcajadas. Nunca se quedaba con lo malo. Siempre quería hacer reír a los demás. Era capaz de animar toda una sala de golpe con una simple anécdota y esa sonrisa enorme. Bueno, pues entré y me vio. Paró un segundo de contar la historia, pero como la gente estaba esperando continuó, aunque me seguía por todo el local con la mirada. Entonces yo aún no conocía esa parte de él, pero cuando se fija en algo o en alguien, es como un pitbull: no lo suelta hasta que consigue lo que quiere. Esa tarde me quería a mí.

Tammy era una mujer guapa, rubia, con el pelo corto y los ojos grandes y marrones. Cuando la conocí solo tenía veinticuatro años, y creo que estaba avejentada por la maternidad, pero sobre todo por su matrimonio con Sean. Me pareció interesante que usara la comparación con un pitbull. Dicen que no abren las mandíbulas hasta que haya muerto el animal que tienen entre los dientes. Procuré no excederme en mis interpretaciones. El pitbull se ha convertido en un símbolo coloquial. La mayoría de la gente usa la expresión sin entenderla del todo. Aun así, parecía que a Tammy le estuvieran exprimiendo la vida. Le daba vergüenza hablar de los detalles más íntimos de su relación, pero a mí me pareció importante, así que hice lo posible por que estuviera cómoda.

Pues nada, que yo también me puse a coquetear. Lo miraba y apartaba la vista. Lo típico que hacemos las mujeres. Qué tontería, ¿no? Ahora que estoy casada, y que tengo un hijo, me parece ridículo, pero la cuestión es que funcionó.

La expresión de Tammy era traviesa. Vi a la mujer a quien vio Sean esa tarde de lluvia.

Cuando acabó la anécdota, se disculpó, cogió su cerveza y su chupito de bourbon y vino a nuestra mesa sin rodeos. Sonreía descaradamente, como si dijera: «Vengo a conseguir que te acuestes conmigo, y no me iré hasta que lo consiga». Suena bastante repulsivo, pero lo hizo como un niño travieso, y yo estaba colada. Me pidió que bailáramos. Puso una canción del juke box, Let's Dance, *de David Bowie, ¿la conoce? «Put on your red shoes...» Me tocaba por todas partes: la espalda, el lado de la pierna, el pelo... Nunca me había tocado ningún hombre así. Era como un ansia desesperada que solo podía satisfacer yo. Ya, ya sé que podría haberla satisfecho cualquier persona con vagina, pero lo viví de otra manera. De todos modos, tampoco habría cambiado nada. Después de bailar, beber y reírnos un rato, me llevó sin parar de bailar al pequeño pasillo que daba a la puerta trasera, y me hizo salir al callejón. Llovía a cántaros. Empezó a darme besos y a levantarme la ropa. Ya no ponía cara de bromista. Se quedó muy serio. Tenía una misión, satisfacer esa necesidad. Daba la impresión de que si no lo conseguía se moriría entre dolores atroces, y por alguna razón fue más fuerte que yo. Sentí un ansia igual de desesperada de ayudarlo y salvarlo. La verdad es que me excitó sentir que tenía ese poder. Era algo primitivo. Yo también me sentía como un animal, arrancándole*

la ropa hasta que nos la quitamos bastante para… bueno, para
que se pudiera. Él me levantó y me apoyó en la pared de ladri-
llos del edificio. Fue… No sé. En el fondo no puedo describirlo.

Tammy desapareció un momento, como si reviviera la
experiencia. Le dejé algo de tiempo para estar con sus recuerdos y las emociones que desencadenaban. Explicó que
después se fueron a casa de ella y estuvieron dos días sin salir
de la cama, hasta que él tuvo que irse a cumplir su tercer
período de servicio militar. En ese momento, Tammy dijo
algo a lo que no presté demasiada atención. Quedaba mucho
que explicar y era importante para el tratamiento de Sean
saber toda la historia. No era a Tammy a quien había que
tratar. Muchos meses más tarde, sin embargo, cuando empecé mi trabajo con los Kramer, esta parte del relato de Tammy
regresó de golpe a mi memoria.

A los que nunca hayan hecho terapia tal vez les extrañe
que se revelen tantas intimidades. Supongo que es la razón
de que a veces los pacientes prefieran que el psiquiatra sea de
su mismo sexo, para no estar tan cohibidos, pero en el fondo no
hace falta. En la psicoterapia no hay lugar para la vergüenza.
Mi reacción es la misma cuando oigo las experiencias eróticas
de un paciente de un sexo o del otro. No escucho por ningún
tipo de interés libidinoso, sino como médico, como científi-
co. Es lo mismo que hablar con un ginecólogo o con un uró-
logo. Además, nuestra vida sexual no puede separarse de
nuestra psique.

Haré una sola confesión: oír cómo desvelan las mujeres
sus engaños sexuales a los hombres me ha llevado a evaluar
mi propia vida conyugal, los aspectos íntimos de mi relación
con mi esposa. No es que me preocupe el engaño. Sé que existe. Ya he comentado que esconder y mentir son actividades

comunes a la humanidad. No espero que mi esposa me cuente la verdad sobre todas las experiencias que ha tenido conmigo en nuestro dormitorio, pero los años me han aportado unos conocimientos, una perspicacia, que me permiten formular las preguntas indicadas en el momento justo, y reducir al mínimo el engaño hasta que adquiere dimensiones tolerables, tanto para ella como para mí, para mi ego masculino. Ojalá pudiera deciros que cuando llego a casa me olvido de lo que me han contado mis pacientes mujeres, pero es igual de imposible que si un paciente electricista me explicara cómo se cambia un fusible. Desaprender es imposible. Para el ser humano es así.

Tammy me reveló que en todos sus encuentros no llegó una sola vez al orgasmo. Lo dijo de manera críptica, porque es una persona pudorosa y porque no era mi paciente. Para ella era un proceso nuevo, y solo se prestó a participar en la medida en que pudiera ayudar a su marido. El tema salió a relucir cuando hablamos de la frecuencia de las relaciones entre ambos, incluso para una pareja recién formada. Tammy aportó el dato a guisa de explicación: que tal vez quisiera hacerlo más a menudo porque no se quedaba satisfecha. Yo no insistí. Solo le pregunté a qué lo atribuía.

Era tan intensa la necesidad de Sean, su manera de estar conmigo… Tan rápida y potente… Hasta en su manera de besarme. Me hacía sangrar el labio. No me dejaba respirar. Para que sucediera, habría tenido que estar más relajada. Podía durar toda una hora. Mi corazón latía muy deprisa, y sudábamos tanto que nuestras pieles se deslizaban la una sobre la otra. Yo creo que el esfuerzo de intentar entender la situación ya consumía toda la energía de mi cuerpo. Era como intentar tener relaciones sexuales a la vez que corres una maratón. En cambio ahora es diferente. Ahora nos conocemos. Y los medicamentos le rebajan la ansiedad. Ahora va todo bien, de verdad. Era una parte más de su forma de ser de entonces.

Lo dejamos ahí. No volví a pensar en el tema hasta más de un año después, durante una conversación similar con Charlotte Kramer. Ya que estamos, no estará de más que exponga un poco la labor que emprendí con los Kramer cuando requirieron mis servicios. Empecé a reunirme enseguida con Jenny dos horas cada dos días. Poco después se unió a mi grupo de trauma, lo cual, como veréis, en muchos sentidos marcó un antes y un después. A su madre y su padre los recibía una vez por semana, o cada dos semanas, según les fuera bien. Jenny y Tom eran libros abiertos. Charlotte no, pero su sufrimiento, y su sentimiento de culpa —por haber sido tan terca en no ver la desesperación de Jenny, y por su relación con Bob Sullivan—, me dieron herramientas muy poderosas para vencer sus defensas.

Como a las tres semanas de terapia, calculo, me di cuenta de que era el momento. Tuve claro desde el principio que Charlotte escondía algo, y ese día resolví desenterrar sus secretos. Dejé alargarse el silencio, para desconcertarla. No sabría decir cuánto duró. Creemos saber lo que es el tiempo, pero en momentos así un minuto puede parecer diez. Solo hablé cuando Charlotte empezó a cruzar y descruzar las piernas, muy nerviosa.

—¿Me crees si te digo que no le contaré a nadie lo que expliques, en ninguna circunstancia? ¿Que ni siquiera las fuerzas del orden podrán obligarme a traicionar tu confianza?

Pues claro. Vaya, que sí, que ya lo sé.

Asentí.

—Pues entonces, ¿por qué no me lo has dicho?

No conocía sus secretos. Además, Charlotte es una mujer inteligente. Aclararé, por si surgiesen dudas, que no es que la engañara haciéndole pensar que lo sabía, sino que era ella la que se moría de ganas de tener algún motivo para revelármelo. Por eso se lo di.

No lo sé —dijo—. *No me había dado cuenta de que fuera tan evidente.*

Fue ese día cuando me contó su infidelidad. Y fue ese día cuando me acordé de la sesión con Tammy.

—¿Por qué crees que eres infiel? —le pregunté.

Todavía no habíamos empezado a explorar su pasado, su segundo secreto, ni el *alter ego* al que era necesario alimentar. Aún era, por lo tanto, una pregunta abierta.

No lo sé.

Le pregunté si quería saberlo, si quería hablar del tema y si sería útil para su familia. A pesar de sus dudas, ella se prestó al juego.

—Está bien, empecemos por lo más evidente. ¿Es por sexo?

Tuvo que pensar antes de dar una respuesta.

Pues mira, es raro. La verdad es que es lo único que hacemos cuando estamos juntos. Y cuando estamos separados, que es el noventa y nueve por ciento del tiempo, pienso sin querer en nuestras relaciones. Pero en los tres años que llevamos juntos, no he tenido ni un… Ya me entiendes.

—¿Clímax? —dije yo.

Estoy acostumbrado a acabar frases. Los hombres siempre usan la palabra «correrse». La usan de forma rutinaria, como si fuera lo más normal del mundo hablar así. Correrse, polla, culo, tetas, coño… No los violenta ese vocabulario. En cambio las mujeres casi nunca saben qué palabras emplear. Evitan por sistema los términos coloquiales, pero parece que también se cohíban con los clínicos. Suelen quedarse calladas, en espera de que acuda en su rescate. Y yo no tengo inconveniente en terminar sus pensamientos y establecer los límites más adecuados para la conversación.

Charlotte asintió con la cabeza.

Exacto. Ni uno.

—¿Y con Tom?

Casi siempre, al menos cuando teníamos relaciones. Antes de que empezara todo esto lo hacíamos con bastante regularidad, unas tres veces por semana. Creo que no está mal, para llevar tanto tiempo casados, ¿no?

Asentí con la cabeza ladeada, más para eludir la pregunta que porque estuviera de acuerdo. La salud de su vida conyugal era otro tema muy distinto. De momento deseaba concentrarme en su relación con Bob.

Pero no disfruto. No sé a partir de cuándo fue. Hace años. El sexo no se reduce a… ya me entiendes. Para los hombres quizá sí, pero en el caso de las mujeres va mucho más allá. Por alguna razón cambió la dinámica en nuestra pareja. Lo sentía como algo mecánico. Con Bob… Madre mía. Podría cerrar los ojos ahora mismo y tener escalofríos solo de pensar en cómo me toca la cara.

En ese momento acudió a mi memoria la conversación con Tammy Logan.

—¿Por qué? ¿Qué pasa con Bob?

Bueno, pues que… ¿Cómo te lo podría describir? Me excito, y le deseo. Es tan exuberante, la personalidad de Bob… ¿Has conocido alguna vez a alguien así, tan dominante? Solo con entrar en una habitación ya se hace el dueño. Tiene tanta energía… Y cuando la enfoca en mí, cuando estamos los dos solos, es tan intenso que me pierdo. En esos momentos está clarísimo que es Bob el hombre, y yo la mujer, en un sentido muy primitivo. Casi siento que me excito demasiado, como si fuera más allá de... ya me entiendes, del... clímax físico normal, y pasara a algo más grande. Con Tom no es así. Me resulta incómodo intentar soltarme, y sentirme así de primitiva. Es como si no pudiera sentirlo como «hombre».

Charlotte hizo un gesto con los dedos para entrecomillar la palabra.

Le hice la misma pregunta que a Tammy.

—Pero si no estás físicamente satisfecha, lo que te da Bob no es sexual. Satisface alguna otra necesidad. ¿Es a lo que te refieres?

Ambas contestaron lo mismo.

Sí. Satisface una necesidad. Bob es como una droga, y yo como una drogadicta.

Aproximadamente un mes después de la partida de Sean, Tammy empezó a tener náuseas. Sus amigas querían que abortase, pero fue incapaz. No es que estuviera en contra de la idea por razones morales. Fue por Sean, por la idea de que estuviese con ella, dentro de ella, aunque se hubiera marchado y a duras penas se conocieran. No hizo falta que me lo explicara. Si conocierais a Sean lo entenderíais. No puedo hacerle justicia con palabras. Ahí se paran las similitudes entre Bob Sullivan y Sean.

Tammy le escribió una carta, diciéndole que estaba embarazada. Al cabo de unas semanas le trajeron a la clínica dental donde trabajaba un pequeño anillo de compromiso. Nada más, solo el anillo. Ella le escribió a Sean una carta muy larga para explicarle que le había encantado el detalle, pero que no hacía falta, que ya se pondrían de acuerdo en alguna solución. Sean contestó con una simple hoja en la que había tres palabras: *¿Sí o no?* Ella respondió enseguida. *Sí.*

Así es Sean Logan.

Pero no es una historia de novela rosa. Sean volvió para casarse con Tammy y para estar con su hijo, Philip, pero su ansiedad y la automedicación no lo hacían proclives al matrimonio, ni a la paternidad. No tenía paciencia con su hijo. No quiero decir que perdiera los estribos y lo maltratase, sino que era incapaz de estar más de una hora seguida con su familia.

Empecé a darme cuenta de que Sean no era normal. Parecía que tuviera picores en un sitio donde no podía rascarse, y que fuera una tortura. Yo tenía ganas de abrazarlo como a Philip, muy fuerte, para que se sintiera a salvo y se calmara. Lo quería tanto... Pero no podía ayudarlo como a mi bebé. Imposible. En esa época aún no entendía su ansiedad, ni él tampoco. Cuando lo llamaron otra vez al combate nos fuimos todos juntos a la base. Estaban su madre y dos de sus hermanos. Su padre se había despedido por la noche. Todo el mundo lloraba y lo abrazaba, pidiéndole que se comprometiera a volver sano y salvo. Yo tenía el bebé en brazos, y confieso que no pude llorar. Dios mío... No es que estuviera contenta de que se fuera, exactamente, pero sí agradecida.

Sean se marchó a su cuarta misión. El objetivo se encontraba en una aldea. El grupo de asalto estaba formado por ocho Navy SEAL. Sean fue el único que salió vivo. Lo encontró inconsciente un pelotón de marines, con el brazo derecho hecho pedazos. Lo pusieron a salvo en un vehículo blindado. El brazo le fue amputado en un hospital de campaña. Fue donde le administraron el tratamiento.

9

Empecé a tratar a Sean Logan diecisiete meses exactos antes de iniciar mi trabajo con la familia Kramer. Me fue remitido por una médica de la Naval Health Clinic de Norwich. Esta doctora, la misma que buscó el historial de Jenny Kramer para un estudio sobre el tratamiento, siguió de cerca la evolución de Sean después de su regreso y supervisó sus sesiones de terapia, dejando que los chapuceros a cargo de su caso emitieran un diagnóstico erróneo de TEPT. Los síntomas se parecían: ansiedad, depresión, rabia, pensamientos suicidas... Sean, sin embargo, recibió sobre el terreno un protocolo farmacológico nuevo e impredecible cuya finalidad era reducir el TEPT, no crearlo; y encima nadie se tomó la molestia de tener en cuenta sus antecedentes de ansiedad. Ni siquiera aparecían en el historial.

La gente se extraña de que nuestro sistema sanitario deje tanto que desear respecto al resto del mundo civilizado. Lo achaca a nuestra legislación, o a las empresas farmacéuticas, a que se hayan «socializado» unos ámbitos más que otros... Excusas, todo excusas. No me importa lo que cobres o lo explotado que estés. Tienes delante a un paciente. Ha perdido un brazo en el campo de batalla. Ha perdido el recuerdo de la batalla; o se lo han quitado, para ser exactos. Y ahora no se encuentra ni a sí mismo. ¿No merece tu tiempo, un hombre así? ¿No se merece un historial como Dios manda, de los que estoy seguro de que te enseñaron a hacer en la Facultad de Medicina, y que tanto practicaste durante la residencia? No hay excusa. Ni una.

A Sean le hicieron una pregunta: *¿Ha sufrido algún trastorno mental, o lo ha sufrido algún miembro de su familia?* Contestó que no. Nunca le habían diagnosticado ni tratado la ansiedad. Casi toda la vida había pensado que era «su forma de ser». Hasta que vino a verme.

Estoy indignado. De nada serviría continuar la historia sin esta otra confesión. Estoy indignado por los nueve meses de sufrimiento por los que pasó Sean Logan antes de que me lo enviasen. Indignado por que le administraran el tratamiento a Jenny Kramer sin darme la posibilidad de observarla durante los siguientes meses. Si los Kramer hubieran sabido que en su propio pueblo había un médico entre cuyos pacientes se encontraba un hombre que lo pasaba mal por culpa de los mismos fármacos que su hija, seguro que no habrían tardado tanto en acudir a mí. Y entonces, ¿qué habría pasado? Os lo voy a decir: que Jenny Kramer habría estudiado matemáticas, no técnicas para el suicidio. Que no se habría puesto una cuchilla de afeitar en su piel suave y sonrosada, ni se habría cortado la piel y las venas, derramando su sangre por el suelo.

Repasando los meses transcurridos entre la violación y el intento de suicidio, ahora me cuadra todo. En Fairview todo el mundo se encontraba al corriente del ataque. Pocos, en cambio, sabían que a Jenny le habían aplicado un tratamiento para que olvidase. Yo, en todo caso, lo desconocía. Aun así me sorprendía su actitud cuando me la cruzaba por el pueblo, frente al cine o en la heladería. No es que las víctimas de una violación reaccionen siempre igual. Llevo casi toda mi carrera trabajando con víctimas de algún trauma, y supongo que es curioso que atienda al mismo tiempo a los criminales de Somers y a víctimas del mismo tipo de delitos por los que han sido condenados (violación, intento de homicidio, agresión, malos tratos), pero para mí es de una lógica irreprochable. La mayoría de los reclusos de Somers fueron víctimas antes de delinquir. Os sorprendería lo extendidos que están los traumas en nuestra sociedad. La mayoría de las personas traumatizadas (si no llegan a delinquir) buscan ayuda años después, cuando han dejado de dar tumbos y han echado raíces en la vida familiar. Es cuando resurge el dolor, en la oficina, o en el coche, mientras llevan a sus hijos al colegio. Mi consulta de Fairview va de maravilla. Al otro lado de la puerta de metal de Somers cada vez es más larga la cola.

En el caso de Jenny, no sabría decir exactamente qué me sonó a falso. ¿Bastará de momento con que diga que después de tantos años en la profesión psiquiátrica sé reconocer a simple vista estas cosas? Y puesto que hemos empezado con las confesiones, añadiré a la lista la que me dejó preocupado. Saber que pasaba algo raro, pero no tener ningún pretexto para preguntar… Me costaba aceptarlo. Quería saber por qué no la trataba nadie. Quería saber por qué no mostraba la actitud previsible y por qué no le veía yo la violación en la mirada. El no saberlo me llevaba a cuestionarme a mí mismo, y mi valía profesional; y debo reconocer que cuando supe la verdad, a pesar de mi indignación con la comunidad médica de la zona, me alivió que hubieran sido correctas mis observaciones. Por otra parte, ardía en deseos de ayudar.

Charlotte Kramer vino a verme cuando Jenny aún no había salido del hospital. El doctor Markowitz se había negado a darle el alta sin que recibiera el debido tratamiento, con la asignación de un psiquiatra y un plan de acción. Charlotte no se resistió. La responsabilidad que pudiéramos atribuirle los demás (Tom y Jenny incluidos) en la tentativa de suicidio la asumía ella misma multiplicada por diez. Fue empapada en la sangre de su propia hija como le explicó al inspector Parsons las circunstancias en que la había encontrado; y, si bien logró encubrir todo lo referente a Bob Sullivan, yo creo que era sincera en sus remordimientos.

Me senté con ella en la sala de estar de su casa. Fue como un déjà vu. Me parecía mentira que hubiera vuelto a pasarle algo a la pobre niña. Pero la señora Kramer no estaba como la primera vez. Me acuerdo de que la noche de la violación iba vestida para una cena de gala, y no perdió la compostura ni al saber la noticia. En cambio Tom Kramer... Qué destrozado estaba, el hombre. Las dos veces. Hecho un flan. La señora Kramer, mientras tanto, con las piernas y los brazos cruzados, muy señora ella en el sofá. Aunque temblaba. Me acuerdo de que me fijé en su mano derecha, apoyada en la izquierda, sobre la rodilla. Le costaba mucho aguantarse. Le pedí que me lo explicara todo en orden, desde el principio. Ella asintió y dijo algo formal, como «no faltaba más». Y eso que hablábamos desde hacía meses, incluso antes de haber encontrado el Civic azul. Calculo que cada pocas semanas. Para tenerlos al corriente de la investigación, y preguntarles por Jenny.

Hasta que reapareció el coche, pasadas... no sé, unas diez semanas desde la tentativa de suicidio... hasta entonces no hubo mucho que decir, pero yo hacía el esfuerzo por Tom, sabiendo que lo necesitaba. Me imagino que hablaba más con Tom que con la señora Kramer, pero bueno, algo de confianza había. Aun así me trató como si acábaramos de conocernos. El caso es que respiró hondo, y luego... Siempre me acordaré: se alisó la blusa con las dos manos, una blusa blanca, totalmente empapada con sangre de su hija. Después se acercó una mano a la cara, para apartarse un pelo de la frente, y se la embadurnó de sangre sin darse ni cuenta. Era como si aún lo hiciera todo mecánicamente, de manera normal, pero tan angustiada que no era consciente de que se manchaba las manos de sangre y luego se tocaba la cara. Tuve ganas de que viniera alguien a abrazarla, hasta que le saliera todo de dentro.

El inspector Parsons pasó a leer las notas de lo que le había dicho Charlotte.

Dijo que vio una luz encendida en el baño de la caseta de la piscina. Hay una ventana pequeña. Supongo que la señora Kramer estaría en el jardín, inspeccionando unas ramas caídas para poder dar instrucciones al jardinero. Al ver luz en la ventana se acercó a apagarla, y fue cuando encontró a su hija. No entró en detalles. Tosió un poco para aclararse la garganta, y dijo que llamó al 911 por el móvil, supongo que porque lo llevaba encima. Luego enroscó una toalla en cada muñeca de Jenny. Probablemente le salvara la vida. No puedo asegurarlo, pero en esa fase cada segundo era crucial, y la ambulancia tardó diez minutos en llegar. Yo iba anotándolo todo en mi libreta. En un momento dado se calló. Pensé que lo hacía para darme tiempo de escribir, pero cuando levanté el bolígrafo seguía quieta. Entonces levanté la vista hacia ella, y vi un requero de lágrimas en cada lado de su cara. Fue muy raro, porque aparte de eso no se le notaba que llorase. Tom era como una masa amorfa y llena de pliegues. Los ojos, la boca, la frente… Todo arrugado y rojo. En cambio la señora Kramer miraba fijamente sin pestañear, mientras se le caían como dos cataratas en la blusa manchada de sangre. Justo cuando la miré, me dijo algo que tampoco se me olvidará en la vida: «Es culpa mía. Lo he hecho yo. Y lo arreglaré».

El doctor Markowitz consultó enseguida a la Naval Health Clinic, y a la doctora que estaba estudiando el tratamiento. Esta, por lo que dijo Markowitz, le habló de otras víctimas traumatizadas que ya lo habían recibido, y explicó que estaba siguiendo su evolución. Al parecer se quedó muy impactada con que Jenny hubiera intentado suicidarse. Me extraña mucho, porque conocía muy bien el suplicio de Sean Logan sin su brazo derecho ni su memoria. Había estado siguiendo su tratamiento en el hospital, con insomnio crónico y ataques de ira contra su mujer, en presencia de su hijo. Sean ya no veía a sus amigos, ni a su familia. Había roto el contacto con todos sus conocidos del ejército. Los síntomas se complicaban por la ansiedad subyacente, que hasta entonces se había automedicado a base de ejercicio, alcohol y sexo. En el hospital le daban Prozac y Lorazepam, que atenuaban la sintomatología de la ansiedad. Si hubiera acudido a mí antes de la misión en la que perdió el brazo, es muy posible que le hubiera recetado lo mismo. Los médicos no entendían que no mejorase, pero es porque no tenían en cuenta dos datos esenciales. Primero, la ansiedad crónica de antes de la misión. Daban por supuesto que los síntomas de ansiedad eran una consecuencia del TEPT. Yo podría haberles preguntado por qué iba Sean a tener TEPT, si no se acordaba de nada. ¿No le habían hecho el tratamiento justamente por eso? Exasperante. En segundo lugar, desconocían los efectos secundarios perniciosos y la ansiedad provocada por el propio tratamiento al separar los recuerdos objetivos de la experiencia emocional y fisiológica.

Así describió Sean su estado mental el primer día en que vino a mi consulta. Tardó muchos meses en recuperar el sentido del humor y la alegría. Se negaba a llevar una prótesis. Creo que quería que el resto del mundo lo viera como alguien defectuoso o estropeado, porque era como se sentía por dentro. Ya os habréis fijado en las similitudes con Jenny Kramer.

De noche me quedo despierto en la cama. La acidez de estómago ya no la tengo. Me la quitaron los médicos, al mismo tiempo que la personalidad, por lo que dicen. Ya no soy el tío divertido de antes. Pero bueno, eso lo aceptaría. Me lo tragaría, y hasta por partida doble, qué carajo, si pudiera evitar lo otro. Miro el vacío donde debería estar mi brazo, cierro los ojos y me emperro en acordarme de ese día. Me dieron el informe, pero a saber... Estábamos en plena operación contra uno de los malos. A nivel de inteligencia estaba todo muy currado. Entramos ocho, con cobertura aérea y una unidad de marines de camino. Nos distribuimos en parejas por las calles. La emboscada fue justo después de que nos separásemos yo y otro SEAL, Héctor Valancia. Los marines lo encontraron muerto a mi lado, con media cabeza reventada. Nos pilló un artefacto casero. Yo me quedé inconsciente, con el brazo destrozado. Me rescataron, me cortaron el brazo y luego me dieron los medicamentos. No puedo echarles la culpa, porque lo firmé antes, como todos. Es que si te preguntan «oye, si te dejan frito durante una operación, ¿quieres que te demos unas pastillas que harán que no te acuerdes?» ¡Pues claro, tío! Pero bueno, ahora es todo como un cuento. Lo veo tan real, o tan irreal, como cualquier otra cosa que me puedan contar. La sensación que tengo es como si un fantasma, el de esa tarde, se moviera por mi cuerpo con un cabreo enorme, buscando la historia; no lo que pone en el informe, sino las imágenes de mi compi agonizando al lado, y de mi sangre brotando por los trozos de carne. Va hecho una fiera, buscando el recuerdo del dolor que debí de sentir cuando explotó la bomba, aunque solo fuera un segundo. Es fuerte, el puto fantasma. Cada día crece más, y parece

que no deje sitio para nada. Cuando intento darle un abrazo a
mi hijo, o cuando intenta abrazarme mi mujer, no hay manera
de que entre nada. Y al final acaba todo en platos rotos, un
niño asustado y mi mujer llorando. Soy un monstruo.

Charlotte Kramer me llamó después de que le diera mi
nombre el doctor Markovitz. Ya he dicho que los Kramer
tenían muchas ganas de contratarme. Antes de acceder la recibí en mi consulta, sabiendo de antemano que no me podría
resistir. ¿Cómo iba a resistirme? El volcarme tanto en Sean, el
conocer cada vez más a fondo el tratamiento, tanto en su pa-
tología como en la posible contraterapia, mi trabajo con víctimas de traumas y delitos, mi dominio de la medicación...
Dudo que haya estado mejor capacitado para tratar a ningún
otro paciente que a Jenny Kramer.

Aún diré algo más sobre mi capacitación para tratar a
supervivientes de experiencias traumáticas, aunque en el fondo sea una digresión: de pequeño también sufrí un incidente. A mis pacientes no se lo revelo, porque tiene que haber
límites, pero a veces, cuando me hacen comentarios como
no se imagina usted lo que se siente, o *ahora mismo no puedo*
explicar cómo me encuentro, me entran ganas de decirles que
algo sé, algo sé. Está claro que de la infancia casi nunca escapa nadie sin algún abuso de poder, o agresión, en el mejor
de los casos: la mayoría podemos identificarnos hasta cierto
punto con los supervivientes de delitos de mayor gravedad,
pero yo a mis pacientes no les puedo mostrar ninguna grieta. No puedo llorar con ellos, ni enfadarme, ni dejar que
vean que me afecta en algo. Tienen que poder zurrarme en
la barriga sin miedo a que me rompa.

Sé que habéis percibido mi debilidad por Charlotte. Me di
cuenta yo mismo en cuanto entró en mi consulta y se sentó con

elegancia en mi sofá. No os confundáis, por favor. No es que me «atraiga» o me haya atraído alguna vez de forma indecorosa. Lo que ocurre es que me di cuenta, por cómo era toda ella, por su postura erguida, su hablar algo afectado, lo pulcro de su ropa, con la blusa por dentro y los pantalones planchados, lo apretado de su moño, incluso su vocabulario, de que Charlotte Kramer sería un filón. Supe que sería difícil, pero que acabaría por desenterrarlo. Me lo revelaría ella misma. Y supe que el alcance de sus cicatrices emocionales, y la habilidad necesaria para sacarlas a la luz del día, plantearían un desafío profesional enormemente satisfactorio. No tengo reparos en reconocerlo. Es como cuando un abogado penalista disfruta con una defensa difícil. O como cuando reconstruye una casa un constructor, después de un incendio o de una inundación. ¿Hay empatía con el cliente? Por supuesto. Pero sea cual sea el problema del cliente, jurídico, psicológico o estructural, al profesional encargado de solucionárselo no se le puede reprochar que disfrute. Por algo elegimos una profesión, ¿no?

En nuestro primer encuentro hablamos una hora, durante la que empezó a adquirir la confianza necesaria para encomendarme a su hija, algo que más tarde utilicé para abrir la caja fuerte de secretos de la propia Charlotte. Me lo dijo la intuición. Es algo imprescindible que adquieren todos los profesionales competentes, a base de un estricto respeto de los límites, compasión y un punto adecuado de distancia. No me alteré cuando me habló de la violación, del tratamiento, del año de tensión y de la tentativa de suicidio, a pesar de las repercusiones que he descrito, y que me hacían pensar en mil cosas a la vez. Hasta entonces Jenny Kramer había sido un puzle de imposible solución. Ahora recibía las piezas en mis manos.

El día siguiente me reuní con todos, Charlotte, Tom y Jenny, en el hospital. Poco después vino Lucas a mi consulta. No le he dedicado mucha atención durante mi relato, pero la verdad es que hablé con él, y asesoré a menudo a Charlotte y Tom sobre la mejor manera de tratarlo durante la crisis. Haría falta demasiado tiempo para profundizar en los efectos perniciosos que puede tener un hecho así en los hermanos. Tan tóxica es la negligencia, la privación de afecto y el rechazo emocional como los malos tratos propiamente dichos. Me aseguré de que se le ahorrase a Lucas un destino así.

Jenny había sido trasladada a Psiquiatría, para permanecer cuarenta y ocho horas en observación obligatoria antes de recibir el alta. Cuando me vio, noté que me reconocía. Hasta lo demostró sonriendo un poco.

A usted lo he visto por el pueblo.

Me di cuenta, en el momento en que lo dijo, de que era la primera vez que oía su voz, y no respondió en absoluto a mis expectativas. Lo hacemos todos, aunque parezca raro decirlo: cuando conocemos a alguien, le atribuimos variables desconocidas a partir de ideas preconcebidas o experiencias del pasado. De Jenny me esperaba una voz aguda, puede que hasta infantil, pero no, era grave y algo ronca, como la que podría tener una cantante de blues madura. Tampoco es nada excepcional. Pensadlo y seguro que os acordaréis de algún conocido con un tipo de voz así.

Llevaba una bata de hospital atada por la espalda, y otra que le habían traído sus padres de casa. Cinturón no había, por razones obvias, así que lo llevaba todo suelto, caído por la silla de ruedas. Vi asomar vendajes blancos por las mangas.

Tom tenía muchas ganas de conocerme. Se levantó y me dio un fuerte apretón de manos, como si pudiera hacer caer de mis brazos la cura de su hija. *Qué contentos estamos de haberlo encontrado.*

Era sincero. Nos sentamos los tres. Ellos me miraban en espera de que saliera algo brillante de mi boca.

—Ayudaré con mucho gusto en lo que pueda —dije—, pero primero, Jenny, tengo que hacerte una pregunta muy importante.

Ella respondió que sí con la cabeza. Tom miró a Charlotte, cuya mirada, a su vez, pareció tranquilizarlo. Se volvieron los dos hacia mí, asintiendo. Continué.

—Jenny, ¿quieres acordarte de lo que te pasó esa noche en el bosque?

Nunca olvidaré la cara que puso, como si yo hubiera resuelto el misterio del universo y descubierto la verdad sobre Dios. Oyendo mis palabras, supo algo que no había sabido hasta entonces, pero que de pronto era de una claridad meridiana. Había tal alivio, tan honda gratitud en su expresión, que no tendré un momento más satisfactorio en toda mi carrera.

Asintió, conteniendo unas lágrimas que sin embargo acabaron por manar.

¡Sí!

Y empezó a repetirlo, mientras su padre la abrazaba, y su madre se rodeaba a sí misma con los brazos.

Sí, sí, sí...

10

Supongo que tendré que hablar del Honda Civic azul, y de cuando volvieron a encontrarlo en Fairview. Recordaréis que lo vio un niño del barrio la noche de la violación. Dijo que estaba aparcado en el lado de la calle más cercano al bosque y que creía recordar que la matrícula era de Nueva York, pero nada más. No supo especificar el año del modelo, ni nada que pudiera ayudar a encontrarlo.

Lo que no se le puede discutir al inspector Parsons es su habilidad para llevarse méritos que no le corresponden del todo. El Civic azul fue un ejemplo. Técnicamente, el responsable de que todo el pueblo estuviera tan concienciado sobre la importancia del coche era él. Cada semana aparecían avisos oficiales en el periódico del pueblo. Todos los restaurantes, bares y manicuras tenían folletos de la policía en el tablón de anuncios, y Parsons aprovechaba todas las reuniones para recordárselo a sus hombres. A mí me daban pena los conductores de turismos azules que tuvieran la osadía de cruzar nuestras fronteras. En lo que llevábamos de año ya ascendían a dos docenas las falsas denuncias. Más de un policía abandonó su puesto para acudir al aparcamiento de la farmacia, o a la fila del túnel de lavabo, o al camino de entrada de una casa, y encontrarse con un Chevrolet, Saturn o Hyundai azules, nunca con un Civic.

Ya habréis adivinado que el inspector Parsons no trabajaba solo para el ayuntamiento de Fairview, sino también para Tom Kramer. Despojado de cualquier inhibición social por su ciega obsesión por la venganza, Tom acosaba a Parsons sin piedad, cuando Parsons, en el fondo, era de cumplir su horario, pero nada más. Cuando eres así no hay quien te cambie. Parsons valoraba mucho su tiempo libre. Familia no tenía, y novia no supe averiguarlo. O novio, porque tampoco supe discernir su orientación. Le gustaba hacer deporte, y mantenerse en forma. Fútbol amateur, softball… Nadaba con fruición. Las exigencias de Tom interferían con su vida, y no solo por el Civic azul. Tanto insistió Tom, que Parsons y la policía de Fairview extendieron sus investigaciones a todo el país, no solo a través de varias bases de datos informáticas, sino del contacto personal. En un momento dado, Tom me informó de que en Estados Unidos hay doce mil cuerpos de policía local, y expresó su intención de hacer que Parsons se pusiera en contacto con todos, bien por teléfono, bien por carta o correo electrónico.

Los violadores casi nunca atacan una sola vez. Y este… bueno, alguna tarjeta de visita ha dejado, ¿no? El pasamontañas negro. Su manera de afeitarse, y de ponerse condón. Y lo que hizo con el palo.

El tono de Tom era de una profesionalidad forzada, como si ya no fuera el padre de la víctima, sino un investigador de la policía. A veces usaba esa forma de hablar durante nuestras sesiones, sobre todo si era el primero en llegar, y reventaba de ganas de darme el parte. Con todo, resultó revelador que no usara un vocabulario más preciso para describir la incisión en la espalda de su hija.

De lo de la incisión no me enteré hasta que empecé la terapia con Jenny y sus padres. El inspector Parsons me entregó una copia del expediente completo de la policía, así que mi primer contacto con el dato fue en un documento escrito, y me quedé perplejo. La cicatriz de la incisión era la manifestación externa, física, de la violación. Era lo que se tocaba Jenny cuando quedaba libre en su interior el recuerdo emocional de aquella noche. La primera vez que me lo enseñó fue en nuestra segunda sesión en mi consulta. La verdad es que no era casi nada, solo una línea recta descolorida a la derecha de la columna, de dos o tres centímetros. No era nada. Pero al mismo tiempo lo era todo.

Volvamos a Tom y lo del Civic.

Te quedarías de piedra si supieras lo mal que están las comunicaciones entre cuerpos de nuestro país. No hay manera de que se pongan de acuerdo en un sistema, y por eso no siempre son compatibles los que hay. No existe un equivalente de la Interpol, ni siquiera después del 11-S, que dejó tan clara la necesidad de compartir la información. No es que no se hayan hecho esfuerzos, pero es que se juntan demasiados cocineros en la misma cocina: doce mil cuerpos de policía en cincuenta estados. Y fuerzas especiales no locales, todavía más. Entiendo que sea imposible localizar a los dueños de cien mil coches, y que incluso si pudiéramos, sería difícil que alguno admitiera haber violado a una adolescente, pero es que no es lo mismo. Se lo asignas a unos cuantos tíos, para que se pasen una hora al día llamando y mandando correos electrónicos, cinco días por semana, y al final ya lo tienes. Así la información, los datos concretos, llegan a todos los cuerpos, y no se puede descartar que ocurra algo parecido en algún pueblo. Piénsalo. ¿Los polis de Fairview qué hacen, todo el día? Buscar escondites ingeniosos para sus radares de velocidad. Al principio Parsons me lo puso difícil, pero al final se dio cuenta de que tenía razón. Una hora diaria por teléfono, en vez de ponerse al día en Facebook. Es poco, muy poco a cambio de lo que se puede ganar.

Debo decir que me sentí orgulloso de Tom. Ya he hablado de su ego raquítico, y de su deferencia a su mujer, más decidida que él. Cada vez que veo esta dinámica en una relación siento el impulso de indagar en la infancia del sujeto. Mis averiguaciones no son uniformes, pero sí tienden hacia un grupo finito de experiencias infantiles, y Tom no era la excepción. A las infancias como la de Tom les he puesto el nombre de «intelectualismo desencaminado».

Si sois padres, seguro que se os va la vista hacia el último libro de moda para padres de la librería, o del pop-up de la página de Amazon donde sale todo lo que sabe que necesitáis la bestia sin cabeza. Crema antiarrugas, gel anticaída, dietas, Cialis… En más de una cena me he tronchado de risa comparando anuncios de pop-ups con mis amistades. Tengo un amigo que se llama Kerry, pero Internet no se cree que sea un hombre. Imaginaos los disparates a los que da pie la confusión. Leer libros de consejos para padres —y los de autoayuda en general, en lo que a mí respecta— es el equivalente a que te enseñe matemáticas un perro. Deberían recogerlos todos y quemarlos. Que no quedara ni uno.

Los padres de Tom son docentes e intelectuales. Su padre dio clases de Literatura en el Connecticut College durante treinta años. Su madre trabajaba en la secretaría de exalumnos. Vivían y respiraban universidad, y se ufanaban de ser cultos, cosa que se reflejaba en todo lo que hacían y eran. En gran parte era inofensivo, y hasta beneficioso, para Tom y su hermana pequeña, Kathy. Las vacaciones eran siempre de acampada familiar. No les dejaban ver la tele sin supervisión, y solo los fines de semana. Imaginaos lo insulso que era el contenido autorizado. Tenían que leer diez libros por verano, y a colonias nunca iban. Nada de quedarse a dormir en casa de un amigo. Toque de queda estricto, y cada domingo a la iglesia, aunque de religión se hablaba más en términos de teoría y sociología que de pasión y fe. Lo evaluaban y lo analizaban todo, despojándolo de las influencias emocionales que pudieran llevar a creer en una mentira o a actuar de modo erróneo. Seguro que conocéis a gente de este tipo. A los no tan disciplinados les despiertan ganas de zarandearlos hasta que se desprenda alguna emoción, aunque se queden inconscientes. No parecen humanos, a pesar de su tan buen comportamiento.

¿En qué se traducía todo esto para Tom? Si llegaba a casa con sobresalientes, no había euforia, abrazos, besos ni llamadas por teléfono a los abuelos. Nada de monedas para la hucha, ni de postre especial, ni de saltarse una práctica de piano. No pegaban las notas a la nevera, no; las evaluaban y las comentaban, y a Tom le recordaban que sus notas eran un reflejo de lo mucho que había trabajado, y que no se pensara que era mejor o más listo que los otros. Y cuando cantaba en la obra de fin de curso, o anotaba una carrera en el partido de béisbol, o traía un animal de barro pintado de la asignatura de arte, con un vago parecido a una jirafa… Todo lo que hacía Tom era objeto de valoración sincera y desapasionada. *En el segundo estribillo has desafinado un poco, Tom. A la primera base has llegado más que nada por suerte, Tom. No te creas que te volverá a pasar. Tienes que practicar más. Hombre, se nota que te has divertido haciéndolo.*

Sí, ¿verdad? Exacto. Un poco adelantados a su tiempo, precursores de los consejos educativos que nos han endosado durante la pasada década. No hay que estar orgulloso de los hijos. Son ellos los que tienen que enorgullecerse. Tampoco hay que hacer falsos elogios, porque entonces dejan de fiarse de nuestras opiniones. No hay que dejarlos por el mundo creyéndose mejores de lo que son, porque solo servirá para que se lleven una decepción. La verdadera autoestima es la que viene de tener unos padres sinceros.

Yo estos disparates los rechazo desde siempre. En eso soy un caso aparte.

Somos seres pequeños e insignificantes. Lo único que nos llena, lo que nos da un horizonte, orgullo, sentido del yo, es el lugar que ocupamos en los corazones de la gente. Necesitamos que nos quieran nuestros padres sin condicionantes, sin lógica ni racionalidad. Necesitamos que nos vean a través de un cristal distorsionado por su amor y que nos digan de todas las maneras posibles que los llena de felicidad el mero hecho de que estemos en el mundo. De acuerdo, algún día nos daremos cuenta de que nuestras jirafas de barro no eran magistrales, pero es necesario que nos hagan llorar siempre que las bajemos de nuestros desvanes, sabiendo que cuando nuestros padres veían estos trozos de yeso tan feos sentían un orgullo absurdo y ganas de abrazarnos hasta que nos dolieran los huesos. Es lo que necesitamos de los padres, más que la verdad sobre lo pequeños que somos. Ya habrá gente de sobra que nos lo recuerde y nos ofrezca evaluaciones desapasionadas de nuestra mediocridad.

Personalmente, no me extraña que Tom se sintiera pequeño, y actuara en consecuencia. Tampoco me sorprende que se casara con una mujer que lo hacía sentirse pequeño y tuviera un jefe que lo trataba como un hombre pequeño. Nuestro sino es recrear la infancia en nuestra vida adulta. Luego nos preguntamos por qué no somos felices. Es la razón de que yo tenga una casa bonita y un buen coche.

Lo que acabé admirando en Tom es que a sus hijos él sí los quería de una forma irracional; y aunque subconscientemente optase por someter a su ego a una degradación constante, con Jenny y Lucas no actuaba igual. No le habían matado el instinto de demostrarles hasta qué punto llenaban su corazón. Como tampoco quedó menoscabado, ese instinto, por la violación y la tentativa de suicidio de Jenny. Siempre que me imagino a Tom en su casa, visualizo pelotas que pasan de mano en mano, videojuegos y risas. Él lo hace todo con la mandíbula tensa y el alma en un puño, pero lo hace.

Por eso era tan poco ponderado en todo lo tocante a encontrar al violador de su hija. Pese a lo culpable que pudiera sentirse tras la tentativa de suicidio y la realidad reconstruida que creó, no desistió en ningún momento. Es posible que persistiera con menor convicción, o con un vínculo emocional menos intenso con sus iniciativas, a medida que se dejaba convencer de que estaba en lo cierto su mujer sobre la recuperación de Jenny y la necesidad de «pasar página», pero persistió. Fairview seguía volcado por completo en encontrar al agresor de Jenny, al menos en la medida en que pudiera percibirlo cualquiera de sus habitantes, y prácticamente cada mes se recibía algún parte sobre un turismo azul.

El único efecto de estos partes fue distraer a los agentes y salvar de una multa a algunas madres que incurrían en exceso de velocidad al ir a buscar a sus hijos al colegio. Hasta un año después.

El coche fue visto en una calle adyacente al instituto por dos chicas de último curso que iban hacia el centro. Hay menos de un kilómetro a pie, y a los críos les gusta pararse a tomar un batido y hacer alguna trastada, aunque en el centro de Fairview no es que abunden los problemas. Se trata, en todo caso, de un camino muy transitado. Es evidente que el conductor del coche ignoraba que hubieran alistado a una patrulla virtual para capturarlo.

Jenny aún no había vuelto al instituto, es decir, que por culpa del trauma ya eran dos los trimestres de primavera consecutivos que se perdía. Aun así, mi consejo fue que se sumergiera del todo en la terapia y asumiera la gravedad de los hechos, tanto los más recientes como los de la primavera anterior. Odio a los psicólogos de sillón que pretenden que la mejor cura de un trauma es reanudar la vida normal. Eso, a falta de una manera más políticamente correcta de decirlo, son cuentos chinos. Ya llegaría el momento en que fuera lo más aconsejable para Jenny, pero antes debía acabar el tratamiento conmigo. De momento no le había ido bien, ¿verdad? ¿Habéis intentado alguna vez concentraros en el trabajo después de recibir una noticia horrible? ¿O fabulosa? ¿Qué hacéis, salir a fumar? ¿Llamar por teléfono a vuestra mujer? ¿Poneros a llorar, dar saltos? Todo menos quedaros sentados y seguir trabajando.

Se puso al teléfono el agente Steve Koper. Por afán de discreción, las dos chicas se habían metido en otra calle antes de marcar el 911. No eran precisamente pocos los temores sembrados por la escuela entre el alumnado y los padres tras la violación. Cada mes se enviaban correos electrónicos para recordarles a los padres lo del Civic azul y pedirles que avisaran a los niños de que no fueran solos a zonas mal comunicadas. Se habían dado charlas sobre violaciones y secuestros, y distribuido folletos con las medidas de seguridad que debían tomar los niños. Por otra parte, como es lógico, la noticia de la tentativa de suicidio de Jenny se hizo «viral», y reavivó el recuerdo de la violación y el Civic azul. Estoy casi seguro de que por eso se fijaron las dos chicas en el coche. Jenny Kramer volvía a ser el gran tema de conversación.

Es curiosa, la cultura adolescente. Pese a toda su crueldad, los chicos siguen moviéndose por lo que dice el mundo adulto. Si a Jenny no la hubieran violado, lo ocurrido esa noche la habría expuesto a un ridículo sin concesiones. Abandonada por Doug Hastings, vomitó en el lavabo y se fue llorando al bosque. No me cabe la menor duda de que habría perdido algunas amistades, y no habría tenido más remedio que desconectarse de las redes sociales durante varios meses, por no decir un año. Tengo varios pacientes de esa edad, y es de lo que más acostumbran a hablar. Jenny, sin embargo, fue violada, y tanto la policía como el instituto y los medios de comunicación locales dejaron muy clara la gravedad de la violación. De repente todos querían portarse bien con ella. La invitaban a fiestas, a dormir en casa, a fines de semana de esquí en Vermont... También le propusieron entrar en el periódico del instituto, el modelo de Naciones Unidas y el grupo de teatro. Todos aspiraban a ser felicitados por su amabilidad, incluso Doug Hastings, que (aunque parezca mentira) la invitó a ir al cine.

Jenny se dejaba llevar, aceptando invitaciones, poniendo la debida buena cara y robando pastillas de los cuartos de baño.

Tenía la sensación de ser... no sé, famosa, como si de repente le cayera bien a todo el mundo por haber hecho algo especial. ¿Y qué había hecho? Ser tan tonta como para meterme corriendo en el bosque. Y emborracharme. Y disgustarme por un chico. ¡Por un desgraciado como Doug Hastings! Lo que decían todos, en el fondo, los profesores, los que venían a darnos charlas, era: «No hagáis como Jenny Kramer. No seáis tan tontos como Jenny Kramer». Y yo tenía ganas de decirles a todos: «Si soy tan tonta,

si no valgo para nada, ¿por qué queréis que seamos amigos?»
Debería haber sido incompatible. Además, si hubiera hecho algo
bueno, como llegar al equipo olímpico de atletismo, nadie ha-
bría querido ser amigo mío. Habrían tenido celos y habrían en-
contrado razones para odiarme. Fue lo que le pasó hace dos años
a un chico que ganó no sé qué concurso nacional de matemáti-
cas. Hasta lo recibió el presidente, pero como si tuviera el ébola.
Todos lo llamaban empollón y se reían de cómo iba vestido, de
cómo hablaba, de que si hacía esto, de que si hacía lo otro... Yo
ni siquiera sé lo que hice o no hice. No sé si me resistí o me que-
dé quieta, esperando a que pasara. Si no lo sé yo, ¿cómo van a
saberlo ellos? Excepto una cosa: que ganó él, y perdí yo. Es el
resumen, ¿no? Que esa pelea la perdí.

¿Verdad que trasluce una fuerza especial? ¿Un descaro y
una perspicacia impropias de una chica de su edad? Hasta tenía
sentido del humor. Qué maravilla.

El agente Koper pasó al lado del Civic y se metió por la
calle donde lo esperaban las chicas. Seguro que se le aceleró
un poco el corazón al ver el logotipo en la parte trasera del
coche. Ellas le dijeron lo que ya sabía: que el coche lo habían
visto unos minutos antes de llamar a la policía. Koper anotó
sus nombres y teléfonos y les dijo que se fueran a sus casas.
A continuación llamó al inspector Parsons.

Al principio no me lo creía. ¿Cuántas falsas alarmas llevá-
bamos, veintiséis? O sea, unas dos al mes. Después de unas
cuantas ya te insensibilizas. Yo al culpable quería pillarlo, de
verdad. No solo por los Kramer, sino por egoísmo. Pillando a
alguien te aseguras el ascenso. Pero también hay que ser rea-
lista. Tom Kramer no tenía elección. Cuando eres el padre no
te queda otra que sobrellevar la culpa. Tom siempre me decía
que no había sabido proteger a su niña. Seguro que a ti también

te lo dijo, y a cualquiera que le hiciera caso. Total, que tenía que hacer todo lo que estuviera en su mano hasta que lo superara. O hasta que se muriera, después de intentarlo cuarenta años. Yo nunca le dije que nos dejara en paz y parara de llamarnos. Qué va. Nunca. Siempre le decía: «Claro, Tom, no te preocupes». Puse a varios de mis hombres a hacer llamadas a comisarías de todo el país. No se conformaba solo con el noreste. Y de los anuncios y folletos mejor no hablo. Se lo encargaba a los nuevos, como una novatada. Al final en la comisaría ya era una broma. Le pusimos un nombre a la lista: «la perra», la llamamos. Uy... Vaya. Supongo que se podría malinterpretar. Era porque nos habíamos convertido en la perra de Tom Kramer. Ya, ya sé que es una expresión horrible, pero es que son jóvenes. En fin, que al recibir la llamada pensé: «Claro, claro. Seguro que esta vez es un Ford». Pero no, Koper me aseguró que era un Civic. Nada menos que al lado del colegio, sin ocupantes, y otra vez en primavera. Empecé a pensar que quizás hubiera vuelto para revivir el momento, o repetir el ritual. ¿Te lo imaginas? Eso sí que sería un bombazo... Me acerqué en un coche camuflado. Iba con un compañero. Nos quedamos al otro lado de la calle, a cierta distancia del Civic, entre dos coches. Esperamos dos horas y veintiún minutos. De repente vimos llegar a un hombre por la calle. Y solo de verlo ya supe que íbamos a detener a alguien.

11

El conductor, un hombre joven, se llamaba Cruz Demarco, y fue detenido en Fairview por venta de marihuana, más el delito adicional de vender droga a menos de quinientos metros de una escuela. Eso para empezar, claro.

Tengo dos observaciones. En primer lugar, aunque pueda parecer absurdo que despertara tantas sospechas la presencia de un turismo de precio modesto en una calle residencial de Fairview, en realidad es muy lógico, y en este caso provechoso. Fue un ejemplo de uso de perfiles. No hay vuelta de hoja. Yo no estoy en desacuerdo con nuestra decisión, como comunidad, de limitar esta práctica. Puede tener consecuencias injustas en personas inocentes, lo cual es intolerable. Este argumento, sin embargo, no resta valor a los datos estadísticos. Habida cuenta de las circunstancias, por ejemplo, las probabilidades de que el Civic, con matrícula de Nueva York, fuera de un residente eran muy bajas, como de un 1 por ciento. Se trata de un hecho, no de una opinión. Lo primero que hizo Parsons después de interrogar a los chicos de la fiesta fue buscar todos los Civic que pudiera haber en Fairview. Había más probabilidades de que fuera de una mujer de la limpieza, o de un jardinero, o de una niñera, o de una cuidadora, o de algún pariente, por ejemplo. Tengamos en cuenta, por otro lado, que no se presentó nadie a hacer ninguna denuncia. Dadas la hora y el lugar donde estaba aparcado, la mayor porción del gráfico contendría a gente de fuera del pueblo. ¿Y por qué iba a aparcar alguien de fuera del pueblo al lado de una fiesta de instituto, en plena noche?

Mi segunda observación es sobre las ganas que tenían todos en el pueblo de creer que a Jenny la había violado alguien de fuera, y sobre cómo se aferraron al Civic como a un bote salvavidas de esperanza, empezando por Parsons, cuyo entusiasmo por el hallazgo del coche se me antojó desesperado.

El corazón me latía muy deprisa mientras nos acercábamos al coche. ¡Cuánto me alegraba de que hubiera algo en perspectiva! Estaba preparado para un registro a fondo. Ni loco dejaría que se fuera aquel hombre sin haberlo interrogado, y haber registrado el coche. Pensaba todo el rato: «¡Lo tenemos, lo tenemos!» Sin embargo, nada sucedió como yo esperaba. Suerte que estaba mi compañero para retenerme.

Esa mañana, un incauto de segundo de instituto, un tal John Vincent, había vaciado el monedero de su madre en espera del regreso de Demarco a Fairview, y se acercó nervioso a la puerta derecha del Civic.

Pobre crío, qué idiota... Haciéndose el discreto y mirando a todas partes, a la vez que fingía dar un simple paseo... En un momento dado se agachó al lado al coche, y vimos entrar dinero y salir un paquete pequeño. Parecía una serie cutre de policías. Esperamos hasta que se fue corriendo. Le soltamos el típico «¡Eh, tú, para!», pero la verdad es que luego no hicimos el esfuerzo de ir tras él. Mi compañero ya estaba en la ventanilla del copiloto. Hizo que Koper saliera al cruce con el coche patrulla. No se podía escapar.

Esta parte me da la risa tonta. Agente Koper. Se pronuncia con o larga, pero sigue sonando como *copper**. Y Cruz Demarco.

---

* Policía (*N. del T.*).

Se llamaba así de verdad, aunque suene ridículo. Fue el nombre que le puso su madre, que lo tuvo a los diecinueve. Debió de parecerle un nombre chulo. A menos que fuera un personaje de un videojuego, o uno de los posibles padres. La historia de Cruz era puro melodrama. Madre soltera, pobreza, una infancia de mierda en Buffalo… Cuando me hablaron de él, lo único que se me pasó por la cabeza fue que en Somers se lo comerían vivo.

Me siento como en lo más alto de una montaña rusa. Teniendo en cuenta mi desprecio por las montañas rusas, supongo que lo que he hecho ha sido ganar tiempo. Hasta ahora he sido un simple espectador, un observador que emitía juicios y formulaba opiniones. Fue muy al principio de esa primavera cuando empezó todo: el compromiso con la familia Kramer, la terapia de Jenny, Sean Logan… Y por último, la detención de Cruz Demarco. Se avecinaba el choque, y no lo vi venir. Me tomó por sorpresa, a pesar de mi gran capacidad de deducción.

En el Civic azul encontraron casi un kilo y medio de marihuana, de sobra para detenerlo.

Nos lo llevamos a comisaría, le incautamos el coche y llamamos a la policía científica de Cranston. Yo estaba decidido a no dar ni un paso en falso. ¿Te imaginas? ¿Que encontrasen tierra como la de detrás de Juniper Road? ¿O un pasamontañas con las mismas fibras que había en las uñas de Jenny? Estaba como un niño la mañana del día de Navidad.

Como ser humano, Demarco era muy desagradable. Tenía veintinueve años, y apenas superaba el metro sesenta de estatura. Pesaba poco más de cincuenta kilos. Las mujeres podrán imaginárselo. Era flaco, con unas carnes muy blancas que colgaban de sus brazos y sus piernas como las de una anciana. El pelo negro lo llevaba largo por detrás y por delante, y más corto en los lados, grasiento por exceso de gel. Tenía toda una serie de tics en la manera de caminar y de hablar, y hasta en los ojos. Olía a jabón barato. Yo no lo conocí personalmente, pero me lo describió con gran detalle el inspector Parsons. A juzgar por las fotos del periódico del pueblo y lo que conseguí encontrar por Internet, no se ajustaba del todo al nivel de repulsión que se le atribuyó, pero bueno, pasa a menudo. Tenemos tantas ganas de odiar a alguien, de asignarle una culpa e imponerle un castigo, que lo vemos a la peor luz posible, y le imponemos los peores rasgos. A menos que en su caso respondieran a la verdad. De lo que no cabe duda es de que era un delincuente, pero el tráfico de drogas y el estupro son dos delitos muy distintos.

No pidió un abogado. A lo máximo que llegué fue a hacerle firmar una renuncia de derechos. Ni loco me iba a arriesgar a leérselos. Tenía una cámara grabándolo todo y dos polis que miraban desde fuera. Dentro estábamos mi compañero y yo. Le dimos sus cigarrillos y un refresco de naranja. Vaya, que quisimos que empezara cómodo, para ver si surtía algún efecto antes de explicarle la auténtica razón de que estuviera en la comisaría. Mientras esperábamos su ficha, le empecé a dar conversación, en plan «¡Qué mala suerte, tío, si ahora casi es legal, la mierda esta! Igual podemos arreglarlo. En el fondo lo único que queremos es que no vayan nuestros hijos por el mal camino, ¿entiendes?» Él se encogió de hombros. Dijo que el coche era de su hermano, y que él no tenía ni idea de que hubiera droga. Mi compañero le hizo el numerito del poli malo, recordándole que habíamos presenciado la venta. Él sonrió. «¿Qué venta? Si lo único que ha hecho el chaval es preguntarme si me había perdido. Ha metido la cabeza para ayudarme a mirar el mapa.» ¿En serio? Bueno, sí, en la guantera había un mapa, pero ¿hoy en día quién narices usa mapas? Debía de tener diez años. Entonces llamaron a la puerta. Ya tenían su ficha. Bingo.

La relación entre Demarco y el sistema penal venía de lejos y estaba vinculada toda ella a las drogas. Casi todo eran faltas: posesión, consumo... No quiere decir que no vendiera, ¿eh? Lo que sale en los antecedentes penales no es necesariamente lo mismo que la base del arresto original. Seguro que habéis visto bastantes series de televisión para saber cómo es el tira y afloja entre la fiscalía y la defensa. Los juicios cuestan tiempo y dinero, y hoy en día los porros no le importan a nadie. Por eso en unos antecedentes de más de una década solo había una condena por distribución. En junio del año anterior. Dos semanas y cuatro días después de la violación de Jenny.

Demarco se había pasado seis meses en una cárcel de cuarto grado de Bridgeport. Me imagino que para un hombre tan esmirriado, y de piel tan blanca y suave, no debió de ser una experiencia agradable. ¿Os parece aberrante lo que digo? Me temo que mi tiempo en Somers me ha hecho adquirir unos conocimientos que no conviene exponer con tanta naturalidad ante el resto del mundo. Normalmente soy bastante cauto en mis suposiciones, incluso en reírme o no reírme de determinados chistes en compañía de otras personas, por miedo a que me malinterpreten. No es que se me venga a la cabeza una violación en la cárcel solo por hablar de un hombre bajo y de piel blanca, claro que no, pero si os pasarais ocho horas por semana oyendo hablar de cómo es la vida entre rejas en una institución de quinto grado, también empezaríais a relacionar este tipo de cosas. Mi mujer me ha regañado varias veces.

Otra vez a las andadas, cariño, me diría. Siempre me llama así, hasta cuando se enfada. *En el béisbol el receptor está detrás del* home plate, *y punto. A nadie le interesa.*

No sé hasta qué punto es verdad. Yo creo que en los medios, y en la industria del ocio, hay bastantes pruebas empíricas que indican lo contrario, pero bueno, no siempre es el mejor tema de conversación para una cena. (Con la palabra «receptor» se designa a veces a la persona que «recibe» cuando dos hombres practican el sexo.) Supongo que por eso me parecen de un aburrimiento tan supino las fiestas.

La buena noticia, para Parsons, era que ya podía usar algo de palanca. Tenía en el bolsillo dos acusaciones por delitos graves, que sumadas a la anterior condena de Demarco lo convertían en reincidente, con condena mínima obligatoria.

Entro otra vez con la ficha y empiezo a decir: «Jo, tío, qué mal rollo. Con estos antecedentes, y ahora dos acusaciones por delitos graves». Esta vez se puso un poco inquieto. «No sé si no es mejor que vayas pensando en la defensa —le dije—, y te busques un abogado de oficio.» Empezó a mover los pies por el suelo y a apretar los puños. Entonces mi compañero me apartó para susurrarme alguna tontería. Puro teatro. Solo era para quedar bien. Luego dije: «Oye... ¿puede ser que estuvieras en mayo pasado por el pueblo? Igual podrías ayudarnos en algo». Él se encogió de hombros, como diciendo que si le beneficiaba en algo, tal vez sí. Yo pensé: si conseguimos que admita que estuvo en el pueblo será un punto de partida. Pero nada, que no hacía el gesto.

Esta lógica no la entendí. Si Demarco era el violador, por nada del mundo reconocería su presencia en el lugar del crimen. De todos modos, Parsons regresó enseguida al buen camino.

Teníamos bastante para encerrarlo. Le asignaron a un abogado de Cranston, uno que sabe bastante, pero con lo que cobran de oficio, seguro que no querría un juicio completo. Era hora de volver a aquella noche, ahora que teníamos un rostro. Primero a Teddy Duncan, el niño que buscaba a su perro, y en segundo lugar... Aprovechando que ya podíamos usar algo para poner nerviosos a los chavales, podíamos ir otra vez a por ellos. Ni uno solo de los de la fiesta reconocía haber visto un Civic azul. Pero si era Demarco, lo más seguro era que estuviese vendiendo droga. Luego vio que Jenny se metía por el bosque. Presa fácil. Ninguno de los chicos reconocería haber comprado droga, pero ahora que lo sabíamos, y que teníamos el coche y al conductor, se nos abría la posibilidad de vencer la resistencia de alguno, y que lo identificase.

Parsons estaba optimista, exultante incluso. Los Kramer también. Yo no compartía las conclusiones del inspector sobre Demarco, pero no era quién para disuadirlo de sus planes. Parsons había tenido la amabilidad de tenerme al corriente de todo, a fin de que pudiera ayudar a Jenny y su familia. ¿Qué iba a decirle, que no era el hombre a quien buscaba? No interrogues otra vez a los chicos, ni a Teddy Duncan. Por ahí no vayas. Le deseé suerte, y esperé el siguiente parte. Lo lamento en el alma.

12

La reaparición del Civic azul tuvo dos repercusiones inmediatas. La primera fue que interfirió en la terapia de la familia Kramer. La segunda fue relativa a mi hijo.

Ya hacía unas semanas que Jenny y sus padres acudían a verme de forma individual. Mi trabajo con Charlotte y Tom no era complicado. El principal objetivo era que colmasen las lagunas sobre Jenny y el año previo a la tentativa de suicidio, pero el foco de nuestras sesiones se trasladó enseguida a cómo reaccionar ante el dolor que provocaba en ellos aquel horrible capítulo de sus vidas. De ahí, como es lógico, pasamos a los problemas subyacentes en su matrimonio, desde donde retrocedimos a su infancia, que es de donde arrancan todos los problemas conyugales.

Ya he dado a conocer el desagrado que me inspira la terapia de pareja, y en concreto recibir al mismo tiempo a los dos cónyuges, abriendo la puerta a que se digan en voz alta demasiadas verdades que luego no se pueden retirar. Quizá convenga airear ciertas cosas, pero no es imprescindible que las oiga el otro cónyuge. Los problemas de los Kramer se desmoronaban frente a mí como un castillo de naipes. Yo me aplicaba a resolverlos, pero a solas con cada uno de ellos.

Tom era una monografía en potencia, un caso de manual. Necesitaba entrar en contacto con la rabia que sentía hacia su esposa por dominar las decisiones sobre Jenny, y también por dominar su matrimonio. Con lo siguiente que necesitaba entrar en contacto era con la rabia que sentía hacia sí mismo por haber dejado que fueran así las cosas. Era necesario que reconociese que Charlotte no hacía más que colmar el gigantesco abismo de indecisión debido a la falta de autoestima del propio Tom. Entonces podríamos pasar a sus padres y a la causa de esa falta de autoestima. Comprensión, aceptación, perdón, y en último lugar un plan de acción enfocado en el cambio.

No se trata de quejarse, ni de no asumir sus responsabilidades. Ya sé qué dice mucha gente sobre la terapia hablada, y se equivoca. Tom tenía que aprender a darse cuenta de cuándo creaba un abismo, y de por qué lo hacía; a partir de ahí, debía aprender a intervenir, ser decidido y, si le parecía que su esposa estaba en un error, enfrentarse con ella. Necesitaba ser dueño de su fuerza y de su inteligencia. Necesitaba volver a ser un hombre, en bien propio y de su mujer, que ya no quería tocarlo. No sería fácil. Este tipo de «reaprendizaje» lo llamamos terapia cognitivo-conductual. Una vez, una paciente me pidió que le explicara qué estábamos haciendo. Se quejó de que le parecía hipócrita y que no quería dejar de decirle a su marido lo mal que le caía la hermana de él. Cuando le expuse el objetivo final, dijo: *Ah, te refieres a fingir hasta que lo sientas.* Sería una síntesis en pocas palabras de la TCC. A diferencia del proceso de recuperación de la memoria, que es muy polémico, la TCC es el pan nuestro de cada día de la psicoterapia.

El caso de Charlotte era más complejo. Me di cuenta enseguida de por qué se había casado con Tom. Creo haber dirimido ya estas cuestiones. Tom formaba parte de la casa perfecta de Charlotte, la que anhelaba desde que era niña. Bob era la viga con la que evitaba que la casa se viniera abajo. Ahora entenderéis que os haya importunado con detalles sobre las experiencias sexuales de Charlotte con Bob, y con la conclusión de que este último era su droga. Son como hilos en una máquina de algodón de azúcar, que de momento giran muy deprisa para que no se peguen entre sí, hasta que llega el momento de enrollarlos en un palo, un cono perfecto hecho de hilos de azúcar.

Bob era la droga de Charlotte. Sean era la droga de Tammy. Y Jenny sería la de Sean. Este tipo de atracción que sienten algunas personas por otras, como si fueran adictas, no es gratuito. Tampoco saludable. Desde una perspectiva emocional, de hecho, es malsano por definición. Siento decepcionaros, pero una relación sana suele ser bastante aburrida. En este tema había empezado a hacer muchos avances con Charlotte, hasta que detuvieron a Cruz Demarco.

La segunda vez que salió del hospital, Charlotte no fue a su casa. Después de hablar con el inspector Parsons, con la ropa empapada de sangre y la frente manchada tal como ha descrito Parsons, frenó dos manzanas más allá y llamó por teléfono a Bob, que accedió a que se vieran.

No sé por qué no fui a mi casa. En la habitación de Lucas no podía acurrucarme, porque estaba con el hijo del vecino, pero no se trata de eso. Tal vez sea más exacto decir que no volví a mi casa porque no podía soportarlo. Lo que no sé es por qué no podía soportarlo. Bien que me fui a casa cuando violaron a Jenny... Tenía ganas de abrazar a mi hijo, meterme con sigilo en la cama de su habitación y ver cómo dormía hasta que hiciera efecto la pastilla. Por muy angustioso que fuera, me sentía capaz de controlarlo. Sentía que lo estaba controlando. Jenny estaba recibiendo el tratamiento. La estaban arreglando. Además, no sufría. Dormía, y seguiría haciéndolo durante todo el proceso hasta que se despertara como si no hubiera pasado nada. ¿Alguna vez has estado a punto de tener un accidente, como cuando resbalas con el hielo, o no ves un coche por culpa del punto ciego? Hay un momento de pánico, y después de alivio, y luego piensas: bueno, hoy he esquivado una bala. La próxima vez tendré más cuidado. Fue como me sentí, asustada pero aliviada. Con el futuro controlado. En cambio, esta vez era distinto.

Ese día, Charlotte se pasó toda la hora hablando de su encuentro con Bob. Estaba inquieta por su decisión de llamarlo en vez de irse a casa para estar con su hijo; inquieta también por su conducta junto a Bob y por sus sentimientos al despedirse de él.

Quedamos en un aparcamiento, entre Fairview y Cranston. Ese de la Ruta 7 donde hay un Home Depot y un Costco, ¿lo conoces? Es enorme. Bob subió a mi coche y nos fuimos al fondo, donde hacen las entregas. Solo era para hablar. Bob se había cambiado. Me parece que le chocó un poco que yo aún no hubiera pasado por mi casa y todavía llevara la ropa tan sucia. Me preguntó por Jenny. Yo le expliqué cómo estaba. Él apoyó la cabeza en las manos y se frotó mucho la frente.

Charlotte me enseñó cómo se había frotado Bob la frente, y dijo que se le pasó por la cabeza que intentaba borrar el recuerdo de lo sucedido aquella tarde, como cuando se borra una raya de lápiz con una goma. La piel de Bob empezó a ponerse roja.

Era tarde. Bob había pasado por una de sus salas de exposición para cambiarse. Nadie lo vio entrar por la puerta de atrás. Dijo que no sabía qué hacer con la ropa manchada de sangre, tirarla, quemarla o intentar lavarla. Dijo que le daba paranoia pensar que la encontrara alguien, y que pudieran pillarlos a los dos.

Yo por dentro estaba muy afectada. Ya te digo que no era como la otra vez. Estábamos aparcados entre dos semirremolques.

Serían casi las diez y media. Ya era de noche. Me acuerdo de que
no le veía demasiado bien la cara. Él seguía hablando de logística:
que si su ropa, que si la mía, que qué haría yo con la mía… Me dio
ideas sobre cómo limpiar el baño y me aconsejó que no volviera a
entrar. «Llama a una empresa de limpieza. Diles que ha habido
un accidente y dales las llaves. Hay agencias que lo hacen…» Bla,
bla, bla. Sentía que se me saltaban las costuras. Es la mejor des-
cripción que se me ocurre, como si hubieran tirado de un hilo y
estuvieran saltando las costuras.

Le pregunté qué habría querido que dijera Bob. Charlotte miraba fijamente un pequeño tulipán que tengo en la
mesa del rincón de la consulta. Lo compré en el supermer-
cado. La maceta aún llevaba la etiqueta blanca con el precio
y la descripción: tulipán Montreux. Yo no tenía preferencias.
Eran los únicos que había, y mi mujer había insistido en que
pusiera una planta de primavera en la consulta. Charlotte
no apartaba la vista de la etiqueta. Era lo único fuera de lugar
que encontraba, y sentía una fijación subconsciente. Como
es natural, saqué mis conclusiones y tomé nota mentalmente
de dejar la etiqueta.

—¿Qué habrías querido que dijese? ¿Qué necesitabas?

Silencio. Reflexión.

—Si pudieras retroceder en el tiempo y reescribir la escena del coche, ¿qué habría hecho Bob? Empieza por el principio. Bob sube al coche y…

Y me mira a la cara. Después mira la ropa, que aún está
manchada de sangre. No se pone nervioso, ni empieza a mirar a
todas partes para ver si hemos llamado la atención. Le da igual.

—Solo te mira, y sabe lo que necesitas. Ni siquiera hace
falta que se lo digas. Y entonces, ¿qué hace?

Me… me pone las manos en la cara, y…

En ese momento Charlotte cerró los ojos, y fue ella quien se tapó la cara con las manos. Estaba emocionada.

—¿Qué, Charlotte? ¿Qué dice?

Me dice que no pasa nada, que mi niña lo superará.

—No, no es lo que dice. Eso lo dijo el doctor Baird en el hospital. Concéntrate, Charlotte. ¿Qué dice mientras te mira, mientras te ve y te toma la cara entre las manos?

No lo sé.

—Sí que lo sabes. Por algo lo llamaste. Respira y deja que salga. Vuelve a esa noche. Estamos solos. Lo que te diga Bob dentro del coche quedará entre tú y yo. No hay ningún peligro, Charlotte. Deja que salga. Bob te ha puesto las manos en la cara y te mira a los ojos. ¿Qué dice?

Dice «te quiero».

—No, Charlotte, eso siempre lo dice. No estás siendo sincera. Sabes lo que te dice.

Se había puesto a llorar. Probablemente os sorprenda. No es la primera vez que baja la guardia en el transcurso de nuestras sesiones. Os recuerdo que yo era el único que sabía lo de ella y Bob. Me había esforzado mucho por ganarme su confianza, y me había convertido en un escondite seguro para sus secretos y sus lágrimas.

—¿Verdad que sabes lo que dice?

Asintió. Acto seguido, respiró profundamente y abrió los ojos. Ya no lloraba. Contestó con calma. *Me toma la cara entre las manos. Le da igual que puedan vernos. Me mira a los ojos y dice: «No ha sido culpa tuya».*

—Eso. Exacto. Bob es quien te da lo que necesitas cuando no pueden dártelo los demás. Completa lo que falta. No juzga tu pasado. Tú no estás criando a sus hijos. No eres su mujer. Nunca le harás quedar mal por tu pasado.

Siempre he tenido la impresión de que a él se lo puedo contar todo, y aún me querría más. Antes siempre me decía que era una víctima de mi padrastro, y que mi madre era una niña egoísta y desesperada que no había llegado a hacerse mayor, y que con tal de sobrevivir estaba dispuesta a todo.

—¿Y con eso te sentías mejor?

Sí. Luego follábamos, se iba y yo me quitaba su olor con una ducha antes de que llegara mi marido a casa.

—Y entonces tenías remordimientos por haber estado con él.

Pues claro. Su manera de no hacerme estar tan a disgusto con el pasado siempre dejaba paso a un disgusto con el presente. Y luego lo echaba de menos hasta que volvía.

Somos así. No queremos cambiar. En nuestro ser más natural, en nuestro fuero más interno, queremos sentirnos como cuando éramos pequeños. Más hilos de azúcar que mezclar.

Pero esa noche, en el coche, no me hizo sentir mejor. No supo qué necesitaba. Hablamos de todas esas cosas, de toda la logística. Puede que dijera que me quería, y que qué alivio que estuviera bien Jenny. No me acuerdo. Ya no escuchaba. Mientras tanto las costuras seguían deshaciéndose. Yo lo sentía: cada vez menos hilo, hasta que me descosí del todo. Sé que me puse a llorar, y que empecé a tirarle de la americana y la camisa. Deslicé mi mano entre sus muslos. Necesitaba que hiciera algo… Ni siquiera sabía exactamente qué quería.

—Por lo que dices, algún tipo de contacto sexual.

Sí, puede ser. Algo.

—Para poder sentirte de otra manera.

Sí.

—Como una droga. Ya lo has dicho otras veces. Que para ti Bob era como una droga.

Sí. Quería que cambiara las sensaciones que tenía por dentro. Como una droga, exacto. Pero él lo único que hizo fue apartar mi mano y mirarme como a una pervertida. «¿Qué haces? —dijo—. Hay que tener un poco de respeto por la situación.» Repitió varias veces lo mismo. ¿Cómo podía querer sexo horas después de lo que habíamos presenciado? Tuve la sensación de que se interponía una pared entre los dos. Se había roto nuestra conexión, y él me miraba como me veía yo al pensar en mi pasado. Fue humillante.

Acabábamos de dar un paso enorme. Nos pusimos a analizar lo que pasó en el coche, y el uso que hacía Charlotte de Bob para sentirse más cómoda con su pasado, pero luego otra vez más incómoda. Primero un subidón, y luego un bajón que la dejaba en el mismo lugar de antes. Poco a poco fue perdiendo potencia el subidón, y haciéndose más fuerte el bajón. Charlotte empezó a necesitar una dosis mayor de lo primero, y a intercambiar sexo por el amor y la aceptación de Bob. Le preguntaba a qué no se prestaba su mujer o qué había visto en Internet. Bob era insaciable. En cuanto a Charlotte, os recuerdo que con él no llegaba al orgasmo, pero aun así estaba obsesionada con la idea de acostarse con él. Era con sexo como conseguía las palabras. Solo lo entendió a fuerza de varias semanas de sesiones conmigo. Como los perros de Pavlov, que salivaban al oír una campana. No es que la campana les procurase algún placer, sino que equivalía a que les dieran comida. Y de comida tenían hambre.

Esa noche, sin embargo, Bob no le dio las palabras adecuadas. Por primera vez la droga no sirvió de nada, y Charlotte volvió a su casa impregnada no solo de la sangre de su hija, sino de desprecio hacia sí misma, y de humillación. Fue en ese punto donde nos interrumpió la aparición del Civic azul.

Recuerdo con bastante claridad el momento en que me enteré de que había vuelto el Civic azul a Fairview, y de que se había producido una detención. Iba en coche a mi casa después de todo el día en Somers. No me gusta escuchar música mientras conduzco. Encuentro que provoca reacciones emocionales que me distraen de lo que pienso, y conducir es un momento inmejorable para pensar a fondo en cosas que a menudo descuidamos. En cambio los espectáculos deportivos, sobre todo los más trepidantes —el baloncesto o el hockey—, estimulan este tipo de pensamientos. Al fluctuar por dentro y fuera de mi mente, la acción y el caos generan más que nada un ruido de fondo que me ayuda a concentrarme.

Estaba pensando en un paciente a quien había recibido el mismo día. Cumplía su segundo año de condena, de entre tres y cinco, por allanamiento de morada en Lyme. Acudía a mí por ansiedad y depresión. Mi experiencia en Somers me ha enseñado que siempre es una excusa para conseguir medicamentos, que a veces receto por compasión. Es muy triste estar en la cárcel. Estos medicamentos, en Fairview, se los doy a los pacientes que están pasando por un divorcio, un cambio de trabajo o el duelo por un padre o madre, hechos de la vida que pueden provocar alteraciones. Según ese criterio, está claro que alguien que se pasa diez años en la cárcel merece el mismo grado de compasión, aunque en la práctica me veo obligado a la máxima cautela, ya que ha habido pacientes que vendían las pastillas tras fingir que las tomaban, o incluso tras regurgitarlas. Las secan y las venden una a una. Otros... A otros es mejor dejarlos que se adapten solos a su nueva vida. No son fármacos que puedan tomarse durante diez años. Para empezar, no lo permiten las autoridades penitenciarias. Además, con el paso del tiempo crean adicción, y no es cuestión de crear drogadictos en la red de prisiones.

Con el paciente a quien recibí el día en que supe lo de Cruz Demarco no tenía este dilema, porque no cabía duda de que su intención era vender las pastillas, y de que por lo tanto yo me negaría a recetárselas. Ya entrada la sesión, cuando empezó a percibir mis dudas, empezó a jugar conmigo. Es algo muy habitual, que al mismo tiempo que desmiente cualquier pretensión de sufrir trastornos químicos como la depresión, el trastorno bipolar o la esquizofrenia (lo que llamamos trastornos del Eje I), me sirve para confirmar los diagnósticos del otro tipo, los del Eje II. (Simplificando, los del Eje I son disfunciones en la química cerebral. Los del Eje II son trastornos de la personalidad. Se deben a la ausencia o malformación de rasgos normales de la personalidad humana, como la empatía y la capacidad de establecer vínculos sanos. Se distribuyen por un espectro que empieza por el trastorno límite de la personalidad y acaba por la sociopatía. A mi juicio las definiciones son un poco amorfas. Muchos de ellos son inmunes al tratamiento.) Aquel paciente era un sociópata.

Mis historias sobre Somers darían para varios libros de texto. Por otra parte, debo confesar humildemente que no siempre he sido tan hábil en detectar a los pacientes del Eje II con más talento. En sitios como Fairview no es que vengan mucho a verte. De hecho, casi nunca buscan un tratamiento para curarse. No creen estar enfermos. En cambio, sí que se dan cuenta de que los demás los ven distintos. Pueden ser muy astutos a la hora de disimular su conducta, para integrarse y sobre todo para conseguir lo que tan desesperadamente necesitan. Los correccionales, cárceles y unidades de psiquiatría son los únicos sitios donde un médico puede encontrarlos en bastante cantidad como para afinar las habilidades necesarias tanto para identificarlos como para tratarlos.

En los primeros tiempos de mi trabajo en Somers no estuve a la altura de la situación. Los errores que cometí durante el primer año, o más, son difíciles de aceptar. La más grave de estas faltas fue con un tal Glenn Shelby, a quien había tratado durante unos seis meses a finales del otoño anterior a la violación de Jenny. Cumplía una condena corta por robo. Sufría dos trastornos mentales primarios, que en ninguno de ambos casos os habrían llamado la atención. A quien lo hubiera conocido en la vida normal le habría parecido campechano y curioso. Mostraba un gran interés por las personas, y por todo lo que quisieran contarle. Hasta yo me sorprendí más de una vez habiendo ido más lejos de lo que me proponía con Glenn. Hacía preguntas como las de las adolescentes cuando cotillean con sus amigas, preguntas detalladas que te hacían revelar más de lo que se justificaba por la situación. Lo hacía todo por ganarse tu amistad, y aunque a veces era incómodo, como si se muriera de ganas de intimar, se daba cuenta antes de que le parases los pies, y adaptaba lo justo su conducta para que siguieras enganchado. A la larga podía más tu incomodidad que su capacidad de adaptación, porque el motor de su necesidad de intimar contigo, como amigo o como amante, era un trastorno límite de la personalidad, el primero de los dos que sufría.

Glenn también tenía una forma de autismo. Digo «forma» porque antes de que empezaran a salir a relucir los síntomas límite de la personalidad no lo evaluó ningún profesional con la debida formación. El autismo también es un espectro. Yo detecté sus características en sus tics. Glenn era un hombre muy inteligente, experto en imitar la conducta normal, pero por suerte yo estaba bastante facultado para diagnosticarlo.

Por cierto, hablando de inteligencia, es un rasgo muy presente en pacientes de estos dos trastornos.

La relación entre sus padres era explosiva, llena de agresividad. También a él le pegaban, y presenció palizas en ambos sentidos. Su madre era alta y fuerte, como él. No tenían tiempo ni ganas de fijarse en lo que lo diferenciaba del resto de los niños. Su conducta desviada fue el desencadenante de muchos de los castigos que le infligieron sus padres.

Antes de acabar en la cárcel se automedicó con toda clase de drogas la sobreestimulación causada por el autismo. Un día se quedó sin dinero y amenazó con una pistola de juguete al dependiente de una bodega de Watertown. Nunca duraba mucho en ningún trabajo. Al principio destacaba por su inteligencia, pero incomodaba a los demás, y lo habitual era que fuera despedido a los pocos meses.

Con Glenn me esforcé mucho, como con nadie. Se negaba a dejarse medicar. No se consideraba enfermo. Él lo que buscaba era la terapia, poder relacionarse sin peligro con otro ser humano, lo cual, en la cárcel, puede ser arriesgado. Y yo estuve encantado de facilitárselo. Sufría malos tratos por parte de otros presos, debido a sus rarezas y a su búsqueda de intimidad emocional en un entorno donde se recela de ella. Me imagino que algún que otro recluso sucumbió a sus artes y habló más de la cuenta sobre sus delitos con aquel extraño personaje. A menudo lo acusaban de ser una «rata». Yo creo que si no lo mataron fue por su envergadura física y su fuerza.

Glenn Shelby fue el único paciente al que no logré salvar. Su vida terminó en suicidio. Seguro que por eso me he extendido tanto sobre él. Y que por eso me extiendo tanto en general sobre su caso. Mi ineptitud hizo que, pese a tratarlo varios meses, no llegara a entender sus trastornos en profundidad.

Ese día, pues, durante el viaje de regreso en coche, iba pensando en el paciente a quien acababa de ver, e intentando eludir la honda decepción que despertaba en mí. Decepción conmigo mismo. Ahora me resultaba tan transparente, aquel sociópata... No tenía remedio. En cambio, de Glenn no pensaba lo mismo. Si ese mismo día hubiera entrado por la puerta, habría podido ayudarlo. Salvarlo. El mundo es injusto.

Quizás os extrañe que me sumergiera por iniciativa propia en tanta mierda con frecuencia semanal. Según mi mujer, me viene de mi educación. En mi casa estuvieron acogidos varios niños. Yo creo que es porque mis padres solo tenían dos hijos, y durante diez años uno solo, yo. Decían que mi hermana era un milagro. Los médicos pensaban que el útero de mi madre había quedado demasiado afectado por las dificultades de mi parto para contener de nuevo un feto. Abortó varias veces. Nos lo explicaban mucho, para que entendiéramos que abriesen nuestra casa a desconocidos. Ni siquiera me acuerdo de cómo se llamaban todos, o de sus caras. No me gustaba compartir casa con ellos. Les tenía rencor por recibir recursos que deberían haber sido para mí: el amor de mis padres, dinero, comida, espacio... Es que era muy pequeño. Es el típico egoísmo de los niños. Aun así, tanto mi mujer como mis padres, cuando los vemos en nuestra visita anual, creen que en mí pervive su generosidad. Siempre que voy en coche al norte, a Somers, lo pienso.

La radio del coche erstaba encendida. Acababa de terminar un partido de los Knicks y estaban dando las noticias. Oí el nombre pero no me dijo nada. Después oí la descripción del coche y la referencia a la violación de la primavera anterior en Fairview. A los Kramer no los mencionaron; es el protocolo de los medios de comunicación en lo que a víctimas de violaciones se refiere, pero lo sabía todo el mundo. No había habido más que una violación. Y un solo Civic azul. Ahora tenían al conductor.

Olvidando enseguida mi pena por Glenn Shelby, y por las injusticias del mundo, estuve pendiente hasta de la última palabra. Después llamé a mi buzón de voz. Tenía varios mensajes, como de costumbre. Normalmente no los escucho hasta la noche, porque a veces tengo que tomar nota de algo: horas cambiadas de pacientes o cosas así. Esta vez eran todos sobre la detención: Tom Kramer, Charlotte Kramer, el inspector Parsons... Todos llamaban para contarme lo ocurrido. Los Kramer se declaraban impacientes por verme y hablar de lo que podía suponer para Jenny, y de si podíamos usar la cara o la ropa de Demarco para intentar reflotar sus recuerdos. Me pareció una idea horripilante. Escuché hasta el final con impaciencia, porque quería devolverles la llamada e instarlos a que mantuvieran alejada a Jenny de cualquier imagen de aquel hombre. El poder de sugestión es uno de los grandes enemigos de nuestro trabajo. Lo socavaría todo. Al escuchar el último mensaje, sin embargo, mis pensamientos dieron un último vuelco. Era de mi mujer.

13

Mi mujer se llama Julie Marin Forrester. Yo a mi mujer la quiero. Me siento falso al usar la expresión después de haber hecho tanto proselitismo sobre lo nebuloso que es el amor, sobre que solo significa algo en el contexto de quien lo «siente», sobre que implica algo distinto para cada persona y, por lo tanto, en algunos aspectos, carece de sentido, pero ¿de qué otra manera puedo describirlo? Admirarla no la admiro. No está dotada de ningún talento en especial, aunque sí es muy versada en llevar las riendas de la vida familiar. Fue a la universidad (no diré cuál, para no ofender a los posibles exalumnos), pero dudo que aprendiera mucho. Tenía mucha vida social. Vivía en una residencia de chicas. Se especializó en literatura, lo cual, básicamente, significa que leyó muchas novelas. Fue principalmente un ejercicio pasivo.

Se me hace raro tener que pensar tanto tiempo en lo que siento por mi esposa. Si me hago las mismas preguntas que formulo a mis pacientes, está claro que no parece amor. Intelectualmente me siento superior a ella. No tiene sentido esconderlo. Pocas veces tengo pacientes que no sepan lo que sienten a este respecto. Todas las decisiones que impliquen un razonamiento, y sopesar costes y beneficios, corren de mi cuenta: qué parte de nuestra jubilación invertir en acciones, cuándo refinanciar nuestra hipoteca, a qué profesional recurrir para que nos repare el tejado… Ella toma las que están relacionadas con las filias y fobias de nuestra familia: qué tipo de flores mandarle a mi madre para su cumpleaños, de qué color le gustaría a nuestra hija para Navidad el anorak, qué película puede querer ver nuestro hijo para su cumpleaños… Todo lo referente a la disciplina y la motivación de nuestros hijos lo decido yo. Es claramente de mi competencia.

Es muy atractiva. Nos conocimos en Nueva York, durante mi residencia. Ella había entrado como becaria en una editorial, y al mismo tiempo trabajaba de camarera. Se pasaba el día leyendo manuscritos en un despacho sin ventanas y luego servía a empresarios ricos de un restaurante de carne de Midtown hasta las dos de la madrugada. Para haberse licenciado hacía tan poco tiempo, y ser la época que era, se ganaba la vida más que bien. No dudaba en aprovechar su físico para incrementar las propinas, ni en dejar que alguna mano le rozara el trasero al pasar junto a una mesa, o le acariciase el brazo al inclinarse para recoger un plato. A mí no me asquea, este maquiavelismo suyo. Lo veo como un correlato del simplismo con el que se plantea casi todos los aspectos de la vida. Nunca se paró a pensar en el contacto indeseado de los gilipollas con alianza en el dedo y déficit en la conciencia que se consideraban con derecho a manosearla. Para ella solo era dinero fácil.

Es posible que me refiera a eso cuando digo que la quiero. Es una persona simple, con una visión simple de las cosas. Nunca me pregunto si llevará una doble vida, o si me somete a manipulaciones que tardaré varios meses en esclarecer. Me paso el día oyendo hablar de mentiras, secretos, conspiraciones y desconfianza. Me estoy refiriendo solo a mis días en Fairview. Cuando cruzo la puerta de mi casa, orgulloso de haber trabajado tan duro, y satisfecho porque gracias a mí tenga esta casa y todas estas cosas mi familia, siempre está Julie, cuidando de los niños, de la casa y de mí. No suele hacerme caso hasta que han comido los niños, y han hecho los deberes, y hemos fregado juntos los platos. Solo entonces se sienta a que tomemos juntos una copa de vino y me cuenta su día, tan simple, y veo que es feliz. No podría describir cuánto me reconforta. También yo me siento feliz a su lado. Me siento valorado y cuidado. Y por lo tanto, la quiero.

Para que no os penséis que me he quedado anclado en los años cincuenta, que sepáis que mi mujer da clases en el preuniversitatorio de Cranston, queda a menudo con amigas para jugar al tenis o comer y se da el lujo de pasar unas horas leyendo, haciéndose la manicura o cualquier otra cosa que la haga disfrutar. No es ninguna criada. Tiene libertad para hacer lo que quiera. De hecho, la he animado a que se saque un máster, para que podamos mantener conversaciones más profundas.

Hay un aspecto de la vida que no es simple para mi mujer. Ya me he referido antes a su miedo a que les pase algo malo a nuestros hijos, y a que para superar ese miedo se obliga a pensar los peores desenlaces posibles. Perdió a sus padres cuando aún no había cumplido los cuarenta años. No puede decirse que murieran jóvenes, porque la habían tenido cuando ambos ya tenían cuarenta y pico. En un caso se trató de una dolencia cardíaca y en el otro de una embolia. Me he planteado la posibilidad de que se debiera a la herencia genética, porque entonces también afectarían a mis hijos, y podrían justificar determinadas precauciones desde los primeros años, pero he llegado a la conclusión de que ambas dolencias se debieron más bien al tiempo y al estilo de vida sedentario que seguían sus padres. Aunque estadísticamente fueran muertes normales, a Julie le costó asimilarlas. Su único hermano vive en Arizona, casado y sin hijos. Julie solo nos tiene a nosotros, su núcleo familiar. Haber perdido a sus padres la ha hecho ser muy consciente de que los seres queridos pueden morirse. Parece mentira que lo tengamos todos tan poco en cuenta. De lo contrario, quizá fuera insoportable la vida.

Supe enseguida, por su tono de voz, que estaba preocupada; un tono un poco jadeante y más agudo de lo normal. Intentaba disimular el pánico, pero no lo conseguía.

Hola, cariño. Espero que vaya bien el día. Solo quería saber si te has enterado de la noticia de la detención. Seguro que sí, porque en la tele la dan todo el rato, y me imagino que en la radio igual. Bueno, pues parece que quieren volver a hablar con todos los chicos, los que estuvieron esa noche en la fiesta. Seguro que solo quieren ver si alguno puede confirmar que el detenido es el mismo que aparcó en Juniper Road. Normal, ¿no? De todos modos, llámame. Me ha dicho Laura Lyman que quizá contraten a un abogado para Steven. Se llama Mark Brandino. Podríamos plantearnos lo mismo para Jason... Pues eso, llámame, ¿vale, cariño? Te quiero. Cuidado al conducir. Llámame. Bueno... adiós.

Sus palabras me sentaron como una ducha fría. Yo no había pensado mucho en que esa noche estuviera Jason en la fiesta. Eran más de cien chicos, casi la mitad del instituto, incluido el equipo de natación prácticamente en pleno.

Jason nada. De hecho es un nadador buenísimo. Algo han dicho de que vaya a la Universidad de Michigan, o incluso a Penn. Para que lo admitan necesitará hacer valer sus dotes de nadador, porque solo es un alumno de notable. Visto lo mucho que estudia, está claro que es su límite académico. Al casarme con Julie yo ya supe que podía ser un problema. A ella le calculo un coeficiente intelectual de entre 100 y 110. He observado que existe una correlación negativa entre coeficientes excepcionales y estabilidad emocional. Con el instinto maternal sucede lo mismo. No me pareció que sirviera de nada tener hijos muy inteligentes si su madre no podía darles la debida cantidad de afecto. De hecho, mis hijos están bien integrados y son atractivos, populares, deportistas y muy competentes en lo intelectual. Creo que todo eso les aportará un tipo de felicidad que a mí siempre se me ha escapado.

Jason es fantástico. Al margen de que me creáis, es objetivamente la verdad. Si os dijera que es el chaval de diecisiete años más fabuloso del mundo podríais poner en duda mi objetividad, y con razón, pero no, no creo que sea el chaval de diecisiete años más fabuloso del mundo. Ahora bien, me siento como si lo fuera, y como si todo lo que hace y dice (o casi todo, ya que por algo es un adolescente) tuviera un valor incalculable, y me empapo bien de todo para tener el depósito lleno cuando se vaya dentro de un año a la universidad, como se fue mi hija hace dos años. Es mi faceta de padre. Mi faceta de persona objetiva ve que es un chico fantástico.

Es amable con la gente. A la hora de cenar se sienta con nosotros y habla del mundo de forma compasiva y comprensiva. Hablamos sobre todo, desde Oriente Próximo y el terrorismo hasta la economía. A veces me hacen sonreír sus conclusiones, por su juventud y lo mucho que tiene que aprender, pero al menos se interesa bastante para pensar y sacar conclusiones. Por las mañanas se levanta sonriendo, cuenta chistes durante el desayuno y tararea la última canción que se ha descargado. Va al colegio y a entrenar a la piscina, vuelve para la cena, estudia y a dormir. Al día siguiente, vuelta a empezar. Sí, es verdad que a veces está como pegado al móvil, con las redes sociales o los juegos, pero a mí no me alarma tanto como a otras personas. Es su mundo, y más vale que se adapten a él. No les beneficiaría ver su tecnología como un vicio y tener limitado el tiempo de exposición. Acabarían por no dominar lo que ya se está haciendo imprescindible en el mundo laboral y el entorno social de su generación.

Soy consciente de que pongo demasiado énfasis en la metáfora, pero ahora los años de la adolescencia los veo como un proyecto de construcción. A mis pacientes jóvenes, y a mis hijos, les digo que esto no es la vida. Todavía no. Ahora lo que hacen es construir una casa. Más vale que les salga bien, porque es la casa donde tendrán que vivir siempre. Podrán reformarla, redecorarla y repararla, pero no reconstruirla desde cero. Todo lo que pongan en la casa, cualquier cicatriz emocional de una mala relación, cualquier perversión sexual a la que sucumban, cualquier oportunidad que se abran, cualquier droga que dejen que interrumpa la maduración de sus cerebros en crecimiento, se quedará para siempre en los cimientos. Las conclusiones de los neurocientíficos cambian sin cesar, pero está claro que el desarrollo del cerebro humano se frena hacia los veinticinco años. Lo que ocurre en el cerebro entre la pubertad y mediados de la tercera década, cuando llega al final de su maduración —su cableado—, implica asumir cada vez más riesgos y exponerse cada vez más a la influencia de su grupo de edad. El centro de recompensa se esfuerza por distinguir las conductas que son recompensadas, a fin de poder poner algunos cables y ladrillos. Estos ladrillos pasan a formar parte de los cimientos, y ahí se quedan. Si los ladrillos te dicen que te gusta el alcohol, la cocaína, o las perversiones sexuales, te pasarás el resto de la vida luchando contra estos anhelos.

Por otra parte, como es lógico, el niño que saque malas notas y acabe en una universidad de segunda tendrá que ponerse al final de la cola en el momento de buscar trabajo. Todo tiene su importancia.

Si viene a verme un paciente que no puede tener una erección con su mujer, lo primero que le pregunto es si consume pornografía. Lo segundo es cuándo empezó. Siempre es en la adolescencia. Si viene un paciente con una adicción, lo primero que le pregunto es cuándo empezó. Respuesta: cuando era adolescente. Si me viene una paciente que sufre malos tratos por parte de su cónyuge, lo primero que le pregunto es cuándo los sufrió de su padre. Respuesta: antes de irse de casa, a los dieciocho años.

Mi hijo se está construyendo una casa sólida. Sé que los fines de semana bebe alcohol, pero tengo la seguridad de que lo hace con moderación. Drogas no consume. Lo sé porque conozco a los consumidores, y en treinta segundos veo si alguien va colocado. Veo bastantes casos para saberlo. Tampoco es física cuántica, solo la experiencia. Mi hija, a quien también quiero profundamente, se construyó otra buena casa, aunque ella es más parecida a su madre: no quiere tomarse la molestia de pensar en cosas que carezcan de incidencia directa en su vida. De todos modos, es una chica con sentido del humor, que sabe divertirse, y antes de marcharse a la universidad llenaba la casa de alegría.

Mi mujer vigila a nuestro hijo muy de cerca. Es más desconfiada que yo. Si algo de lo que haga él puede redundar en que sea menos sólida la casa, su madre lo averiguará. De momento, lo único que han revelado las pesquisas secretas de Julie es un poco de pornografía en Internet. Le puso varias restricciones de navegación. Yo hablé largo y tendido con Jason, pero ahí quedó la cosa. La diligencia de Julie me resulta muy reconfortante. Cuando está preocupada, sé que es por algo.

Apagué la radio y me dejé impregnar por los temores de mi esposa. Sentí cómo se iban infiltrando en mi interior, y se multiplicaban hasta hacer que me diera vueltas la cabeza. Jason ya había sido interrogado por la policía. También nosotros habíamos hablado con él de aquella noche, y de lo que significaba y de que tenía que estar protegido, tanto de que le hicieran daño como de que lo hiciera él. Le hablamos del consentimiento y de estar con chicas ebrias. Cuando pasó, cuando nos enteramos de la violación de Jenny Kramer, mi mujer se puso a pensar en nuestra hija, en la universidad, y en qué haríamos si le pasaba a ella lo mismo. A mí no se me había ocurrido hasta que Julie me metió la idea en la cabeza, donde se quedó varias semanas, como un pensamiento atroz e insoportable. También fue ella quien pensó en Jason. ¿Y si conocía al culpable, pero no quería decirlo? ¿Y si lo acusaban a él erróneamente? Esa idea ya no me alteró tanto. Conocía a mi hijo. Sería el último en cualquier lista de sospechosos. A pesar de todo, los temores de mi esposa eran contagiosos.

Hay un tipo de amor que no es amorfo: el que siente uno hacia su hijo. Recordaréis que ya lo comenté al hablar de la infancia de Tom Kramer. Sé, tanto por experiencia como en el sentido médico (y no es que crea, es que lo sé), que estamos genéticamente diseñados para dar la vida por nuestros hijos. Y si estamos dispuestos a morir por ellos, debemos sentir hasta la médula que se merecen nuestra muerte. Siguiendo ese razonamiento, es necesario que los consideremos más valiosos que cualquier otra persona, por la que no estamos dispuestos a morir. En casi todos los casos, con la excepción de los militares, formados para entregar la vida por los demás, ese «cualquier otra persona» designa realmente a todo el resto del mundo. Decimos que moriríamos por nuestro cónyuge; al menos hay gente que lo dice, pero yo no creo que sea cierto. No creo que llegado el momento de la verdad hubiera algún marido que por salvar a su mujer se arrojara al paso de un autobús, por poner un ejemplo muy trillado. Tampoco hay ninguna esposa que saltara para salvarle la vida a su marido. Solo por un hijo.

Solo por un hijo.

En eso pensaba mientras crecían los miedos de mi esposa en mi interior. Jason. Tengo que proteger a mi hijo. Lo que aún no sabía era de qué.

14

No llamé a mi mujer, sino al inspector Parsons. Tengo su número de móvil privado, y al ver que soy yo siempre se pone. Fue la primera vez que le mentí.

—He oído que has detenido a alguien. Qué buena noticia —dije.

Me lo confirmó. Estaba fuera de sí por el alivio.

—He pensado que quizás estuvieras dispuesto a ponerme al corriente de todo. Ya te podrás imaginar lo importante que sería para Jenny.

Era verdad. Lo falso era la motivación que traslucían mis palabras. No es que no me preocupara Jenny, pero dentro de mí hacía estragos el miedo de mi esposa.

Parsons me comentó la detención, quién era Cruz Demarco y que había pedido un abogado. Ahora esperaban a que le asignaran uno de oficio. Yo le dije que no quería que ninguno de los Kramer viera su cara, ni en persona ni en foto. Él dijo que no se habían hecho públicos ni el nombre ni ninguna imagen de Demarco. Prometió hablar con los Kramer antes de divulgar cualquier dato a la prensa. Por mi parte, convine en llamarlos nada más colgar, para extremar las precauciones. No se podía poner en peligro la memoria de Jenny con influencias sugestivas.

Luego Parsons me dijo que había vuelto a interrogar al hijo de los vecinos, Teddy Duncan, el que vio el Civic azul la noche de la violación.

Teddy. Menudo elemento. Luego conoces a su madre y te lo explicas todo. La última vez que hablé con él era un crío mimado, pero ahora que ya está en la adolescencia... menudo capullo. Solo porque vio un coche mientras iba buscando a su perro ya se cree famoso. Se puso en un plan que parecía que lo estuviera entrevistando para la revista People, *o algo así... Pero bueno, me contó lo mismo que la otra vez. Sus padres le regalaron un cachorro para Navidad, un beagle. La madre decía que era una pesadilla. Mordía los muebles, se meaba y se cagaba por toda la casa... El trato era que tenía que cuidarlo Teddy. Para eso lo tenían, justamente. Había tenido problemas en la escuela: malas notas, novillos... De todo. El psicólogo aconsejó que le dieran una mascota y lo hicieran responsable de ella. Los convenció de que así se arreglaría todo. Pero ¿sabes qué? Pues que a Teddy se la sudaba. Pusieron una valla alrededor del terreno de la casa. La madre no era partidaria de las eléctricas. Decía que creaban campos de fuerza que les darían cáncer. Yo no tuve narices para decirle que era más probable que se muriera por los veinte kilos de más en el culo que por una valla para perros. Lo que pasa es que el chucho no paraba de escarbar debajo de la valla y escaparse para perseguir ardillas... Todo tipo de bichos. El día de la fiesta vino el jardinero y llenó los agujeros. Pensando que ya estaba todo arreglado, la madre dejó salir al perro. Una hora después había desaparecido. Supongo que algún agujero se quedó tapado con hojas secas, o algo así. Entonces la madre se puso a gritarle a Teddy que encontrara al perro, y fue cuando él salió a buscarlo.*

Eso fue hacia las nueve menos cuarto. El crío debió de estar unos minutos en el bosque, llamando al perro, que no aparecía. Estuvo atento por si oía ruido de hojas. Supongo que alguna vez le había servido para oír dónde corría, pero esa noche no oyó nada, por el ruido de la fiesta en la casa de al lado: música, risas y aplausos. Cuadra, porque jugaban a esos juegos de beber. Total, que el niño desistió y volvió a la calle, a Juniper Road. Iba por el lado de dentro de la fila de coches, o sea, en medio de la calle, yendo hacia la casa de la fiesta. Fue cuando vio el Civic. Dijo que destacaba por «cutre». Increíble, ¿no? Qué repelente, el crío. Yo le pregunté si miró dentro, y él jura que no había nadie. Dijo que se veía muy bien, porque vio a dos que «se lo estaban montando» en la parte trasera de un coche familiar, aparcado en Juniper, también. En Juniper tienen farolas, y esa noche funcionaban todas. Entonces nosotros le enseñamos fotos de Civic azules vistos por detrás, con matrículas distintas y colores un poco diferentes. Eligió el de Demarco. Dijo que se acordaba de algunos números de la matrícula.

—La primera vez no, ¿verdad? —pregunté.

Ya. Supongo que al verlos se le habrá refrescado la memoria. Le hemos enseñado diez coches con diez matrículas.

—¿Y eran todos azules, los coches? Si los otros no coincidían en color, por eso será que…

A la mierda. La defensa, que se la prepare el abogado de oficio. Nosotros tenemos a un chaval que dice que vio su coche vacío justo a la hora de la violación. Estaba el coche, pero no había nadie dentro.

—Pero aunque fuera el mismo, aunque fuera Demarco, también podía estar dentro de la casa, vendiendo droga. Seguro que es lo que alegará.

Empiezo a tener la impresión de que no crees que hayamos pillado al culpable. ¿Se ha acordado Jenny de algo?

Parsons estaba a la defensiva. Demasiado, como si tuviera algún interés personal en que fuera Demarco. A mí nunca me había parecido un ambicioso. Supongo que era por las ganas de que se acabara de una vez todo el acoso al que lo sometía Tom, y por las sospechas persistentes de que el violador se paseaba por Fairview a la vista de todos. Su impaciencia, sin embargo, daba muestras de afectar a su atención a los detalles. Por mi parte, quería que se confirmaran las acusaciones y que pasara todo, pero incluso yo me daba cuenta de las lagunas de las que adolecía la historia.

Tuve que frenarme para no contestar a la pregunta sobre Jenny. Se había acordado de unas cuantas cosas, sí, pero yo no lo preguntaba por eso.

—No, y sobre el sospechoso no tengo opinión, salvo para prever los próximos pasos de la investigación. Me imagino que tendréis que comprobar dónde estaba, dentro o fuera de la casa.

Ya hemos empezado. Estamos volviendo a interrogar desde cero a todos los chavales. Aunque Demarco no llegara ni a poner el pie en la casa, alguien le habló de la fiesta y le aconsejó que se acercara para venderles mierda. Es la única manera de que supiera dónde y cuándo tenía que estar. Me apuesto lo que quieras a que hizo un par de ventas hasta que vio a Jenny en el bosque. Por cierto, que ese es el otro tema. Teddy nos ha enseñado dónde estaba aparcado más o menos el Civic. Desde ahí no se ve el bosque. Hay una hilera de arbustos. Para ver cómo cruzaba el césped Jenny, tenía que estar yendo o volviendo a pie de la casa, o lo que es peor, mirando desde dentro de ella. Ahora bien, yo no me rindo. ¡Ni hablar! Lo que menos quiero es que se me escape esta pista.

—Ya.

Me quedé absorto, en mis propios pensamientos y en los miedos de mi mujer.

¿Alan? ¿Me oyes?

Sí, perdona, es que estoy conduciendo. Gracias por dedicarme tanto tiempo. Ahora tengo que llamar a los Kramer.

Parsons se despidió y colgó. E hice una llamada. No a los Kramer.

Sonó el teléfono. Se puso una mujer.

—Despacho jurídico de Mark Brandino. ¿En qué puedo ayudarle?

Estuve a punto de colgar. Mi corazón latía muy deprisa. Eran ideas absurdas, miedos irracionales. Pero daba igual. Se trataba de mi hijo.

15

Queréis saber qué pasa con mi hijo, pero no lo entenderéis sin saber algo sobre la terapia de Jenny, lo cual nos obliga a hablar de nuevo de Sean Logan.

Empecé a trabajar con Sean pocos meses antes de la violación de Jenny. Era hacia finales del invierno. Sean nunca se ponía abrigo. Decía que siempre tenía calor. El día de nuestro primer encuentro, sin embargo, al entrar por la puerta, tiritaba. Lo recuerdo con una claridad excepcional.

Acudía a mí por desesperación. Como sabéis, había perdido el brazo derecho en Irak, a causa de una explosión. Su compañero murió junto a él. Sean recibió el tratamiento, y apenas se acordaba de los hechos. Sufría depresión y ansiedad graves, exacerbados por un trastorno de ansiedad subyacente. No manifestaba los síntomas tradicionales del TEPT que tanto han dado a conocer las películas y los artículos de las revistas, esa reacción exagerada a los estímulos que puedan recordar el combate. ¿Os acordáis de mis explicaciones sobre los mecanismos de compensación del cerebro, lo de que las respuestas emocionales a lo que sucede hacen que distribuya los recuerdos en categorías? Por explicarlo de manera sencilla, la experiencia del combate, emocionalmente extrema, hace que los recuerdos correspondientes se guarden en el archivador metálico, con fluorescentes y alarmas. Es la manera que tiene el cerebro de decirnos: *¡No te olvides de que cuando pasan estas cosas te puedes morir!* Por eso, siempre que penetra en el cerebro algún estímulo remotamente similar al combate, se pone en marcha la respuesta química de lucha o huida, la afluencia repentina de cortisol y adrenalina que nos hace reaccionar o sobrerreaccionar. Cuando el estado de pánico químico es constante, deja a la persona «con los nervios de punta», por decirlo de manera coloquial. El cuerpo sufre alteraciones físicas: el corazón bombea más deprisa sangre hacia los músculos, las pupilas se dilatan para enfocar la atención y se produce azúcar para un consumo inmediato de energía. Es el estrés físico. No hace falta entrar en más detalles.

La terapia no es coser y cantar, pero tiene su metodología, un recorrido basado en la desensitización, que en cierto modo es volver a clasificar la memoria. Cada vez que evocamos un recuerdo, es modificado y archivado de nuevo en su versión modificada. Es lo que se llama reconsolidación. Los soldados son expuestos a estímulos de combate en un entorno seguro y cómodo. Con el paso del tiempo logran que sus cerebros apaguen los fluorescentes y las alarmas, y reconozcan la diferencia entre un globo pinchado y el disparo de un francotirador. El cerebro del paciente empieza a evocar el recuerdo de otro modo, que no asocia los hechos con el dolor ni con el miedo.

En el caso de Sean no era posible, porque a lo que se enfrentaba él no era a una respuesta a un recuerdo fáctico archivado, sino a una reacción física y emocional en ausencia de hechos «recordados». Yo he tenido clientes que creían en la reencarnación y me contaban que sentían cosas que en principio, por su trayectoria vital, no deberían haber sentido. Según ellos, la única explicación posible era que esas sensaciones nacían de experiencias de sus vidas anteriores.

No entraré en comentarios personales sobre lo que pienso de lo sobrenatural. Con el paso del tiempo me he vuelto tolerante con los puntos de vista ajenos, a fin de no despreciarlos de forma involuntaria. Cuesta mucho. Creo, con todo, que los clientes de los que acabo de hablar aportan una muy buena comparación con lo que vivían Sean y Jenny. Sentimientos de gran intensidad, pero sin carpeta en el archivador. *¿Por qué me da tanto miedo el agua? ¿Por qué el olor a hierba me da arcadas? ¿Por qué tuve una sensación de déjà vu la primera vez que fui a Nueva York?* Son algunas de las preguntas que me han hecho mis clientes. Normalmente encuentro la respuesta sin recurrir al absurdo, claro, pero no es momento de hablar de eso.

Sean tenía otras preguntas: *¿Por qué tengo ganas de dar puñetazos en la pared con mi hijo en brazos? ¿Por qué tengo ganas de tirar a mi mujer al suelo cada vez que me toca? ¿Por qué tengo siempre ganas de gritar, a nadie en concreto, sin motivo?* Los desencadenantes eran benignos, sin ninguna semejanza con lo que pudiera haber visto en su misión. Fantasmas, los llamaba él, sentimientos que vagaban por su interior en busca de un sitio donde descansar.

Escuchemos a Jenny.

¿Por qué tengo un hormigueo en la piel, como si quisiera arrancármela del cuerpo? ¿Por qué me froto siempre la cicatriz que me dejó al hurgar en mi carne con el palo? ¿Por qué me quema siempre el estómago por la acidez?

Su cuerpo, al igual que el de Sean, segregaba sustancias químicas en respuesta a una reacción emocional que no estaba desencadenada por nada en concreto, y menos por algo que se pareciera a la agresión sufrida.

El tema de la recuperación de la memoria está envuelto en polémicas. Algunos investigadores (palabra que uso en un sentido lato, ya que en este ámbito los contendientes van desde neurocientíficos de gran renombre a condenados por delitos sexuales) sostienen que es imposible restituir recuerdos y que los que se pretende haber recuperado son necesariamente falsos. Seguro que conocéis algún caso de persona adulta que al recibir tratamiento psicológico «se acuerda» repentinamente de que fue objeto de abusos por parte de un progenitor, profesor o entrenador. Hasta hay una organización dedicada a impedir la terapia de recuperación de la memoria.

No menos numerosos son los investigadores del otro bando, con su propio bagaje de emotivas historias sobre recuerdos devueltos y corroborados más tarde a través de confesiones o de pruebas físicas.

Después de leer todos los estudios, artículos, testimonios e informes jurídicos que se han hecho públicos en el transcurso de los años, me encuentro a gusto con mis conclusiones. Hay dos grandes cuestiones. La primera es que los recuerdos se almacenan. La segunda es que para «recordar» un recuerdo almacenado hay que sacarlo del archivo. En ambos casos intervienen las estructuras físicas y las sustancias químicas del cerebro. Se puede archivar un recuerdo, y más tarde perderlo o borrarlo. También se puede almacenar un recuerdo pero mal, lo cual hace difícil su consulta. Son dos maneras de «olvidar». En su momento albergué la convicción (en la que me mantengo firme) de que el tratamiento recibido por Sean y por Jenny, y en la actualidad por un sinfín de otras víctimas de traumas, no «borra» todos los recuerdos de estos últimos. Algunos se archivan, pero mal. Es posible, por lo tanto, encontrarlos y recuperarlos. Y recordarlos.

Yo no pretendía saber qué recuerdos se ocultaban en el cerebro de Sean o de Jenny. Era una misión de búsqueda de hechos, en la que había que ser muy cuidadoso. Ya he hecho referencia a mi temor de que en el proceso de reconsolidación las sugestiones puedan convertirse en recuerdos, desvirtuando el verdadero proceso de restauración de la memoria. Ahora lo entendéis, ¿verdad? ¿Y si le decía a Sean que su amigo falleció en sus brazos cuando él aún estaba consciente, que al intentar hablar le salió sangre por la boca, y que su mirada se llenó de pánico? En torno a su brazo izquierdo se cerró una mano, y acaso un alarido de dolor turbase el fondo de su alma, temerosa también de la muerte. Entonces, al bajar la vista, se vio el brazo derecho destrozado, con jirones de carne entre trozos de hueso y ligamento, y supo que ya no volvería a estar entero. Comprenderéis que pudiera llegar a pensar que era todo verdad, preguntarse si lo había presenciado y, en última instancia, sentirlo y verlo como si se tratara de auténticos recuerdos.

Sean y yo recopilamos datos. Buscamos todos los informes de campaña y hablamos con otros soldados destinados a la misma zona y que habían estado en la misma población. Sean habló con los marines que lo habían salvado y con los interrogadores que, al haber capturado más tarde a algunos de los insurgentes, podían describir su aspecto físico. De algunos, de los muertos, teníamos incluso fotos. La autorización de seguridad de Sean era de nivel bajo, pero los militares no tenían reparos en ser un poco laxos para ayudarlo. Yo creo que el hecho de hablar con ellos, y de recuperar el contacto con «su gente», ya fue terapéutico de por sí. Sean tenía la sensación de que estaban de su parte. También tenía a su mujer, su hijo y su familia. Y ahora a mí.

Pronto tendría a Jenny.

Conseguimos reconstruir la misión a partir del plan original, que Sean recordaba en gran medida, y de la premisa de que una vez en el terreno había seguido sus órdenes. Usamos un programa informático para construir una imagen virtual de la población, como en un videojuego. Es increíble el realismo que tienen ahora estas imágenes. El siguiente paso (en sesiones que podían durar horas) fue que Sean recorriera el poblado virtual junto a su compañero. Poníamos sonido de documentales: ruido de tierra pisada por botas, mensajes de radio breves y concisos... El audio recreaba lo que había oído Sean durante la misión. Él completaba las lagunas con pasos que tenía la certeza de haber tomado. Yo leía el guion que habíamos recreado a partir de todos los datos a nuestra disposición. No añadimos nada más.

—Giráis en la siguiente esquina. Se oye un disparo a lo lejos.

El audio reproducía la detonación.

—¡Unidad médica! ¡Unidad médica! ¡Mierda, que se han cargado a Miller! ¡Que se han cargado a Miller! ¡Unidad médica! ¡Mierda! ¡No! —leía yo en el guion.

Se me sale el corazón del pecho, pero me controlo. Paro en seco y apoyo la espalda en la pared. Miro los tejados, las ventanas. El tirador no puede estar tan cerca, pero puede haber otro. Saben que hemos venido. Quizá lo hayan sabido desde un buen principio y nos estuvieran esperando. Valancia debía de estar cagado. Era su primera misión de verdad, y era un poco gallina. Seguimos.

La sesión continuaba en esta línea hasta llegar al lugar de la detonación del artefacto. De esa calle, y de la puerta roja donde fueron encontrados Sean y Héctor Valancia, teníamos una imagen real. Los marines no encontraron escombros que pudieran indicar dónde estaba escondida la bomba. Se barajó la posibilidad de que los limpiaran antes de su llegada. Tardaron unos veinte minutos en acordonar la zona, dando por hecho que estaban los dos muertos.

—En la calle hay gente. Os estáis acercando a la puerta roja. Es donde está el insurgente a quien habéis venido a capturar o matar. Solo quedáis Valancia y tú. Ha habido seis bajas. Ya están de camino los marines.

Valancia me dice que retrocedamos. Seguro. Es como si le viera la cara. Seguro que me tiraba de la manga, diciendo algo así como «Tío, que esto no va bien».

—Bueno, a ver, las cosas claras: no te acuerdas de que lo dijera, pero es probable que quisiera irse.

Sí, más que probable. Solo llevábamos cinco minutos y ya se habían cargado a seis. Por Valancia nos habríamos ido pitando. Lo que pensaba yo, lo tengo claro.

—¿Qué pensabas?

Vamos a cargárnoslo, al cerdo este, o a morir en el intento.

—¿Y Valancia te habría seguido?

Sean, callado, cerraba los ojos para asimilarlo.

Sí. Me habría seguido. Y después le habrían volado la cabeza.

Repasábamos los datos a nuestra disposición, reviviendo lo mejor que podíamos cada momento. A veces era exasperante buscar esos recuerdos, o carpetas, como cuando te dejas las llaves del coche y las buscas en una casa repleta de otras cosas. Rehaces tu camino, intentando acordarte de la última vez que las has visto, y lo revuelves todo: los cojines del sofá, las alfombras, los bolsillos de cualquier chaqueta o pantalón… A veces encontrábamos alguna pista, el equivalente de una moneda suelta. Sean se acordó de que Valancia tropezó en un pequeño socavón del camino de tierra. También de un olor a carne asada, aunque no recordaba haber buscado su origen, como sin duda hizo. Tal vez una ventana abierta. En cambio el hecho principal se le escapaba, o se nos escapaba. Al menos las llaves del coche sabes que no se han «esfumado», mientras que en el caso de los recuerdos de Sean, y más tarde de Jenny, siempre existía esa posibilidad; por eso nunca sabíamos cuándo era el momento de dejar la búsqueda. Solo diré que en ambos casos el proceso de buscar parecía beneficiarlos, y que gracias a ello era más fácil seguir trabajando.

Entre el parte por radio de Sean sobre el avistamiento de la puerta roja y la siguiente comunicación mediaban quince segundos. Según el segundo y último parte había siete civiles por la calle, entre mujeres, niños y viejos. Sean dijo que debió de ponerlo muy nervioso y darle tentaciones de volver por donde había venido.

Debió de parecerme raro. ¿Todas las calles se habían vaciado al oír las ametralladoras, y justo en esa, donde se suponía que estaba escondido el objetivo, nadie se asustaba? ¿Las mujeres no se llevaban a casa a sus bebés? ¿No salían corriendo, aunque nos vieran? Si informé, es que debí de verlo. Y si lo vi, seguro que pensé en dar media vuelta.

—Pero ¿lo habrías hecho? ¿O habrías muerto intentando matar al cerdo ese?

Para esa pregunta Sean no tenía respuesta. Su conciencia deseaba creer que habían intentado batirse en retirada, que no se había dejado ofuscar (poniendo en peligro la vida de Valancia) por su ego, ni por la rabia de saber que esa gente había matado a seis hombres de su unidad; que había tenido en cuenta a su mujer y su hijo, por no decir la guerra misma, puesto que si el enemigo lo esperaba, difícilmente podría entrar y acabar su misión. Sería otro soldado muerto que arrastrar por la calle. Los soldados muertos no pueden combatir. Al mismo tiempo, sin embargo, se sentía correr hacia la puerta entre gritos y disparos de su arma, indiferente a cuántos matara. Sentía la rabia. Además, lo habían encontrado justo al lado de la puerta, no a varios metros de distancia.

Fue el punto en que nos atascamos. Llegué a la firme conclusión de que no había que moverse de él hasta que Sean se acordara de bastantes cosas para saber qué había pasado. ¿Tendría que aprender a perdonarse por llevar a Valancia a una trampa mortal? ¿O bien a asumir su decisión de retirarse sin eliminar a algunos de los insurgentes que habían matado a sus amigos? Acabé pensando que en la base de su rabia, del encono que sentía hacia su esposa y su hijo, estaba el sentimiento de culpa: se sentía indigno de que lo quisieran, de recibir esos regalos de la vida, y por eso estar con ellos despertaba odio hacia sí mismo. Sin saber, sin recordar, seguirían vagando los «fantasmas».

Cuando Jenny le oyó hablar de fantasmas, puso una cara que me provocó una satisfacción profesional indescriptible.

Se conocieron en mi grupo de terapia para víctimas de traumas. Las sesiones eran semanales. Sean, que llevaba aproximadamente un año en tratamiento, acudía a ellas desde hacía varios meses, desde que dejó de ser demasiado inestable. La decisión de incorporar a Jenny no fue fácil, pero desde el principio de su terapia supe que me inclinaría por hacerlo. Su situación era compleja, sí, pero no dejaba de haber sufrido un trauma, y la experiencia me ha enseñado que todas las víctimas de un trauma necesitan el apoyo de una comunidad.

Tom se opuso. Le preocupaba que Jenny estuviera expuesta a temas y lenguaje de «adultos». En eso tenía razón, porque a veces las conversaciones son bastante explícitas, vulgares, aunque al tratarse de un grupo mixto el tono tiende a mantenerse dentro de lo civilizado. A Charlotte le pareció útil. Le dijo a su marido que él no se daba cuenta de que las mujeres tenían la necesidad de hablar, contar sus experiencias y escuchar las de otras personas. En el grupo había otras dos pacientes que habían sobrevivido a una violación. Esta discrepancia se produjo antes de que empezara mi trabajo con los Kramer, y de que Tom hallara voz propia en su vida conyugal; por eso fue Charlotte quien se impuso, y por una vez me alegré de su dominio.

Yo ya le había hablado a Jenny sobre Sean, y a Sean sobre Jenny, y tenían muchas ganas de conocerse en ese entorno. La primera en hablar fue Jenny, al ser la nueva. No estaba asustada, en absoluto, a pesar de que la mayoría de los pacientes de la sala doblaran su edad. Sus palabras fueron simples y concisas. *Estoy aquí porque me violaron. Lo más probable es que leyerais la noticia. Me dieron unos medicamentos para ayudarme a olvidar lo sucedido, y ahora no lo recuerdo. Me costó no acordarme. Demasiado. Intenté suicidarme.*

No insistí en que dijera nada más. Dejé que los pacientes se fueran presentando, el protocolo que seguimos siempre que hay un miembro nuevo. Sean quedaba más o menos por el medio. Se moría de ganas de contar su historia a Jenny. Tras exponer los hechos, confesó sus ideas suicidas, y a continuación habló de los fantasmas que vagaban por su interior.

Sé que no puedo vivir sin ellos. La única razón de que esté aquí es que opto por pensar que puedo expulsarlos; matarlos, asustarlos o darles algún tipo de satisfacción. Si no lo pensara, ya estaría muerto.

Jenny se llevó lentamente una mano a la boca, con los ojos muy abiertos, y mientras Sean seguía hablando sobre los fantasmas y explicando su necesidad de recordar lo ocurrido ante la puerta roja, vi que en Jenny brotaba de tal modo la esperanza que casi hinchaba sus venas, llenando su cuerpo con la sangre derramada en el suelo de aquel lavabo.

No aplico ninguna restricción a los posibles encuentros de pacientes al margen del grupo. Aconsejo, eso sí, respetar ciertos límites. En el caso de Sean y de Jenny, sospeché que establecerían algún tipo de contacto para compartir sus historias en mayor detalle. Hay tanta gente en los grupos, son tan acuciantes las necesidades, que existe el peligro de quedarse al margen. Lo que no preví fue la profundidad que adquirió la conexión entre los dos, ni la serie de hechos que se concatenaron. Jenny y Sean tenían algo excepcional en común, que no se extendía a nadie más de esa comunidad. Entonces no se usaba mucho el tratamiento, ni existían foros abiertos donde encontrar a otras personas que lo hubieran recibido y pudieran sufrir sus consecuencias. Jenny y Sean se entendían mutuamente sobre algo que ni yo, ni sus familias, ni el grupo podíamos comprender.

—¿Y las otras supervivientes de una violación? —le pregunté a Jenny—. ¿No te afecta lo que cuentan y sienten?

Jenny se encogió de hombros.

No sé, supongo. Un poco. Pero muchas cosas no las capto. Bueno, sí que las capto, pero no creo que tenga los mismos problemas que ellas. La verdad es que a mí no me dan miedo los chicos. No estoy avergonzada, ni siquiera por haberme cortado las venas. Lo que estoy es furiosa. Furiosa por encontrarme

*siempre tan mal que me dan ganas de morirme. Pero no como
ellas. No sé, es diferente.*

—Pero ¿con Sean no es diferente?

Sonrió y bajó la vista al suelo. Tuve miedo de que le diera
vergüenza. Me daba miedo porque querría decir que se estaba
enamorando de él.

Parece como si nos entendiéramos. Además, me hace reír.

—Es muy dinámico, muy expresivo, ¿no?

Sí.

—¿Cómo os comunicáis?

*Por mensajes de texto, más que nada. A veces por Skype. No
tiene iChat. Es demasiado mayor.*

—¡Uf!

Perdón… No lo decía en el sentido de… es que es de adolescentes.

—Era broma, Jenny. Ya te había entendido. ¿Con qué frecuencia os mandáis mensajes o habláis por Skype?

*Casi todos los días, cuando me despierto, me encuentro con
algo que me ha escrito durante la noche. Le cuesta dormir. Suelen ser cosas bastante tristes. Le contesto antes de levantarme.
Le digo que tiene que volver del lado oscuro. Es una broma entre los dos. Tenemos muchas, casi todas sobre el tratamiento y la
falta de recuerdos. Él a mí me llama abuela. Cosas así. Luego ya
depende de lo que hagamos. La verdad es que es bastante normal, como con Violet. La diferencia es que mucho de lo que digo
Violet no lo entiende.*

—Pero Sean sí.

Sí, él lo capta todo. No se le escapa una.

—Lo dices como con alivio.

La única respuesta de Jenny fue asentir. Vi que tenía ganas
de llorar, pero se las aguantó.

Ahora quiero trabajar. ¿Podemos empezar?

Es poderoso, el deseo humano de no estar solo en el mundo; tal vez más que la razón, la conciencia o el miedo.

Debería querer volver atrás. Apoyar los reparos de Tom Kramer y pensarlo dos veces antes de poner a Sean y Jenny en la misma habitación. Debería querer, pero no quiero. Esa imagen de Jenny, la de la esperanza y la vida regresando a su ser, nunca podría querer borrarla.

Con Jenny empecé el proceso de recuperar recuerdos poco después de su encuentro con Sean, que le contó los pequeños avances que íbamos haciendo y le dijo que estaba convencido de que se acordaría de más cosas. Jenny empezó con expectativas muy altas, que traté de rebajar un poco, sin saber qué encontraríamos.

Con todo, nos lanzamos. Primero nos centramos en el plan, que era recopilar datos de todas las fuentes a nuestra disposición: sus amigos, los chicos de la fiesta que la vieron y hablaron con ella, la pareja que la encontró en el bosque... Sin olvidar el informe forense, por supuesto. Debatimos cómo avanzar a oscuras, empezando por las partes de las que se acordase. Conseguiríamos la lista de canciones del anfitrión de la fiesta y pondríamos las canciones. Yo le haría oler a Jenny las bebidas que había tomado y buscaríamos los ingredientes exactos. Teníamos constancia de que todas contenían vodka. Jenny traería la loción corporal que se había puesto esa noche, así como el maquillaje, e incluso la ropa. A partir de ahí pasaríamos por cada etapa: desde la fiesta hasta el césped, desde el césped hasta el bosque... Y por último, lo más difícil: cada fase de la agresión. El informe era muy detallado. Y había un rastro de ropa y de sangre.

Comprendo que puede parecer morboso, pero os pido que lo superéis. Es el mismo proceso que empleé con Sean. Como buscar las llaves del coche.

Jenny tenía miedo, pero también muchas ganas. Sus padres estaban aterrados. Sin embargo, el día en que recuperamos el primer recuerdo todos se dieron cuenta de que yo tenía razón.

16

Así fue el día.

Por la mañana me llamó el inspector Parsons por teléfono. Ya le habían asignado un abogado de oficio a Cruz Demarco y le habían leído los cargos. También habían fijado la fianza: cincuenta mil dólares. Demarco estaba buscando el dinero, con la ayuda de un fiador judicial. No tenía nada que ofrecer como aval. Su madre no quería saber nada de él. Dos detenciones en dos años. No se veía con ánimos para pasar otra vez por lo mismo. Muy sensata; claro que aún habría sido más sensato planteárselo veinte años antes, cuando se pinchaba heroína delante de un niño de siete años.

Habían pasado cuarenta y ocho horas desde mi regreso de Somers. Mi mujer y yo nos habíamos reunido con Brandino, el abogado que a cambio de un anticipo de cinco mil dólares accedió a hablar con Jason y estar presente en cualquier conversación que pudiera mantener con la policía. Dijo que le indicaría qué decir y qué no, y que pondría fin a la entrevista si Jason cruzaba algún límite que no hubiera que cruzar. Como representaba a otros dos chicos presentes en la fiesta, tuvimos que firmar una renuncia en caso de conflicto. Con uno de los jóvenes ya había hablado la policía, que solo quería confirmar la presencia de Demarco durante esa noche. Para mí fue un alivio. Brandino estuvo muy tranquilizador.

En los últimos dos días sucedió algo más. El chico que compró droga a Demarco justo antes de la detención (un tal John Vincent, no sé si os acordáis) fue interrogado por la policía. Aprovechando la ventaja que le daba el incidente, Parsons logró que identificara a Demarco la noche de la violación; y con la identificación en sus manos volvió a hablar con Demarco.

Demarco tiene una historia, y no le ha importado contarla, al menos hasta cierto punto. Después de que lo identificara el chaval de los Vincent, ha admitido que estuvo la noche de la fiesta. Dice que lo «invitó» uno de último curso y que se conocían de no sé qué club de New Haven. Dice que vino a «pasar el rato». No admite que vendiera droga, pero a juzgar por algunos indicios puede que esté dispuesto a delatar a algunos de los gamberros mimados de Fairview a cambio de un acuerdo. Aún no le he dicho que no es lo que buscamos. No le he dicho que lo estamos investigando por violación. Y el muy idiota del abogado no ha encajado a tiempo las piezas del puzle.

Parsons fue mareando un poco la perdiz. Dijo que necesitaba que Demarco confirmara su presencia en la fiesta para poder tener algo contra Vincent. Lo presentó como una especie de favor, del que podía salir un toma y daca en las acusaciones contra Demarco. Le pidió que describiera la fiesta, el sitio donde había aparcado y lo que vio y oyó. Le dijo que necesitaban estar seguros de que no les mentía al decir que había estado esa noche en la fiesta.

Mira a su abogado, que asiente. Pues claro, hombre, cávate un poco más la fosa. Menudo idiota. Siempre hay que buscarse un abogado como Dios manda, cueste lo que cueste. No he dicho nada, ¿eh?

Demarco describió a algunos de los chicos a los que vio entrar y salir de la fiesta, incluyendo a la pareja que se metió en el coche familiar para mantener relaciones, lo cual cuadraba con el testimonio de Teddy Duncan. También vio pasar al lado de su coche a un adolescente, que se adentró en el bosque.

Me he quedado alucinado con lo que me ha dicho. He empezado a pensar: «Pero ¿qué carajo dice este tío? ¿Va en serio?» Me daba vueltas la cabeza. ¿Qué pasa, que nos toma el pelo? Si fuera el violador, no habría confesado que estuvo en el lugar de los hechos solo para llegar a un acuerdo sobre lo de la droga... Imposible. He empezado a pensar que solo había venido para trapichear y que el violador podría ser el chico al que vio, pero luego me he dicho: ¿y si es lo que quiere que creamos? ¿Y si lo de haber visto que se metía un chico en el bosque se lo inventa porque sabe que tenemos testimonios de chavales que demuestran su presencia en la fiesta, y como también está al corriente de la violación —y hasta puede que sea el culpable—, intenta escaquearse por ahí? Quizás el abogado sea una fiera de Yale que nos da cien mil vueltas. Mierda.

Demarco contó a Parsons que el chico llevaba una sudadera azul con un pájaro rojo. No se acordaba del tipo de pájaro, ni de si también había algo escrito. Era un chico con el pelo castaño claro, corto, de estatura y constitución normal y aspecto de deportista. La descripción se ajustaba aproximadamente al 50 por ciento de los alumnos del instituto de Fairview.

No sé qué pensar. A los Kramer no les he dicho nada, pero no hace falta que te explique qué querrá hacer Tom cuando se entere.

—Preguntárselo a Jenny.

Exacto. Igual que yo.

Le dije a Parsons que podía buscar una manera de preguntárselo a Jenny sin poner en peligro nuestro trabajo, pero la verdad es que no se me ocurría ninguna. Desde que trataba simultáneamente a Sean y Jenny estaba muy enfrascado en investigar la recuperación de la memoria, y cada semana llegaban novedades. Una de ellas me alarmó. Un neurocientífico de Nueva York afirmaba ser capaz de falsear recuerdos en la fase de consolidación mediante un sistema tan sencillo como entrelazar detalles de cosecha propia con el hilo de la realidad. Le decía a la gente que de pequeños se habían perdido en el centro comercial, aunque no fuera verdad. El centro comercial lo conocían bien, y el relato incluía detalles como los gritos de su madre a un empleado, cómo iban vestidos ellos y qué habían comido. Todos los detalles procedían de historias verídicas. Lo único añadido era el dato final, el de que se habían perdido. Bastaba con que el cerebro añadiera ese último dato a recuerdos verídicos de visitas al centro comercial: la gente tenía un nuevo recuerdo, reconsolidado y falso, que no era capaz de distinguir de la verdad. Había quien lloraba «recordando» el susto de no ver a su madre.

Una cosa es reconsolidar recuerdos de una manera que mitigue la vinculación emocional, lo cual no me parece negativo, sino todo lo contrario, y otra muy distinta modificar los hechos.

No hace falta que os explique las repercusiones que podía tener en mi labor.

Más tarde vi a Jenny. Empezamos la terapia como siempre, comentando las nuevas sensaciones que hubiera tenido, su visión de las cosas y su estado general. Siempre me cercioro de que no esté volviendo a la oscuridad que la hizo querer suicidarse. También me aseguro de que no esté usando ningún tipo de fármaco aparte de los fármacos suaves contra la ansiedad que le receto. Desde hacía un tiempo le preguntaba por Sean durante las sesiones, porque el impacto de su relación estaba siendo cada vez más hondo. También porque sus padres empezaban a estar preocupados. La siguiente fase, después de una pausa de cierta longitud, es la reconfirmación de que se siente preparada para el trabajo sobre la memoria. Siempre ha dicho que sí, sin excepción, y con patente entusiasmo. Vi que se animaba al sacar de su bolso los accesorios que usábamos para volver a aquella noche atroz.

—¿Hoy por dónde quieres empezar? —le pregunté.

Por el olor.

¿Tenéis buena memoria? Sé que me he referido anteriormente a que una de las pocas cosas que recordaba Jenny era un olor muy marcado. Conseguí muestras de un centro de rehabilitación física, un tipo de cartones de «rascar y oler» que se usan con personas aquejadas de anosmia (pérdida de olfato por lesiones cerebrales). Los usan sobre todo durante las pruebas, para ver si el paciente reconoce algún olor en especial. Cualquier reconocimiento es motivo de esperanza, ya que si en seis meses no se produce ninguno, se considera que el trastorno es permanente. Es una dolencia horrible, pero sin ninguna relación con mi labor con Jenny. Aun así, los cartones nos fueron de enorme utilidad.

Jenny siempre se ponía la ropa en el regazo. No son las mismas prendas, desgarradas y ensangrentadas, de esa noche, sino copias exactas compradas por su madre: falda corta negra, bailarinas, jersey por encima del ombligo y bragas. Todo exactamente igual. También se maquillaba un poco la cara y los labios, con el mismo maquillaje que se había puesto siempre, y que llevaba aquella noche. Es de olor afrutado. Ya sabemos qué canciones sonaron en la fiesta y durante toda la hora de violación. No os aburriré con la lista. Os la podéis imaginar: Demi

Lovato, Nicki Minaj, One Direction, Maroon 5, etcétera. Siempre poníamos la música a oscuras, con los ojos cerrados, para ayudarla a retroceder hasta esa noche. Hasta que se supo todas las canciones de memoria.

Entro contentísima. Me siento guapa, emocionada. Solo puedo pensar en Doug Hastings. Cruzo la cocina con Violet. Buscamos a los de nuestro curso. La gente nos saluda. Nos servimos algo de beber. Mis ojos van de puerta en puerta, por si veo a Doug. Violet me da un codazo y dice que a ver si no se me nota tanto. Yo intento hablar con una chica que ya está borracha y que habla como si fuera tonta.

Le puse bajo la nariz la tira de papel que huele a vodka. Ella inhaló y dejó que se filtrase el olor por su cerebro. Estaba puesta la canción. Ya sabemos cuál era. *I Knew You Were Trouble*, de Taylor Swift. De todo esto se acordaba muy bien Jenny. Me explicó que la canción habla de un chico que engaña a una chica, y de que la chica debería habérselo esperado. Era la misma canción que seguía sonando cuando entraron Jenny y Violet en la sala de estar, y Jenny vio a Doug con otra chica. Saltaba a la vista que «estaban juntos». Comentamos brevemente lo irónico de la canción.

Me dio un mareo. No fue por la bebida, porque solo había tomado un par de sorbos. Tuve la sensación de que acababa de explotar el mundo, mi mundo. Todo mi mundo.

Es un tema del que hemos hablado muchas veces. Desde el punto de vista de Jenny soy un «viejo», pero yo aún me acuerdo de lo que sentí a los quince años cuando me rechazó una chica. Es una sensación que conocemos todos, ¿no? ¿Verdad que sí?

Violet se me queda mirando, luego mira a Doug y después vuelve a mirarme a mí. Intenta hacerme reír diciendo que le va a

*dar una patada en el culo. Además, comenta que le han dicho que
la tiene pequeña. Se burla de cómo lleva el pelo, pegajoso de go-
mina. Lo llama metrosexual, pero da igual. Como no podía soportar mis sentimientos, fui a la cocina y empecé a beber vodka.*

Jenny había empezado a adoptar la «jerga terapéutica». Es
muy común. Hablamos de «gestionar» nuestros sentimientos:
ser capaces de procesarlos y redirigirlos con nuestros pensamientos, para que pierdan su ascendiente sobre nuestros cuerpos. Solo así es posible sobrellevar la vida cotidiana.

Jenny siguió con sus recuerdos. La última escena era el
vómito en el cuarto de baño.

*Violet me aguantaba el pelo. Yo oía que hablaban de mí y se
reían. Alguien empezó a aporrear la puerta del lavabo. Violet
gritó que se fueran. Los mandó a la mierda. Sonaba esta canción,
que por cierto, la odio.*

Mientras estaban las dos en el lavabo sonaba *Moves Like
Jagger*, la misma que se oía en mi despacho mientras Jenny
hablaba sobre el cuarto de baño. Era el momento en que
pasábamos a oler las tiras. Yo sospechaba que el olor intenso
que recordaba Jenny era de allí, el propio vómito, o un lim-
piador de baños, o uno de esos discos desinfectantes que
vuelven azul el agua. Teníamos tiras tanto del vómito (sí, las
hay) como de los productos de limpieza. De hecho, tengo un
disco azul que es de la misma marca que el que usaba la familia de la casa de Juniper Road. La reacción no superó en
ningún caso lo previsible (repelús al oler la tira del vómito).

Ese día, sin embargo, añadí una tira más: lejía.

Al principio no se me había ocurrido. Nuestro cuarto de
baño no lo limpio yo. La idea la tuvo mi mujer cuando le
expliqué que no avanzábamos con el recuerdo del olor. Repasé el listado de cosas sobre las que habíamos trabajado. La

familia me había dado una lista de todo lo que recordaban, pero acordaos de que habían pasado nueve meses. A los pocos segundos de ponerse a pensar, mi mujer soltó: *¡Lejía!* Pronto se verá lo que tenía de irónico.

Repasé las tiras y el disco azul con Jenny. Luego introduje un disco de lejía. Huele igual en todas sus formas (a menos que esté aromatizada): líquida, en polvo, granulada, en pastillas de polvo compactado... Jenny puso cara de sorpresa, y abrió los ojos.

—Es algo nuevo. Tú deja que entre —dije.

Cerró los ojos y aspiró con fuerza. La reacción solo tardó segundos en llegar, pero me acuerdo de la progresión como si la viera ahora mismo, en cámara lenta.

Empezó por los hombros, que se levantaron casi hasta las orejas. Me recordó cuando se asusta un gato y arquea el lomo, con los pelos de punta. Después Jenny hizo una mueca que fundió la frente con las cejas, apretó los labios y se le abrieron mucho los ojos de miedo. Saltó de la silla. Agitó los brazos con los puños cerrados, como si quisiera dar un puñetazo a la mano con la que sujetaba yo la lejía, y después a mí. Me dio en la cara y tiró las gafas al suelo. Se me empezó a hinchar enseguida la mejilla. La tuve morada varios días.

Pero de lo que más me acuerdo es del grito.

Se quedó en medio de la consulta, doblada y con las manos en la barriga. Su espalda subía y bajaba por la fuerza avasalladora de su respiración, mientras brotaban de su cuerpo gritos de dolor.

He tratado a centenares de pacientes, y he presenciado todo tipo de crisis. Ha habido hombres que han agujereado mi pared de un puñetazo. He visto sollozos de mujeres y de hombres. He oído palabrotas de adolescentes que podrían rivalizar con las de mis pacientes de Somers, pero la escena de Jenny superaba cualquier precedente. Supe que había vuelto al bosque.

No la abracé. No habría sido adecuado. Lo que sí hice fue tomarla de las manos, para que se calmase. Ella me apartó. Seguía manoteando con todas sus fuerzas.

¡Para!

No dejaba de gritarme. Me miraba, pero no era a mí. Insistí en sujetarla hasta que al final se dejó. Entonces la llevé al sofá y la ayudé a colocarse en posición fetal. Después le envié un mensaje de texto a su madre, diciendo que acabaríamos temprano, y que si podía volver de sus encargos, por favor.

—Jenny —dije con cautela—, ¿adónde has ido? ¿Me lo puedes decir?

Se agarraba el cuerpo con los brazos. Aún lloraba, pero más tranquila. Tenía una mano en la espalda, con la que se frotaba la cicariz.

—Vuelve a cerrar los ojos. Respira hondo. No perdamos el momento. ¿Qué sientes? ¿Me lo puedes decir? ¿Quieres que paremos, o prefieres seguir?

Respiró y cerró los ojos. Un reguero de lágrimas se acumulaba en el cuero del sofá, debajo de su piel. Cuando habló, su forma de decir las palabras, y las emociones en carne viva que iban más allá de los confines de su cuerpo y llenaban la consulta… No solo sentí que la entendía; sentí como si fuera ella aquella noche.

Le siento. Siento en mi hombro su mano, que me empuja contra el suelo. Siento otra mano en el cuello, como si fuera un animal, y él me montase. ¡Dios mío!

—Bueno, Jenny. —Casi no me salían las palabras—. ¿Qué más sientes? ¿Qué más ves? ¿Huele a lejía?

Sacudió la cabeza.

¡No hay nada más! Pero ¿adónde ha ido? Quiero verle. ¿Quién lo ha hecho? ¿Quién me lo ha hecho?

Era como si la rabia hubiera tomado posesión de su cuerpo. Se levantó del sofá y miró a todas partes, frenéticamente.

—¿Qué necesitas, Jenny? ¿Qué es?

Lo encontró: el disco de lejía. Se lo acercó a la cara, y tuvo una arcada. Es demasiado fuerte para ponérselo tan cerca.

—¡Para, Jenny, que te puedes quemar! La nariz, la garganta...

Respiró otra vez y cayó de rodillas. En ese momento se lo vi en la cara, algo hermoso y a la vez devastador. Lo habíamos encontrado. Lo había encontrado ella. Un pequeño recuerdo de esa noche.

—¿Qué pasa, Jenny? ¿De qué te has acordado?

Duele mucho. Le siento. Me desgarra, y cada vez empuja más. Le huelo. Se lo huelo. Está sobre mí como sobre un animal. ¡Dios mío! ¡Le siento! ¡No puedo pararlo! ¡No puedo evitar que pase! Le siento dentro. ¡Oírle no le oigo, pero su manera de...! ¡No sé! Su manera de moverse. Yo soy un animal, y él lo único que hace es montarme, y le hace estar... ¡No sé!

—Sí que lo sabes. ¿Qué sabes de él ahora mismo, en el momento en que le tienes dentro?

¡Dios mío! ¡Dios mío! ¡No puedo decirlo!

—Dilo de una vez y ya estará. Yo ya lo sé, Jenny, o sea, que dilo.

Sé que se siente satisfecho.

Ese día no tuve más palabras.

17

Para cuando vino Charlotte a buscar a Jenny, estábamos los dos emocionalmente exhaustos. Le dije que había sido una sesión productiva pero difícil y que ya la comentaríamos en otro momento. A Jenny le aconsejé que se tomara una pastilla y durmiera un poco.

El día siguiente quedé con Tom y Charlotte. Durante las once semanas que llevaba tratando a la familia Kramer solo había hecho una sesión con los dos padres, para hablar del tratamiento de Jenny. Verlos por separado había resultado enormemente útil, tanto para la familia como para cada uno de sus miembros. Estaba decidido a seguir por el mismo camino. Ya os he expuesto mi opinión sobre la terapia de pareja, pero en este caso hice una salvedad, en honor a los excepcionales avances que habíamos hecho Jenny y yo en recuperar aquel recuerdo de la violación.

Lo que más preocupaba a Tom era encontrar al violador y el uso que pudiéramos dar al nuevo dato en la investigación. También quiso saber por qué no le había preguntado a Jenny por la sudadera azul con el pájaro rojo. A Charlotte le preocupaba más el efecto que estuviera teniendo en Jenny el recuerdo. Tras el paso adelante que había dado al hablar de su encuentro con Bob y su aceptación del sentimiento de culpa con el que cargaba por no haber visto la marcha de Jenny hacia la muerte durante los meses posteriores a la violación, no bajaba la guardia ni un momento.

Le expliqué a Tom, a los dos, que después de lo ocurrido no pensaba incorporar la sudadera azul al proceso de recuperación de recuerdos. Después de que Jenny se acordase de golpe del momento en que la penetró el violador, llegué a tres conclusiones. En primer lugar, que no se habían borrado todos los recuerdos. Estaba claro que entre las distintas situaciones de «olvido» que he expuesto anteriormente el de Jenny estaba relacionado con la incapacidad de *evocar* los recuerdos de esa noche. El tratamiento que le administraron, la combinación de fármacos, hizo que se archivasen los recuerdos en un lugar desvinculado de cualquier emoción y de los otros recuerdos de la fiesta. En ausencia de migas que pudieran ayudarla a rehacer su camino, los recuerdos de la violación se habían extraviado en su cerebro. Las llaves perdidas del coche.

Lo segundo de lo que me convencí, por deducción, fue de que si no se había borrado el recuerdo de ese momento específico, no se habría borrado ningún otro. Los hechos concentrados en aquella hora estaban tan cerca los unos de los otros, en términos de proximidad espacial y de importancia emocional, que no había motivos para creer que solo unos pocos se hubieran salvado del tratamiento. También a mí se me agolparon ese día las ideas al pensar en las consecuencias, no solo para Jenny, sino para Sean. Tenía ganas de decirles a ambos que aparcasen cualquier otro compromiso y trabajasen conmigo día y noche hasta encontrar hasta el último detalle de lo que les había pasado, pero soy persona paciente y respetuosa con el discurrir de la terapia. Las prisas podían hacer más daño que bien. Es como introducir datos en el ordenador. No quería que se me estropeara el disco duro.

Lo tercero, y lo más importante que debía transmitirle a Tom, era que Jenny podía compararse a una paciente en plena operación. Estaba, metafóricamente, abierta en canal sobre la mesa. Habida cuenta de las investigaciones sobre la reconsolidación y de las incertezas en torno a la restauración de la memoria, teníamos que mantener el quirófano en condiciones de esterilidad perfecta, para que no se nos infectara la paciente con gérmenes nocivos. Su cerebro había empezado a localizar los archivos perdidos y a ponerlos otra vez en su sitio, el de la historia de esa noche, el de las canciones, la ropa, las copas y Doug con la otra chica. Habría sido tan fácil permitir que se añadiera a la historia un hecho falso, mientras se reconsolidaba... Como los sujetos a quienes se hizo «recordar» un extravío en el centro comercial.

—¿Lo entiendes, Tom? Si le pregunto, o simplemente le insinúo, que podría haber un sospechoso con una sudadera azul, podría añadirlo a los recuerdos de esa noche y creérselo, aunque no fuera cierto; y entonces la verdad no la sabríamos nunca. Si conseguimos tener paciencia...

Charlotte lo entendió.

Quizá lo recuerde por sí sola. Así estaríamos seguros. Dios mío. Casi ha pasado un año. No veo de qué puede servir todo esto, a menos que se acuerde de su cara...

—Ya, pero aun así te ruego que no pierdas de vista que el tratamiento ha puesto en jaque su capacidad de actuar como testigo. Además, todo el trabajo que estoy haciendo... digamos que es muy poco convencional.

Tom se frotó la frente con la palma de la mano.

A mí todo esto me da igual. Solo quiero saber quién es.

—¿Aunque tu manera de encontrar a esa persona impida que reciba un castigo?

No, si el castigo lo recibirá, te lo aseguro. No lo dudes ni un momento.

Charlotte miró a su marido, y luego a mí. Supongo que pensábamos los dos lo mismo. Tom parecía insinuar que si no era posible una condena, se tomaría la justicia por su mano, aunque de eso estábamos tan lejos que no me paré a pensarlo mucho. Charlotte tampoco, lo cual no le impidió usar la fanfarronería hueca de Tom para cebarse en él.

Pero bueno, Tom, ¿y si acabamos de una vez con esta payasada? Nos tienes a todos en vilo. Y mientras tanto ¿qué haces? ¿Buscar fotos de chicos con sudaderas? ¿Por qué no puedes superarlo, por amor de Dios? ¿Por qué no puedes ser bastante hombre para pasar página?

—Charlotte... —dije, intentando frenar una locomotora desbocada.

¿En vilo? ¿Quién narices está en vilo, a ver? He entrenado al equipo de lacrosse de Lucas. He batido el récord de comisiones. Ni una noche, ni una estoy fuera de casa. Los fines de semana me los paso jugando con nuestro hijo y estudiando con la niña para que recupere el ritmo. ¿Qué quieres que haga, jugar al golf? ¿Así sería más hombre, jugando más al golf y dedicando menos tiempo a buscar al monstruo?

Por eso no creo en la terapia de pareja.

—Charlotte, Tom... Dejémoslo, que hoy estamos todos muy sensibles. Nadie gana nada con decir cosas que luego no se pueden retirar, y menos Jenny.

Por mí perfecto, dijo Charlotte, incapaz de seguir mirando a su marido. *¿Podemos hablar de lo que implica para Charlotte, por favor? Dices que ha encontrado un recuerdo del bosque. El violador olía a lejía...*

—Sí, o por alguna razón había olor a lejía en el bosque.

Vale, pues olía a lejía. Debió de olerlo todo el rato, durante la
hora entera, pero su único recuerdo es el momento en que él...

—La penetró. Exacto.

Pero lo hizo durante una hora entera. Y de varias maneras.

—Yo creo que el recuerdo es del principio. Me imagino
que fue el momento que más la impresionó, cuando entendió
lo que quería hacer. Lo que iba a hacer.

Charlotte vació sonoramente los pulmones y se dejó caer
en los cojines del sofá. No apartaba la vista de la etiqueta del
tulipán.

Bueno, pues ya sabe lo que se siente cuando te violan. ¿Y ahora
qué? ¿Se sentirá mejor por eso?

Procedí con cautela. Conocedor de la primera experiencia sexual de Charlotte, me pareció necesario respetar su secreto. Le había estado aconsejando que se lo contara a su
marido, porque era la única manera de romper su vínculo
con Bob Sullivan, y si no se rompía ese vínculo se iría al tras-
te el matrimonio, cosa que Charlotte no deseaba. Sin embargo, no se daba cuenta de que iba por ese camino.

—Ya sé que suena raro, pero la verdad es que sí, que se
sentirá mejor. Podrá vincular sus emociones al recuerdo. Es
posible que con uno haya bastante, aunque sea el único que
recuperemos.

Tom no prestaba atención. Me di cuenta de que estaba
obsesionado con la sudadera y supe que iría a su casa para
preguntar a su hija por ella.

—¿Tom? —dije para que me hiciera caso—. Tenemos que
ir todos a una.

No sé, es que a mí todo esto me suena a una especie de vudú
sin sentido. Le has hecho oler lejía y se ha acordado de cuando
la violaron. ¿Y si le enseñamos la sudadera y recuerda algo más

*de aquella noche? Cómo puedes decir que no la ha sugestionado
la lejía, ¿eh? Seguridad de que hubiera lejía no la tienes. Pensaste que se estaba acordando de un olor del lavabo. De hecho,
¿cómo sabemos dónde olió la lejía?*

—Seguro no estoy, pero Jenny tenía el recuerdo orgánico
de un olor fuerte. Durante el tiempo en que hemos trabajado
juntos ha probado más de sesenta olores, y el único que ha
provocado una respuesta así ha sido el de lejía. De colores no
se acuerda, ni de ropa, ni del pájaro rojo. Si incorporo algo así,
sabrá que hay un motivo, que sospechamos algo, y el hecho de
saberlo podría despertar un falso recuerdo. Su cerebro lo en-
viará a donde guarda la historia de esa noche, y llegará con un
sello de aprobación. No sé de qué otra manera explicártelo.

*Pues entonces, enséñale sesenta camisas, abrigos y sudade-
ras. Porque algo llevaría encima el hombre, ¿no? A partir de eso
no puede dar nada por supuesto, ¿verdad?*

Tom era implacable, y encima hacía que Parsons me ago-
biara constantemente con la sudadera. Yo solo necesitaba un
poco más de tiempo para trabajar con la lejía, y con el único
recuerdo. Era como un pollito recién nacido. Mi único deseo
era mantenerlo a salvo, protegido del frío, y ver cómo crecía.
Al final accedí a que durante las sesiones Jenny mirara catálogos de ropa masculina, desde trajes hasta camisetas. Prometí
hacerlo en algún momento de la semana.

Incumplí la promesa.

18

Los Kramer volvieron a su casa, donde estaba Jenny, y yo a la mía, con mi esposa, a quien encontré llorando en la cama con una sudadera azul adornada con un pájaro rojo.

Los Kramer no hablaron, ni en el coche ni en casa, en parte porque estaban enfadados y en parte porque estaban ambos enfrascados en la nueva realidad creada por el recuerdo de Jenny. Eran dos trenes salidos de la misma estación, pero con rumbos opuestos.

Tom fue a su ordenador y empezó a ver fotos de la página web del instituto. Buscaba fotos de alumnos, sudaderas azules. Charlotte fue a la habitación de Jenny y encontró a su hija leyendo un manual de historia. Acababa de irse el profesor particular. Se la veía tranquila, concentrada en sus deberes.

Era de esos momentos que antes de la violación se me habrían pasado por alto. Mi vista estaba entrenada para las conductas anómalas, las travesuras. Si la veía con el ordenador portátil, pero no veía la pantalla, por ejemplo, entraba y, con el pretexto de subir una persiana, o guardar ropa limpia, echaba un vistazo a lo que estaba mirando. Si hablaba en voz muy baja por teléfono, consultaba la factura para saber el número. Cosas así. Supongo que se podría decir que es espiar, pero es lo que hacemos todas las madres. A veces, cuando

comemos juntas, comentamos algo y compartimos experien-
cias. En cambio, esta vez lo que me hizo frenar en el pasillo
fue la normalidad.

Charlotte entró en la habitación de Jenny, que levantó la
cabeza y sonrió. Sin ser una sonrisa del todo alegre, tampoco
era forzada. Le preguntó si yo les había dicho algo, y Charlotte asintió, aunque no intentó sonsacarle ningún detalle ni for-
muló opiniones o consejos.

Me acerqué a su cama y me acosté a su lado. Al principio
me miró de una manera rara, pero luego fue como si se acor-
dara de que antes teníamos esa costumbre, la de que me tum-
bara yo a su lado y le hiciera caricias en la espalda, mientras
ella apoyaba la cabeza en mi pecho. Cuando era pequeña le
leía cuentos. A veces solo hablábamos. Me imagino que te sor-
prenderá.

—¿Por qué crees que debería sorprenderme?

Por cómo ha cambiado nuestra relación. Se ha acercado más
a Tom y se ha alejado de mí. Pero bueno, parecía lo normal. Yo
creo que era normal. Necesitaba distanciarse de mí para crecer.
Es lo que hacen las niñas, ¿no?

—Sí, puede ser muy normal. Tú no lo viviste, ¿verdad?

¿Cómo que no? Yo de mi madre no podía estar más lejos.

—Pero no llegaste a separarte de ella en un entorno seguro, en el que supieras que podías volver a ser pequeña siempre
que lo necesitases.

Charlotte reflexionó y asintió con cierta ambigüedad.

Bueno, la cuestión es que me eché en su cama y ella apoyó la
cabeza en mi pecho. Le di un beso en el pelo y le acaricié la es-
palda. Pensaba todo el rato en la cicatriz y en las ganas que tenía
de pasar una mano por debajo de la blusa y tocarla.

—¿Por qué? —pregunté, sabiendo la respuesta.

Supongo que porque quería que se diera cuenta de que sé que la tiene. Bueno, ya lo sabe, claro, pero que lo sé de verdad. De que lo sé... o de que entiendo.

Charlotte no encontraba las palabras para explicarse.

—¿Qué entiendes?

Tardó un buen rato en contestar.

Cuando nos explicaste lo que había dicho Jenny, y cómo se sentía... como si fuera un animal con alguien montado encima de ella, y que se dio cuenta de que él se quedaba satisfecho al final, cuando... ya me entiendes... La primera vez no fue fácil. Él tuvo que esforzarse, ¿no? Algo de empeño tuvo que poner de su parte, y escuchar los gritos de ella, ¿no?

—Sí, me imagino que sí.

Y tal vez Jenny pensase que él sería incapaz, que quizá fuera imposible que pasara. Que quizá la resistencia de ella... el hecho de que cada músculo intentara expulsarlo e impedir su victoria... Hay un momento en que él se abre paso, en que entra hasta el fondo, y de repente todo su cuerpo tiembla de éxtasis, y el tuyo de dolor, y tienes una sensación como de... Pero ¿de qué, por Dios? ¿Qué hay más fuerte que el dolor?

—La voluntad, Charlotte. Te han roto la voluntad.

Me miró con los ojos muy abiertos y una expresión de alivio enorme. Hice mal en ponérselo tan fácil. Debería haberla guiado, pero dejando que lo encontrara por sí sola. Seguro que lo habría encontrado. Entonces habría sido más suyo que mío. Y la verdad es que era mío. De niño, cuando fui agredido, también me sentí así. Creo que se puede aplicar a cualquier víctima de una agresión física. El día en que Charlotte me habló de su conversación con Jenny, yo no estaba en mi mejor momento. Aunque para Charlotte Kramer fuera un momento tan profundo, me pilló en un estado de impaciencia, pensando más en mi mujer y en mi hijo que en Charlotte y Jenny.

¡Sí!, dijo Charlotte. *Sí. Te han roto la voluntad.*

Suspiré, molesto por mi incompetencia. Sé hacerlo mejor. Aun así, tenía su valor que Charlotte tuviera la respuesta, por muy torpemente que hubiéramos logrado dar con ella.

Por eso tienes la sensación de ser un animal. No tienes poder, no se oye tu voz, tu cuerpo no te pertenece... ¡Exacto, es eso! Como si te pareciera imposible haber perdido el mando de tu propio cuerpo, de tus movimientos y de tu... tu integridad... tu integridad física. Es lo que les hacemos a los animales, ¿no? A los caballos salvajes los domamos hasta someterlos. Aunque ellos se acostumbran, ¿no? Se quedan en el establo, comiendo paja seca, cagándose en sus patas y disfrutando con los golpes del cepillo que maneja el mismo ser que les ha roto el espíritu.

—Sí —contesté—. Hay animales a los que les va muy bien un entorno de sumisión y otros a los que no. A los seres humanos no. Lo demuestra la historia, ¿verdad? Guerras, rebeliones... Bueno, ¿y al final qué hiciste? ¿Le tocaste la cicatriz?

Charlotte sacudió la cabeza.

No. Abracé a Jenny y le dije que no volvería a pasar. Que tenía que imaginárselo como cuando te toma por sorpresa una ola y te hace caer en la orilla. ¿Te ha pasado alguna vez? A mis hijos les encanta saltar sobre las olas en la playa, y aunque se lleven un revolcón, y se les llene el traje de baño de arena, y a veces hasta acaben con rasguños, siguen, porque es divertido lanzarse contra una ola y notar que estás encima de toda esa potencia, no debajo. Entonces llegáis los dos sanos y salvos a la orilla, la ola y tú. Fue la mejor comparación que se me ocurrió. No creo que lo entendiera del todo, pero por algo se empieza.

—Me parece un muy buen punto de partida. Supongo que la diferencia entre una ola y un violador es que la ola tiene poder tanto si te derriba como si te lleva hasta la orilla. Te has cruzado en su camino, pero nada más. El violador solo tiene poder cuando hace daño a su víctima. La violación no es sexo. De todos modos, fue un buen punto de partida.

Ya, ya sé que no es lo mismo, evidentemente, pero la parte mecánica sí. Es la expresión que emplea todo el mundo para referirse a lo que acabas de describir, lo del poder y todo eso. No sé. Lo llames como lo llames (violación, sexo o lo que sea), hay una penetración de una persona por otra.

—Sí, es verdad. Quizás estemos diciendo lo mismo con otras palabras. Lo importante es que has hablado del tema con tu hija.

Fue la primera vez que tuve la sensación de volver a conectar con ella desde la violación. Y puede que hasta mucho antes. Fue lo que sentí, una conexión, un vínculo del que no podía hablar, pero que existía, al menos en mi caso. Ya sé que lo que me pasó a mí la primera vez no fue lo mismo, pero alguna parte, el momento que le describiste a Jenny, lo de ser un animal y, como has dicho, que alguien te quite la voluntad de esa manera... Esa parte, como mínimo, me pareció muy similar.

—Y te das cuenta de lo que significa, ¿no?

No estoy segura.

—Bueno, me contaste que recordabas haber querido mantener relaciones sexuales con el marido de tu madre, y si tuviste la misma sensación que Jenny no puede ser verdad. Tal vez no opusieras resistencia física. Quizá si se lo hubieras suplicado él hubiera parado. Pero no querías que pasara. Tu voluntad estaba rota por una necesidad de amor que debería haber satisfecho tu madre.

Se quedó callada. No estaba preparada para aceptar algo así y justificarse. Se había acostumbrado demasiado a su doble vida. La Charlotte mala formaba parte de ella, y quería quedarse.

—Y a Tom, ¿cómo le está sentando?

Mi pregunta pecaba de doblez y falta de ética. Para entonces también yo tenía una doble vida, por inofensiva que pueda pareceros: por un lado el médico que intentaba ayudar a esa familia, y por el otro el padre que intentaba proteger a la suya.

La verdad es que no lo sé. Ya no sé lo que siente. Se quedó dormido en la cama con el portátil sobre las piernas. Entonces yo, no sé por qué, se lo quité de encima, me desnudé y bajé el edredón. Tom se despertó y casi puso cara de susto al verme. Hacía casi un año que no manteníamos relaciones, desde la única vez que lo intentamos después de la violación. Entonces ya me di cuenta de que Tom no estaba a gusto, como si fuera incapaz de disfrutar hasta que Jenny estuviera bien del todo y su agresor entre rejas. La verdad es que a mí tampoco me apetecía, pero pensé que tocaba. Anoche, en cambio, me dio igual. Me puse encima y lo hicimos. No sé si disfrutó. Tampoco me importa. No me pareció que le gustase, aunque tampoco intentó frenarme. Es como todo en nuestro matrimonio. Se vino abajo. Me siento fatal. No sé por qué lo hice. ¿Crees que intentaba hacerle a él lo mismo, quitarle su voluntad?

—No, no lo creo.

¿Pues entonces?

—Lo que creo es que quisiste sentir que la ola te llevaba sana y salva hasta la orilla.

Esta sesión fue el día después de mi promesa a Tom de que trataría de encontrar un recuerdo de una sudadera azul. Y de que mi mujer encontrara la sudadera azul en el suelo del armario de mi hijo.

Ya he vuelto a precipitarme. Volvamos a la tarde de después de mi encuentro con los Kramer, la reunión en que les expliqué lo del recuerdo recuperado por Jenny.

Volví a casa hondamente satisfecho. Jenny y yo habíamos recuperado el recuerdo y ahora acababa de darles la noticia a sus padres. Tenía la esperanza de que fuera el primero de muchos recuerdos, hasta que Jenny se acordase de todos los detalles de esa noche: el primer momento en que sintió en su cuerpo la mano del violador, el momento en el que se dio cuenta de que iba a hacerle daño, el impulso de resistirse, los gritos de auxilio, cuando aún tenía esperanzas y aún no se creía que pasara de verdad, y luego el aire frío en la piel mientras le arrancaba la ropa. El recuerdo que había recuperado: la penetración, el robo de su inocencia, de su voluntad, de su humanidad. ¿Qué otras cosas estaban pendientes de que las encontrásemos? Dolor. Aceptación. El palo clavado en su piel, hurgando en los nervios de una capa tras otra y enviando más señales de dolor a su cerebro. Sufrimiento. Desesperación. Catástrofe. Tengo bastante experiencia para saberlo.

La tarde acababa de empezar. Después de los Kramer ya no tenía más pacientes. Procuro no dar hora a nadie después de Jenny o de sus padres, por si tenemos que alargarnos más. Con Sean igual. Sus sesiones, como ya habéis visto, son imprevisibles. Ese día llegué con ganas de contarle a mi mujer la extraordinaria noticia sobre la lejía y el recuerdo que había despertado. Aún no se lo había dicho, porque no tenía claro que fuera lo correcto, pero durante el viaje en coche decidí hacerlo. No podía guardármelo ni un día más.

—¿Julie? —la llamé desde la cocina.

Estaban las luces encendidas y su coche en el garaje. No contestó.

—¿Cielo? —la llamé otra vez.

Esta vez la oí. Me llamaba a gritos desde el piso de arriba.

¡Alan! ¡Alan!

Su tono era una mezcla de sorpresa, alivio y pánico. No me esperaba, pero ahora precisaba mi ayuda inmediata.

Como es lógico, dejé el maletín y las llaves y subí a toda prisa.

—¿Julie? ¿Dónde estás?

¡Aquí! ¡Estoy aquí!

Seguí su voz hasta nuestro dormitorio.

Sería demasiado fácil limitarme a decir que la vi sentada en nuestra cama con la sudadera azul y una mueca de miedo, y que supe que nuestro hijo estaba en dificultades. No sé si habéis vivido algún momento de este tipo. La mayoría de la gente sí, en mayor o menor grado, y se parece bastante a lo que describió Jenny: primero encajar lentamente los hechos, y luego darse cuenta con horror de lo que está pasando. Hay un momento de rebelión mental en que el cerebro rechaza los datos que recibe. Es demasiado tóxico, un virus que requerirá una reorganización a gran escala de las emociones y los vínculos que generan placer, o quizá simple tranquilidad mental. Un virus que va a hacer estragos.

Los datos entraron en mi cerebro. La sudadera. El miedo de mi mujer por que nuestro hijo hubiera estado en la fiesta. El contagio de ese miedo, que me hizo ponerme en contacto con el abogado. De modo que el riesgo al que quedaba expuesta nuestra familia a causa de esa noche era real. Los nuevos hechos entraron en mi cerebro, y en cuestión de segundos desapareció la rebelión y se puso en marcha la reorganización. Fueron segundos dolorosos, como cuando te sacan una muela.

He encontrado esto en el armario.

Mi mujer se levantó para acercarse. Cuando estuvo a mi lado, me apretó la sudadera contra el pecho.

El abogado ha llamado esta mañana para decirme que hoy han entrevistado a otro de los chicos y que le han preguntado por una sudadera azul con un pájaro rojo. Me ha dicho que a Jason le preguntarán lo mismo y me ha preguntado si sabía qué contestaría. ¿Te acuerdas de que ese año le regalé una sudadera para su cumpleaños?

No, no me acordaba. Entonces no le di importancia.

La compramos en el viaje a Atlanta, cuando fuiste a dar una conferencia, ¿te acuerdas? Tuvimos que ir a un partido de los Hawks, y le trajimos esto. El pájaro rojo… ¡es un halcón! Mira.

Levantó la sudadera. Había un halcón rojo delante y otro detrás. El nombre del equipo estaba escrito en blanco, pero en letras pequeñas. En la espalda solo había un halcón. Tomé a Julie por los brazos y la miré muy serio.

—¿Qué le has contestado?

Le he dicho la verdad, que Jason tiene una sudadera azul con un halcón rojo.

—¡Dios mío!

Solté sus brazos y me giré, pensando sin parar.

¿Tú lo sabías? ¿Sabías que buscaban a un chico con una sudadera azul? ¿Se ha acordado ella? Me lo habrías dicho, ¿verdad?

—Lo de la sudadera no lo sabía.

Ya, ya lo sé: más mentiras. Julie no paraba de hablar.

¿Qué querías que hiciera? ¡Es nuestro abogado! No podemos dejar que Jason mienta. ¿Y si se acuerda alguien? La llevó toda la primavera. Si miente y descubren que ha mentido, parecerá culpable.

—¿De qué? —pregunté—. Nadie se creería que Jason violase a Jenny Kramer.

¡Piensa un poco, Alan! Es nadador. Se afeita las piernas y los brazos... Puede que se lo afeite todo... ¿Entonces? ¿Y si se lo preguntan y tiene que reconocer que se afeita todo el vello corporal?

Hice un gesto despectivo.

—¡Afeitarse se afeita todo el equipo, mujer! Y en la fiesta estaba uno de cada dos. ¡No quiere decir nada!

¡Ya, pero ahora esto...! Levantó la sudadera azul. *Nada más colgar el teléfono he subido corriendo y me he puesto a buscar entre sus cosas. Esta sudadera no me sonaba que se la hubiera puesto ni una vez desde la primavera. No la he encontrado en ningún sitio, ni en el cesto de la ropa sucia ni en sus cajones. Entonces me he dedicado a buscar por todo el cuarto, y he empezado a pensar que quizá no estuviera. ¡Tal vez la hubiera perdido, incluso antes de la fiesta! Así no podría habérsela puesto aquella noche. Hasta que de repente... ¡Dios mío! Me he puesto a buscar por todos los trastos que tiene en el suelo del armario, y he encontrado una bolsa de plástico. ¡Con la sudadera dentro!*

—¿Por qué estaba en la bolsa? ¿No había nada más?

Yo ya estaba pasando al control de daños.

Sí, unos pantalones de chándal, unos calcetines y unos bóxers. A veces lo hace así, cuando se cambia en la piscina: la ropa del instituto la mete en una bolsa y se pone la muda de salir.

—¿Dónde está? ¿Dónde está el resto?

La seguí hasta el cuarto de la lavadora, en la que había metido el resto de la ropa, pero sin ponerla en marcha.

No sé qué hacer, lavarlo todo o tirarlo. Huele a piscina.

Me dio la sudadera. Me la acerqué sin pensarlo a la nariz. Olía a la piscina donde pasa Jason casi todo el tiempo libre. Olía a cloro. Ya veis por dónde voy.

Me apoyé en la pared y cerré los ojos, sopesando las razones para decírselo, aunque el auténtico motivo no tenía nada que ver con la razón: era el deseo, puramente egoísta, de no sufrir yo solo.

—Ayer Jenny Kramer se acordó de algo. Un recuerdo de la noche de la violación.

Julie me miró con recelo.

—Era la lejía, Julie. El violador olía a lejía.

Abrió mucho los ojos, a la vez que levantaba lentamente una mano para taparse la boca.

Ya son tres cosas. ¡Tres cosas que podrían usar contra él!

—En la fiesta había muchos nadadores. Ya lo has dicho tú, uno de cada dos.

Miramos los dos la sudadera.

—No fue él —dije.

Ya lo sé.

—¿Ah, sí? ¿Lo sabes como yo? ¡Porque yo lo sé! Me lo dice el corazón. Lo siento hasta en los huesos. El violador era un sociópata. ¿Lo entiendes?

¡Pues claro!

—¡Le apretó la cara contra el suelo, la agarró por el cuello y la deshonró sin parar durante una hora!

Ya lo sé... Ya lo sé.

—Y luego cogió un palo, un palo afilado, y empezó a hurgar hasta que le perforó la piel. ¡Todas las capas!

¡Vale, vale, pero para! ¡No sigas, que ya sé lo que le hizo a la pobre niña!

—Pues entonces no puede preocuparte lo más mínimo que pudiera hacerlo nuestro hijo.

Respiró profundamente y esperó a que me calmara. Yo estaba indignado, pero no tenía derecho a desfogarme con ella. Daba igual lo que pensáramos, lo que supiéramos de nuestro hijo. El resto del mundo lo acusaría y dudaría de él. Querrían creérselo. Querría creérselo Tom Kramer. Querría creérselo Charlotte. Y querría creérselo Jenny. De repente entró en mi cabeza un pensamiento, y abrumado como estaba no pude impedir que saliera otra vez.

—Ya no me dejarán tratarla. Como vaya esto a más, me sacarán del caso. No podré ayudarla a recuperar la memoria.

Julie me miró con desdén.

¿En eso piensas? Podrían acusar a nuestro hijo de una violación brutal. Podrían destrozarle la vida. ¿Y tú piensas en eso?

—No fue él.

No importa, Alan. Sabes lo que pasará. ¡El caso quedará sin resolver y él nunca se quitará la sospecha de encima!

Tenía razón en todo. No sé por qué me puse a pensar en el caso y en tratar a Jenny. Mi egoísmo era más fuerte de lo que me imaginaba.

—Tienes razón. Lo siento.

¿Qué hacemos?

Yo no tenía todas las respuestas.

—Llama al abogado y dile que te has equivocado, que la sudadera era blanca con un halcón rojo. Lo que sea. Explícale que te has equivocado y lo aliviada que estás. No me fío de él. Podría ayudar a sus otros clientes sacrificando a Jason. Ahora el conflicto es demasiado grande. Ya hablaremos nosotros con Jason. Encontraremos una respuesta que funcione; no falsa, pero sí algún tipo de respuesta.

Julie estuvo de acuerdo. Me preguntó qué pasaría después. Seguro que se acordaría alguien de la sudadera. Y ahora, con lo del cloro y lo del afeitado... Lo relacionarían, ¿verdad? Sería la pista que seguirían Parsons y Tom Kramer, la de un nadador. Tenía toda la lógica del mundo. Todos los chicos del equipo que hubieran estado en la fiesta se apartarían corriendo del paso de la locomotora.

Repito que no tenía todas las respuestas.

Pero ya las tendría.

19

Es sumamente difícil recordar esos días, y contarlos. Estuvieron llenos de emociones, casi siempre miedo, y no se han organizado bien en mi cerebro.

A Jenny la vi un miércoles. Tuvo ese único recuerdo, el de la lejía. El día siguiente vi juntos a los Kramer para analizar el descubrimiento. Cruz Demarco ya había reconocido que estaba en la fiesta y que vio entrar en el bosque a un chico con una sudadera azul y un pájaro rojo. De eso también he hablado. Tom me hizo prometer que ahora que habíamos encontrado un recuerdo de esa noche, mis esfuerzos estarían enfocados en recuperar alguno de la sudadera azul. Esa tarde los Kramer se fueron a su casa. Jueves por la tarde. Tom se pasó el resto del día en el ordenador, buscando sudaderas azules con pájaros rojos. Charlotte empezó a ver la relación entre su experiencia con su padrastro y lo ocurrido a su hija. Revivió la noche en el sofá a través del único recuerdo recuperado de Jenny y abrazó a su hija para intentar consolarla y darle esperanzas. Luego se dio un poco de ambas cosas a sí misma haciendo el amor con su marido. Yo me fui a mi casa, donde me esperaban mi mujer y la sudadera azul con el halcón rojo.

El día siguiente, viernes, vino Charlotte para su sesión. La de Tom era más tarde, el mismo día. Ya os he contado una parte, la de cuando habló de su conversación con Jenny y yo le hice el flaco favor de espolear sus conclusiones. Ahora ya entendéis por qué fui tan incompetente.

Después de ver a Charlotte ese viernes, a las ocho y media, estuve hecho un manojo de nervios. Llegaron y se fueron dos pacientes, por cuyos problemas me fingí interesado. Fue una mañana de frivolidades. La señora C. estaba peleada con su vecino a causa de una valla. Tenía depresión crónica, pero de lo que quiso hablar fue de eso, del vecino y de la valla. El señor P. volvía a tener insomnio, pero no quería tomar Ambien. Nos pasamos la hora entera hablando de sus estúpidas preocupaciones. ¿Quieres dormir o no?, tenía ganas de decirle yo, pero no se lo dije. Ejercité un autocontrol milagroso en espera de que me llamase mi mujer.

Llamó a las once y cuarto. Me puse, aunque estuviera el señor P. presente. Le dije que era una urgencia de un paciente. Mentiras, mentiras, mentiras.

Le he dicho al abogado que la sudadera era morada, y que tenía letras rojas, no un pájaro. Te he hecho caso. Le he dicho lo aliviada que estaba.

—¿Y se lo ha creído?

Creo que sí. Lo parecía. Me ha dicho que hoy interrogan a otros tres chicos y que Jason aún no está en la lista. Ha hablado personalmente con el inspector Parsons.

—¿Te ha dicho cuánto tiempo tenemos?

Me ha dicho que al menos tardarán una semana, pero creo que si les decimos que el sábado que viene tiene competición y exámenes finales, podremos retrasarlo un poco más.

—Vale, cariño, está muy bien.

Julie se quedó callada y la oí suspirar. Estaba cansada por toda una noche de preocupación.

¿Hablarás esta noche con él?

—Sí, en cuanto llegue a casa. Asegúrate de que no salga, ¿vale?

Descuida. ¿Y la ropa?

—¿Qué ropa?

La ropa... la... Ah, vale.

—¿Lo entiendes?

Sí. Voy a repasar las fotos del ordenador. ¿El teléfono se lo cogerás tú?

—Sí, esta noche, cuando hablemos. Y las redes sociales. Le haré mirar en todas partes.

Vale. Te quiero.

—Yo a ti también. Adiós.

De momento no tenía nada más. Deshacernos de la ropa, de la maldita sudadera azul. Deshacernos de cualquier foto de Jason con la sudadera. Habría que decírselo, y luego le haría falta una coartada basada en lo ocurrido aquella noche. El mundo es injusto. Ya lo he dicho muchas veces, y me lo recuerda cada semana mi visita a Somers. Me lo recuerda pensar en mi paciente Glenn Shelby. Me parece que también he comentado que al final se suicidó.

No digo que nunca haya justicia, ecuanimidad o rectitud, sino que no se puede contar con que las haya, así que es necesario protegerse de cualquier forma posible. Yo sabía que tendría que sentarme con mi hijo y abrirle los ojos. Tendría que explicarle que no se acuerda de lo que se puso en la fiesta, ni se acercó al bosque, ni vio el coche azul o a Cruz Demarco. Tendría que explicarle que no se acuerda de dónde está su sudadera azul, si es que ha tenido alguna vez una. Sudaderas las tiene a docenas. Tendría que explicarle que estas pequeñas infracciones de la ley, y de su propia integridad, eran necesarias para su supervivencia en este mundo injusto. Me dije que era positivo. Así tendría la oportunidad de educar a mi hijo antes de que pasara algo malo. Para entonces ya empezaba a calmarme. El crimen no lo había cometido Jason, y ahora tampoco sería acusado falsamente por ningún vendedor de drogas de baja estofa.

La siguiente persona a quien llamé fue el inspector Parsons. No fue prudente hacerlo; mi estado mental no era el idóneo, pero tenía acceso al inspector y a información con una excusa válida, y fue más fuerte que yo. Conocer los mecanismos del cerebro, incluido el propio, no es garantía de que podamos controlarlo.

Fue esta llamada lo que me desquició.

Hombre, Alan, qué alegría oírte. ¿Algo nuevo, por tu parte? ¿Se acuerda de la sudadera azul?

—No he vuelto a verla desde la última sesión, que fue el miércoles. Viene esta tarde. Supongo que Tom te habrá hablado de la sesión anterior.

Tuvo una especie de flashback y olió a lejía.

—No fue un flashback, fue un recuerdo con todas las de la ley, de lo que pasó de verdad.

Bueno, pues como quieras llamarlo. En todo caso nos ayuda. Lástima que no viera ninguna cara. Porque no la vio, ¿verdad? Estaba pensando que habría que volver a hablar con los del equipo de natación. Esa noche, en la fiesta, había muchos nadadores. He encargado a uno de mis hombres que se lea las entrevistas del año pasado. Aún estoy esperando que me pasen la lista los del instituto…

—Muy bien, muy bien, pero hay que tener mucho cuidado. La verdad es que preferiría trabajar un poco más con ella antes de precipitarnos en nuestras conclusiones. Los recuerdos tienden a agruparse: por cada cosa que pasa hay uno, como los capítulos de un libro. Es posible que el olor a lejía fuera del capítulo cuatro (del lavabo, quizá) y la violación, del diez. Si consigo llegar a los demás capítulos, podremos ponerlos en orden y...

Tú haz lo que tengas que hacer, Alan. No se pierde nada por volver a hablar con el equipo de natación y con cualquier persona que se relacionara con ellos esa noche. Así lo atacamos por dos frentes, ¿no? A mí no es que me guste, te lo aseguro. No ganaré ningún concurso de popularidad en Fairview investigando a nuestros propios chavales, pero tengo que hacer mi trabajo.

—Sí, claro.

Tenía el corazón en un puño. Estuve a punto de hablarle de Jason; no con respecto a la sudadera, sino a que formaba parte del equipo de natación y había estado en la fiesta. El año pasado yo aún no conocía a Parsons. Cuando hablaron con Jason yo estaba presente, pero la que hizo las preguntas fue una policía joven, y fue en nuestra casa, algo muy informal. Solo escribió una línea en su libreta, porque Jason no había visto nada que pudiera ser de utilidad. Yo ya me esperaba que Parsons quedaría sorprendido por la revelación. Cuanto más tiempo me la guardara, más sorprendente sería; y de la sorpresa a la sospecha solo hay un paso.

Justo entonces, sin embargo, dijo algo.

Oye, que me ha comentado Tom que hoy irá a verte. Quizá la noticia se la puedas dar tú. Es sobre Demarco.

—¿Qué pasa?

Ha pagado la fianza, pero no lo digo por eso. Le hemos apretado mucho las tuercas. ¿Sabes John Vincent, el chaval que le compró droga delante del instituto? Pues amenaza con poner

*una denuncia. Su abogado nos ha traído una declaración que
exime a Demarco de la violación y lo sitúa en otro sitio con John
Vincent.*

—¿En otro sitio? ¿Cómo puede ser? Os dijo que vio entrar en el bosque al de la sudadera azul hacia las nueve. Y hacia las nueve menos cuarto el hijo de los vecinos vio su coche, vacío. ¿Y al niño, le habéis preguntado por el hombre de la sudadera? Demarco se está inventando todo esto, ¿no te das cuenta?

Tengo que reconocer que en ese momento cometí la imprudencia de creer que veía una salida, pero me llevé enseguida un chasco.

*Ya, ya… Claro que se lo hemos preguntado, y no vio entrar
a nadie en el bosque. Pero escucha, escucha: hacia las ocho y
media Demarco estaba en la puerta trasera de la casa, hablando
con un grupo de chavales. Tengo a dos que reconocen que les
ofreció hierba. Yo estoy seguro de que se la compraron, los muy
imbéciles, pero bueno, da igual. Tenemos testimonios indepen-
dientes que confirman que Demarco estaba en la casa hacia las
ocho y media. John Vincent dice que a las nueve y cuarto quedó
con Demarco en el coche y se fueron a Cranston para comprar coca.
Yo creo que Vincent podría estar vendiendo para Demarco. Hicimos mal en no trincarlo el primer día, al lado del instituto. Seguro
que en la bolsa no llevaba solo un par de porros.*

—Un momento. ¿Qué me estás diciendo?

*Te estoy diciendo que Demarco debió de volver a su coche
hacia las nueve, después de que pasara Teddy Duncan, y justo
cuando vio entrar al chico de la sudadera azul en el bosque.
Unos minutos después, como tenían planeado, llegó John Vincent de la casa y subió al coche. Salieron a comprar la coca en
Cranston y tardaron una hora en volver.*

—Bueno, eso… eso es lo que dicen, lo que les conviene, me parece a mí. Hacen que encaje todo con los datos anteriores. ¡Piensa un poco! No te puedes creer nada de lo que diga ninguno de los dos.

No, no, escucha. Según Vincent pararon a poner gasolina y comprar tabaco, y pagó con su tarjeta de débito. Tenemos el comprobante: un cargo de diez dólares a las 21.37 de la noche de la violación. También tenemos la grabación de la cámara de seguridad, y salen el Civic, Demarco y Vincent en la gasolinera. Estaban a diez kilómetros del bosque. Demarco no había querido decirnos que llevó a un adolescente a comprar coca. Es otro delito grave, poner en peligro la vida de un menor. Ya lo tenemos pillado. Puede que el fiscal tenga manga ancha con Vincent por haber testificado, pero Demarco pasará un tiempo en prisión.

—Pero no por la violación.

No, por la violación no; pero bueno, tenemos lo de la sudadera, ¿no? Y ahora la lejía, y los recuerdos que empiezan a volver. Yo también me he llevado una decepción, te lo aseguro. Creía que una vez encontrado el Civic se acabaría todo.

—Sí, Tom también.

Pues parece que solo es el principio. Voy a estudiar a fondo lo del equipo de natación. Madre mía… No se me había ocurrido que pudiera haberlo hecho uno de nuestros chicos. Tanta brutalidad, y el tajo… Mierda. Yo también quiero encontrarlo, al tío este. Lo que no quiero es encontrarlo aquí. Y no tiene pinta de que Jenny vaya a acordarse de una cara, ¿no? Será todo circunstancial.

Yo estaba al borde de un ataque de ansiedad, y no es el mejor estado mental para tomar decisiones sobre nada. Me disuadí a mí mismo de hablar a Parsons sobre Jason. Por suerte tuve bastante autodisciplina para no decir nada, solo despedirme de manera normal. Colgué y abrí el cajón de mi escritorio. Saqué medio miligramo de Lorazepam, algo muy suave, y me lo tomé. Necesitaba calma para poder pensar.

Dentro de un rato entrarían por mi puerta dos oportunidades: primero Tom, y después Jenny. Esperé a que hiciera efecto la pastilla y respiré despacio para serenarme. Fijé la vista en un objeto, la etiqueta del tulipán. Fue lo primero que me vino a la cabeza. Después pasé lista mentalmente a todo lo que tenía para trabajar.

Lo primero era Tom. En tres meses habíamos hecho avances importantes. Ya estáis al corriente de su problema de ego, de cómo afectaba a su vida conyugal y laboral, y de que tenía su origen en la infancia. También he descrito mi plan de tratamiento. Para mi sorpresa, Tom había empezado a canalizar una parte de su rabia hacia sus padres. Se había acordado de algunas de las cosas que le decían de pequeño. Su padre siempre le hacía esta pregunta: «Y a ti, ¿qué te parece lo que has hecho?» Su madre siempre le decía: «A nadie se le da todo bien», o «Tenemos que aceptarnos como somos y aprender a querernos con nuestras limitaciones», cuando la verdad es que ninguno de los dos llegó a aceptar nunca sus propias carencias. Su padre fracasó nada menos que tres veces en las elecciones a jefe de departamento, y después de la tercera su mujer y él aún criticaban con dureza al tribunal, incluso de modo personal: que si qué peluquín más ridículo, que si qué mal aliento, que si qué dientes más torcidos, que si qué fea su mujer… Para colmo, su madre se mostraba muy severa con sus compañeras de tenis: eran, decía, unas vagas, unas gordas y unas tontas, siempre. En comparación con ellos, no había nadie que no fuera tonto. Tom había recordado todo tipo de malas conductas por parte de sus padres que entraban en contradicción con sus palabras y con el intelectualismo del que hacían gala.

Que se vayan a la mierda, llegó incluso a decir, hacía unas tres semanas. *Que se vayan a la mierda. Tú tienes hijos, Alan. ¿Les dirías alguna vez que sus capacidades son limitadas? ¿No hay ninguna manera mejor de encaminar a un niño hacia el éxito en la vida? Siempre he tenido la impresión de que todos mis logros (los títulos, los sueldos, los ascensos, hasta mi mujer y mis hijos) han sido un error, como si hubiera engañado a alguien para que me considerara digno de lo que me daban. Y aún me siento así.*

Tom no se sentía merecedor de una mujer tan guapa. Tampoco de unos niños tan preciosos, ni de su éxito, por pequeño que pueda pareceros. Ganaba bastante para vivir en Fairview y ser socio de un club de campo. Tenía ahorros para los estudios universitarios de sus hijos y conservaba todo el pelo y la buena forma física. Caía bien a mucha gente, y estaba sano. Encima le encantaban los coches, los que vendía y los que conducía. Al trabajo iba siempre con ganas. Al menos hasta que violaron a su hija.

Consideré que ya estaba preparado para oír lo que había que decirle.

—Tom —le dije en nuestra sesión de la última semana—, te voy a hacer una pregunta.

De acuerdo.

—¿Tienes la sensación de que te merecías que violaran a Jenny?

Pero ¿qué pregunta es esa?

Tom se quedó estupefacto. «Horrorizado» sería una palabra demasiado fuerte, pero no por mucho.

—No te la mereces, ni tampoco a Lucas, ni a Charlotte. No te mereces tu trabajo. Pues entonces, quizá sea el desquite que se toma el universo por quedarte con todas esas cosas que no te mereces. Quizá la razón de que ocurriera seas tú.

¡Dios mío! Pero ¡qué cosa más cruel! ¿Cómo me puedes decir eso?

—Tom… Ya sabes que no es lo que pienso, pero ¿se te ha removido algo por dentro, cuando lo has oído?

Por supuesto que sí. En ese momento yo no estaba distraído. ¿Cuándo fue? ¿Hace ocho días? Mis facultades aún no estaban mermadas por la vulnerabilidad de mi familia. Tom se apoyó en el respaldo, dejando que la idea calara en lo más hondo de su ser. Primero abrió mucho los ojos. Luego, como siempre, se le demudaron las facciones. Manchas rojas, y después algunas lágrimas, entre fuertes sollozos. Lloraba casi en cada encuentro.

En ese estadio estábamos, por tanto, en el periplo personal de Tom. Se sentía culpable. Parte de ese sentimiento era normal, concretamente el de no haber protegido a su niña, pero otra, la mayor, era de tipo abstracto, la culpa que le despertaba tener la sensación de que la causa era él. No es nada racional. Si os parece una tontería, porque no creéis en el subconsciente, allá vosotros. No tengo tiempo ni ganas de ilustraros o de convenceros. Queda demasiado terreno por cubrir.

El sentimiento de culpa es poderoso, y en el estado tan funesto y desquiciado en que se hallaba mi cerebro aquel viernes por la tarde, supe que de alguna manera podría usarlo.

Estaba a punto de pensar en Jenny, pero había pasado el tiempo demasiado deprisa. Pronto llegaría Tom para su nueva sesión y yo tenía en la cabeza todo lo que habíamos analizado desde el principio de su terapia, y que os acabo de describir. Me descorazonaba no haber pensado en un plan para salvar a mi hijo. Tom, sin embargo, estaba a punto de cambiarlo todo.

20

La agitación de Tom era patente. No había dormido bien. Su cerebro estaba obsesionado con la sudadera azul, y los súbitos avances sexuales de su esposa provocaban conflictos en su ego. Por otra parte, se le partía el alma al pensar en su hija, allá en su cuarto, ahora que el recuerdo de haber sido violada campaba en libertad para torturarlos a todos.

Se sentó en el borde del sofá con las piernas separadas y las manos en las rodillas, que no se estaban quietas ni un momento. Tenía los hombros a la altura de las orejas y respiraba deprisa, haciendo ruido al expulsar el aire.

Yo estaba levemente sedado.

—Te veo mala cara. ¿Ha pasado algo? —pregunté.

No, nada. Ahí está el problema.

—Ah, ya lo entiendo.

¿Sí? ¿Lo entiendes? Tengo la sensación de que soy el único a quien le importa algo encontrar al violador de mi hija. Me he pasado media noche en vela, mirando fotos de Fairview, buscando en catálogos de ropa…

—¿La sudadera azul con el pájaro rojo?

Sí. ¡Pues claro! ¿Qué te crees? Pero bueno, ¿no te das cuenta de que es la clave para encontrar a ese monstruo?

—Pareces muy disgustado.

Tom empezó a serenarse. Pidió perdón por su arrebato.

—¿Has encontrado algo útil?

Yo ya sabía la respuesta, a través de Charlotte.

¿Sabes la cantidad de sudaderas azules que hay? Y lo del pájaro rojo... Podría ser cualquier cosa. Un cardenal, las alas de las fuerzas aéreas, un halcón...

—Pero ¿nada de Fairview? —Lo interrumpí al oír la palabra «halcón»—. ¿Ningún equipo, o club...? ¿En el pueblo no hay nada así?

Nada. Por no haber, no hay ni fotos de alguien que la lleve. He mirado todas las de la página web del instituto, he repasado cientos de artículos del Weekly Advertiser... *Aunque aún quedan varios centenares más. ¿Por qué no lo hace la policía? Es demasiado para una sola persona, con el trabajo, los niños, Charlotte... ¡Es demasiado!*

Las lágrimas, en esta sesión, tardaron muy poco tiempo en aparecer. Yo hice lo de siempre, dejar que brotaran. Tom se apoyó en los cojines con las rodillas juntas y la cara tapada con las manos. Le daba vergüenza llorar. En efecto, también era por sus padres. No sabían que hubiera que dejar sentir cosas a los niños. Y llorar. Hasta los años ochenta no se publicó ese tipo de manuales para padres.

—Tom... ¿Y si no encuentran al hombre que lo hizo? ¿Qué pasaría?

Desde que me había encontrado a mi mujer en nuestra cama con la sudadera de Jason en las manos, usaba siempre la palabra «hombre». No «chico», ni «chaval», o «tío», tan siquiera. La palabra «hombre» despertaba imágenes de alguien mayor que nuestro hijo.

Tom sacudió la cabeza.

No entra en mis planes. Y punto.

—De acuerdo.

Le pasé una caja de kleenex.

He estado leyendo sobre cómo se supera una violación. Testimonios de las víctimas, no de los médicos. No te ofendas, ¿eh? No es que no dé importancia a lo que has hecho por nosotros, pero como a mi hija le robaron la voz con los medicamentos esos, y no puede decirnos qué necesita para estar mejor, he intentado entenderlo por mi cuenta.

—Me parece muy bien. Formarse nunca está de más.

Cómo lo viven, la sensación de que te dominen y luego te… aún no puedo decirlo…

—Penetren. Te penetren a la fuerza.

Eso. Pues no se les borra. En algunos casos lo describen como si les hubieran quitado la dignidad. Es lo que no se me va de la cabeza desde que nos hablaste de la sesión y del recuerdo, lo de que dijo que se sentía como un animal, como si él la montara y la domara como un animal.

Tom había dejado de llorar. Ya lo he dicho antes, pero era como si se le acabaran las lágrimas, el agua. Y no porque se le hubiera pasado la desesperación, ni mucho menos.

Lo digo por lo siguiente. Cuando salgo de aquí, no me olvido de lo que hemos hablado. Tampoco es que hable con Charlotte y no le dé ninguna importancia a lo que dice. Entiendo que la justicia no es ninguna panacea que vaya a curar a Jenny de la noche a la mañana, de verdad que lo entiendo, pero es que estas mujeres, casi todas, se refieren al efecto curativo de ver castigados a sus atacantes. Algunas dicen que es como lo de ojo por ojo. Me entiendes, ¿no? Saber que en la cárcel el muy hijo de puta sentirá lo mismo que ellas multiplicado por cien. No lo expresan así, y me sabe mal decirlo en estos términos…

—No pasa nada. Aquí puedes decir lo que quieras. De eso se trata, Tom.

Me refiero a que no es que digan de manera explícita que se sienten mejor sabiendo que a su violador lo violarán en la cárcel, pero sí que perderá sus derechos, su libertad y su dignidad; y cuando salga, llevará para siempre el sambenito de haber hecho lo que hizo. Su vida nunca volverá a ser como antes. La de la víctima tampoco. También están en una cárcel, aunque de otro tipo. Es lo que dicen, que estar dentro de sus cabezas es como estar en una cárcel. Me imagino que se lo habrás oído decir a tus pacientes.

—Sí.

Supongo que necesitaba oírlo yo, directamente de las víctimas. En otros casos se refieren a que las escuchen, a que el mundo oiga lo que les pasó, y las crea, porque en el momento de los hechos su voz no les sirvió de nada. No se respetó su voluntad. Cuando el violador entra en la cárcel, tienen la sensación de recuperar un poco de poder. Parece que a unas las ayuda más que a otras, pero no hay ninguna que diga que no la ha ayudado nada. Vaya, que sí, que tus conocimientos pueden ayudar a Jenny a recuperar la memoria, para que pueda... cómo se dice...

—Vincular sus emociones a la serie de hechos adecuada.

Eso, para que pueda empezar a procesarlas y ponerlas donde corresponde. Para que no vuelva a tener ganas de morirse. Nunca más. Eso no se puede repetir. Jamás.

—En ese aspecto tengo bastantes esperanzas, Tom. ¿Tú no la ves mejor?

No sé, a veces. Cuando mejor la veo es cuando vuelve del grupo. En eso me equivoqué. Me daba miedo que estuviera con tanta gente.

—¿Y ahora?

Ahora veo que necesita oír sus testimonios, de la misma manera que necesitaba leerlos yo en los libros. ¿Sabes qué? Que casi parece que haya vuelto a vivir. En los ojos. Veo una chispa de vida.

Yo estaba disimulando muy bien mi preocupación. Me ayudaba el sedante. No he tenido tiempo de explicaros lo de la vida en los ojos de Jenny, ni que tenía mucho que ver con cierto exmilitar casado.

Eso es lo que puedes hacer tú por ella. Pero ¿y yo? Soy su padre. Algo tengo que hacer. Y lo que puedo hacer es ayudarla a encontrar al agresor, y hacer que lo castiguen. Aunque solo le dé un poco de paz, de aceptación, o como quieras llamarlo. Al menos eso lo habré hecho yo.

—¿Has pensado un poco en lo que hablamos, lo de tu sensación de que no te la mereces? ¿Lo de tu sentimiento de culpa?

¡Pues claro! No es algo que se pueda olvidar. No sé. Culpable de no haberla protegido sí me siento, pero el resto, lo de que me castigue el universo... Como me siento, más que nada, es impotente.

—Explícamelo.

Tom puso los ojos en blanco, con cara de exasperación.

No sé. Esta noche Charlotte ha querido hacer el amor, no sé por qué, pero mi sensación es que no tenía que ver conmigo. Luego, en el trabajo, hay una secretaria del concesionario Jaguar, el de la Ruta 26...

—Sí, ya sé cuál es.

No supe adónde quería ir a parar. De lo que estaba seguro era de que Tom no se había acostado con una secretaria joven. Como me equivocara en eso, me dedicaría a otra cosa.

Me llamó un cliente, uno que en los últimos años me ha comprado cuatro coches. No es del tipo al que le puedas dar largas. Yo iba de camino a casa. Me llamó y me dijo que quería probar un nuevo F-Type descapotable. Yo ya había cerrado la oficina. Debían de ser más de las ocho, porque casi era de noche. Fui el último en salir, porque tenía que hacer números, pero por él di media vuelta. En veinte minutos había vuelto a la sala de exposición. Aún faltaban diez para que llegara el cliente. Entré y oí algo, algo inconfundible. Gente follando. Debería haber hecho ruido y encendido las luces, fingiendo no oír nada, y darles la oportunidad de irse sin que los vieran, o vestirse… No sé, algo.

—Pero no. Lo entiendo. Es muy humana, la curiosidad.

Bueno, muy orgulloso no es que esté, pero el caso es que fue lo que hice, entrar sin hacer ruido en la sala de exposición. Me apoyé en la pared y los vi. Entraba luz por el escaparate. De las farolas. A través del cristal. Y les daba de lleno.

Tom se estremeció al recordar lo que había visto. Esperé un momento a que se le pasara.

Era mi jefe, el dueño, Bob Sullivan. Estaba con Lila, una chica muy joven, una cría. ¡Por Dios, pero si tiene veinte años! Y él cincuenta y tres. Y encima… No sé por qué, pero es lo que me parece más perturbador: cada fin de semana juega al golf con el padre de ella. Son amigos desde hace décadas. Han criado a sus hijos en el mismo pueblo, y los han llevado al mismo club. Bob la tenía boca abajo encima del capó de un XK plateado. Ella llevaba la falda arremangada en la cintura, y él la sujetaba con las manos: una en un hombro y la otra por detrás de la cabeza. La verdad es que era perturbador. Se la estaba tirando por detrás y ella fingía que le gustaba, con gemidos y tal, pero yo le veía la cara. Veía que con cada empujón Bob la apretaba contra el capó metálico del coche, usando su cara y su pecho de palanca, y que ella cada vez hacía una mueca de dolor. Dios mío… Estarás pensando que miré mucho tiempo. Pues no, hazme caso, solo fueron segundos, pero me bastó y sobró. Dudo que se me olvide en mucho tiempo la imagen. La había conocido de niña, con coletas, jugando con Barbies, pero ahora que tiene cuerpo de mujer Bob puede tumbarla boca abajo sobre un coche.

En ese momento se detuvo todo: mi corazón, mi alma y mi integridad profesional. Lo único que se movía, a gran velocidad, era mi pensamiento.

—Y tú ¿qué hiciste?

Salir otra vez y volver a mi coche. Había llegado por la parte trasera, pero esta vez di la vuelta y entré por delante, iluminando de lleno la sala de exposición con los faros.

—Para que tuvieran tiempo de huir.

Exacto. Lo que debería haber hecho la primera vez. Sacudí mucho las llaves al meterlas en la cerradura, encendí la luz y tosí. Bob salió de la sala con la cara enrojecida. Tuve ganas de darle un puñetazo.

—¿Y él? ¿Te dio alguna excusa por estar tan tarde en la oficina?

Por supuesto, y yo fingí que me lo creía. No dudé ni un momento. Me sorprendió a mí mismo la facilidad con que mentí. Él no insistió. Hablamos de precios para el cliente que estaba a punto de llegar y del descuento que podía ofrecerle. Lila seguro que se fue por la otra puerta lateral, aunque no llegué a verla.

—¿Qué día fue?

Tom se encogió de hombros.

El martes pasado.

—¿Se lo has comentado a alguien? ¿A Charlotte?

No, a nadie, y prefiero que quede entre tú y yo. Es mi trabajo, mi carrera. Soy el que dirige todas las salas de exposición, el brazo derecho de Bob, y eso no me arriesgo ni loco a perderlo.

—¿Ni siquiera por la cría? ¿Por eso te sientes impotente? ¿Por eso me lo has contado?

Tom reflexionó.

Sí, creo que sí. Me siento… no, sentirme no: soy impotente. Ella es adulta; joven, pero adulta. Lo más probable es que crea que puede conseguir algo de él. Sé que necesita dinero. Quizás esté pensando que en la siguiente nómina le caerá un buen plus. Su padre ha pasado una mala racha, y ella quiere ir a la universidad. ¿Qué voy a hacer yo, amenazar con contárselo a la mujer de Bob? No es de mi incumbencia.

—¿Y si no trabajaras para Bob Sullivan? ¿Y si solo hubieras sido un cliente, por ejemplo?

Supongo que entonces… mira, no lo sé. Tal vez sintiera lo mismo, y tal vez no.

—Pero tendrías elección. Te correspondería a ti decidir, sin que te lo dictara tu puesto de trabajo.

Sí, exacto. Es tal como dices.

Asentí, satisfecho por decir lo que habría dicho en circunstancias normales.

Pero era como un niño con una caja de cerillas.

—Tom —dije—, perdona, pero es que quiero asegurarme. Dices que la sujetaba por el hombro con una mano y por detrás de la cabeza con la otra. Y a ella le viste la cara.

Sí. Bueno, he dicho que tenía la mano de Bob en el pelo, ¿no? Se lo tocaba, o puede que se lo estirase, pero no de una manera brusca…

—¿Y estás seguro de que era sexo consentido?

¡Sí! Dios mío… Después de lo que ha pasado… Si hubiera llegado a pensar que no era consentido, habría tirado a Bob por el escaparate. ¿Por qué lo preguntas?

Me di un respiro, para desacelerar mis pensamientos y pensar en mi plan. A Tom no le había dado todos los detalles sobre el recuerdo recuperado de Jenny, la posición de las manos de su atacante, una en el hombro y la otra por detrás de la cabeza. Se me ocurrió decírselo, pero al final pensé que no era el momento adecuado. Tampoco es tan raro, cuando fornica así la gente. A los hombres les gusta estirar del pelo, o pasar los dedos por él. También necesitan apoyarse en algo. No es raro, en absoluto. Y sin embargo, en esa situación era tan útil… Tan, tan útil… Estaba como a punto de explotar.

—Perdona, Tom, solo quería asegurarme. Hay que evitar que este incidente se integre de alguna manera en nuestro trabajo, y en tu sufrimiento emocional por lo que le pasó a Jenny. Tienes razón, es una mujer adulta, y por lo que dices sabía lo que hacía y tenía sus razones, por muy tristes que puedan ser. Y Bob creía que estaba disfrutando.

Tom parecía estar dudando un poco de sus impresiones. No le dije nada más. Pasamos a hablar de Charlotte, del trabajo que haría yo con Jenny, de nuevos problemas de Tom con sus padres y de más historias tristes de su infancia. Dejé que se recreara en ellos, mientras yo, implacable, pensaba en el siguiente paso. Mi trabajo con Tom había terminado. De momento.

21

Después de que se fuera Tom, faltaba una hora y media para que viniera Jenny. No había vuelto a verla desde que habíamos recuperado entre los dos aquel recuerdo, aquella pieza única del puzle, la que estaba convencido de que nos conduciría a las demás, hasta que hubiéramos reconstruido —recordado— la historia de principio a fin.

En ese momento, sin embargo, no pensaba en Jenny.

Bob Sullivan. En él pensaba. No me sorprendía que se acostara con otras. Charlotte y yo habíamos hablado de su relación «amorosa», y ella estaba convencida de que Bob la quería de verdad y de que no había nadie más. Creía que Bob estaba atormentado por el amor que sentía por ella, pero yo no me lo creía ni por asomo. El ego de Bob era tan grande como los carteles de la carretera, y los hombres así no quieren solo a una mujer.

Es un tema que no hemos tratado desde que os hablé de la noche en el aparcamiento, cuando Charlotte aún estaba manchada con la sangre de su hija. Hay más cosas que explicar. Habían transcurrido tres meses, tres meses de terapia y de encuentros semanales entre Bob y Charlotte. Esa misma mañana hablamos de nuevo sobre el tema, justo después de que ella me contara que había tenido relaciones con su marido.

—Con Bob ¿qué tal?

Para entonces ya tratábamos de su aventura con la misma aceptación y naturalidad que de su partida de tenis. En mi caso era intencionado. Los amores extraconyugales de Charlotte no tenían nada de normal, pero había que lograr que llegara por sus propios medios a esa conclusión, y lo que menos falta hacía era liarla con mis opiniones sobre su conducta. Yo había estado manteniendo una neutralidad estricta.

Bueno, no sé… Suspiró profundamente al decirlo. *Desde la tarde esa, desde que encontramos a Jenny en la caseta de la piscina, ya no ha sido igual. Nos vemos en una casa del oeste de Cranston. Un amigo le ha pedido que se la vigile mientras está de viaje por Europa. Solo voy cuando viene la mujer de la limpieza, que es el lunes. A Jenny no la dejo nunca sola en casa, o como máximo una hora, si tengo que ir a hacer la compra o a la tintorería. Con amigas nunca salgo. Tampoco juego al tenis. Cuando subo a mi coche y me voy, en lo único que pienso es en Jenny tirada en el suelo…*

Hizo su reseteo: una respiración larga, cerrar los ojos un segundo y un leve estremecimiento, para ahuyentar los demonios.

Pues eso, que los lunes, cuando viene la mujer de la limpieza, me paso tres cuartos de hora en coche para ver a Bob una hora. La verdad es que ya no hablamos. Nos saludamos, él me pregunta por Jenny, le cuento las últimas novedades, le pregunto cómo está, pregunto por sus hijos, y luego nos acostamos.

—Te lo oigo decir con menos de algo. ¿Entusiasmo? ¿Interés?

Es como me siento, con menos de algo. De hecho, la semana pasada llegué a irritarme. Bob tardaba más de lo normal. Fingí un orgasmo para que acabáramos. No sé por qué, pero ese día no me gustó cómo me tocaba. Desde la noche en que nos vimos en

el aparcamiento, cada vez es más así. Qué noche tan horrible…
Parece que tiene una muerte lenta.

—¿Dirías que es por ti, o por él?

Movió la cabeza de un lado al otro.

La verdad es que no lo sé. Decir me dice lo mismo, y hacer
también. Me sigue mandando mensajes de texto.

—¿Los insinuantes?

Bueno, más que insinuantes. Algunos los borro enseguida.
Son pornográficos. Fotos de su erección, descripciones de cosas
que quiere hacer…

Lo dijo como si la asquearan. Tiempo atrás la habían avergonzado, los mensajes. Y excitado.

Siempre me dice que me quiere, pero no es como antes.

—Se te debe de hacer muy difícil. Bob era una pieza importante de tu marco vital.

Me hacía sentir entera. Ya lo hablamos. Conoce mi pasado,
pero aun así me quiere. Todavía me desea.

—Entonces, ¿qué ha cambiado? ¿Por qué ya no funciona
la magia?

Se encogió de hombros. No lo sabía. La miré, y esta vez
fui yo quien suspiró. Me preguntó si estaba molesto con
ella. Contesté que de ninguna manera, y le dije que solo era
cansancio. Con mis clientes nunca hablo de mis sentimientos personales, pero el caso es que me estaba impacientando. Os recuerdo que aún no había tomado el Lorazepam.
Había mantenido el tipo a trancas y barrancas durante casi
toda la sesión.

Dejé que reflexionara por sí sola sobre por qué habían
cambiado las cosas con Bob, aunque sabía la respuesta, claro.
Esa noche, al lado de los contenedores del Home Depot, Bob
no había murmurado las cinco palabras. No había dicho «no

ha sido culpa tuya». Se había interrumpido el suministro de aceptación y perdón, y ahora Charlotte sospechaba la verdad: que todo ese tiempo, cuando la abrazaba y le decía que la quería (aunque se hubiera acostado con el marido de su madre, la hubieran echado de su casa y se hubiera ido a vivir con su tía), Bob mentía. Era un mentiroso con ganas de follar con ella. Todo un experto, pura astucia. Tengo que reconocer que me causaba cierta impresión. De algún modo sabía lo que le podía gustar a Charlotte. Sabía que la Charlotte mala se lanzaría sobre su aceptación con un hambre propia de lo que era, una niña, y que mientras él le trajera la comida, se abriría de piernas sin pensar en su propia satisfacción. Ahora, sin embargo, sus palabras eran huecas. La comida que servía a Charlotte estaba pasada, y a ella le costaba tragársela.

Tuve curiosidad por saber con qué alimentaba a Lila, la de la sala de exposiciones de Jaguar. ¿Qué necesitaba ella con tanta desesperación como para echarse de bruces en un XK plateado y dejar que Bob le aplastase la cara en el capó mientras la montaba como un animal? Tal vez dinero, como había dicho Tom. O el amor de su padre. Podían ser un millón de cosas. Y el muy astuto de Bob lo había averiguado. Sí que me impresionaba, sí.

Algo más tarde, cuando Tom salió de mi consulta, mi cerebro era una auténtica vorágine. Daba vueltas constantemente a lo mismo: *Es demasiado bueno para ser verdad.* Y era cierto. Demasiado perfecto.

Aunque seguramente no os lo podáis imaginar, me levanté y me puse a dar vueltas por la sala como una especie de bestia primitiva. Después de Charlotte había visto a dos pacientes más. Luego había recibido a Tom, y me había enterado de lo de Bob y Lila. Espero que me estéis siguiendo, porque ese viernes fue un día decisivo. La misión de salvar a mi hijo de que lo acusaran se había vuelto una monomanía. Tenía razón mi mujer. De por sí, la acusación cambiaría su vida para siempre. Las redes sociales dejarían su huella, repulsiva e indeleble. También debo reconocer —ante vosotros, no ante mi mujer, porque la pondría aún más nerviosa— que también pesaba mucho en mi ánimo la consecuencia de no poder tratar a Jenny. Ningún padre en su sano juicio habría dejado continuar algo así si existía algún asomo de sospecha. Y yo necesitaba acabar mi trabajo con ella. Qué egoísta, y qué mala persona soy, ¿verdad? Pero ¡qué día tan desesperante!

No tanto, sin embargo, como para no seguir con mi naciente plan.

Jenny llegó a las cuatro casi en punto de la tarde. Tres Kramer en un día. Sumergirme en sus historias me estaba ayudando muchísimo a encajar los detalles. Oí que entraban en la sala de espera. A Jenny siempre la traía Charlotte. También venía Lucas. Daba igual. En cuanto abriera yo la puerta se irían, y me quedaría solo con Jenny durante una hora. Más, si hacía falta.

Acabé lo que estaba haciendo en el ordenador y abrí la puerta.

Empiezo a tener la sensación de que vivo aquí, dijo Charlotte en broma.

Parecía triste. Supongo que había empezado a entender la razón de que Bob hubiera perdido su magia.

Sonreí sin decir nada. Jenny pasó a mi lado y se sentó en el sofá.

—Ahora mismo vuelvo, Jenny. Solo quiero hablar un momento con tu madre.

De acuerdo, dijo Jenny, y sacó el móvil, como cualquier adolescente. Son incapaces de quedarse sentados en silencio. Claro que ese día no estaba en silencio la consulta.

Cerré la puerta, dejando a Jenny dentro. Sola. Hablé con Charlotte sobre nuestra agenda y simulé necesitar que me pusiera al corriente de las novedades que pudiera haber sobre Jenny desde la mañana. Ella no se extrañó. Sacó su móvil para comprobar una serie de fechas y horas. Yo le recordé que los martes voy a Somers.

—Hola, Lucas —dije.

Le di la mano, mirándolo a los ojos. No lo había tratado como paciente, y seguía mirándome como miran los niños a los médicos. Tienen razón en ser aprensivos. Un médico quiere decir que te pasa algo malo, o que puede pasarte. Los médicos te hacen cosas que a veces duelen o incomodan. No me ofendí.

En total no duró más de tres minutos, pero tampoco hacían falta más. Me despedí y entré en mi consulta.

La pantalla de mi ordenador mostraba un anuncio de los concesionarios de Bob Sullivan. Se oía sin parar la voz de Bob. A Jenny no le molestaba. Cuando pasé a su lado de camino a mi mesa, me sonrió.

—Perdona, no me había dado cuenta de que lo había dejado encendido.

No pasa nada, contestó ella.

Apagué el ordenador y me senté en la silla de delante del sofá.

—A veces me gusta ver las noticias, pero estos anuncios los odio. Ya sé que es donde trabaja tu padre. Diría que odio los anuncios en general.

Jenny sonrió. Me acomodé en la silla, orgulloso de haber completado aquella parte del plan, de la misión, pero justo después vi su cara y sus ojos y se me cortó la respiración.

Ya he descrito mis impresiones sobre Jenny. Ya he explicado que durante los meses que pasaron entre la violación y la tentativa de suicidio me desconcertaba. No se mostraba como víctima de ningún trauma, y menos de una violación. Más tarde, cuando supe que le habían administrado el tratamiento, ya me cuadró todo. Creo haber dicho, incluso, que me alivió saber que no estaba perdiendo mi olfato profesional. Después de empezar mi trabajo con ella, y para ser sincero, después de que conociese a Sean Logan, volvió a cambiar. Volvió la vida a sus ojos, como dijo su padre. Nuestro último encuentro, el del miércoles, fue el del paso adelante, el del rayo de luz dentro del apagón total. El recuerdo. La vi desgarrada por el pánico mientras volvía a vivir aquel momento. Vislumbré en ella sufrimiento, shock, terror, pero después revertió todo en simple agotamiento, y cuando se marchó ya era difícil detectar alguna cosa. Habían pasado dos días. Dos días de convivencia con el recuerdo.

Traté de sonreír educadamente, mientras me fijaba en su cara. Fue cuando lo vi. Por primera vez. Vi en sus ojos la violación, al mismo tiempo que la vida.

—¿Qué, cómo ha ido todo desde el miércoles? —logré decir.

Pero ¡qué persona tan horrible soy! Ni yo mismo me creía lo que estaba haciendo. Se me antojaba imposible haber puesto en marcha la más pérfida de las traiciones. Había abierto un camino de regreso a aquella noche. El paciente yacía en la mesa de operaciones y yo estaba a punto de infectarlo con los gérmenes de una mentira. Tenía la oportunidad de devolvérselo todo, la verdad en toda su pureza, pero no, iba a seguir con mi maligno plan y corromperla al servicio de mis propios fines. Todo a fin de salvar a mi hijo. A mi familia. Me dije que podía limitarme solo a eso, pero dejando, encontrando, intacto lo demás. Pero ¿cómo? Aquella corrupción acabaría por sí sola con la verdad. La infección provocada por los gérmenes se alimentaría de la carne sana hasta matarla. Matar la verdad. Mi desesperación era muy honda. La ironía, palmaria. Si daba marcha atrás, interrogarían a mi hijo y me apartarían a mí de mi trabajo. Para salvar a mi hijo tendría que desvirtuar mi labor. ¿Os dais cuenta? ¿Seguro?

En ese momento empezó a hablar Jenny, sobre el recuerdo y sobre que cada vez era más nítido. La mano en la espalda. La mano por detrás de la cabeza. El olor a lejía. El pene de él entrando en ella y la impresión de sentir que lo empujaba cada vez con más fuerza, desgarrándola por dentro. La violación. El dolor. El animal domado. En cuerpo y alma. Domado. Era perfecta, la manera que tenía el recuerdo de enfocarse. No por pensarlo estoy enfermo. Pero era perfecta porque era real. No se había movido de su sitio, protegido con sumo cuidado, pero ahora encontraba la manera de volver, y no solo como serie de hechos: durante los últimos dos días se había conectado a las emociones generadas por él. Ya no flotaban por dentro de Jenny como los fantasmas descritos por Sean Logan. Habían encontrado su lugar, y ahora podían ser reconocidos, y después, por último, procesados. ¡Funcionaba! Jenny se puso a llorar. Sollozaba.

¡Le odio!, se puso a gritar en mi consulta. *¡Le odio!*

—¡Sí! —dije yo, también con ganas de llorar.

Me abrumaba la potencia de lo que habíamos desencadenado en su interior.

¿Por qué me lo hizo?

—Porque sin el poder que te quitó no es nada. Él no es nada, y tú lo eres todo. ¿Lo notas? ¿Notas lo desesperado que está por quitarte el poder? ¿Lo hambriento? El animal es él, Jenny, no tú. No tiene alma.

Por eso me quitó la mía. Me la robó.

—Lo intentó, pero solo te quitó una pequeña parte.

¡Quiero recuperarla! ¿Me oyes? ¡Quiero recuperarla!

¡Cómo me conmovió ese día su fuerza! Asentí y dije lo único que se me ocurría.

—Ya lo sé.

Le dejé un poco de tiempo para asimilarlo, mientras yo me permitía disfrutar del momento, saboreándolo. Acto seguido me tragué hasta el último gramo de integridad que me quedaba y seguí adelante con mi plan.

—Hoy quiero que te concentres en sonidos. Tal vez en una voz.

Jenny estuvo de acuerdo. Su confianza era total. Yo tenía presentes los hechos de la tarde en la caseta de la piscina. En ese momento no disponía de la grabación del detective, pero sí del recuerdo de Charlotte, que me contó lo que dijeron, y que Bob repetía sin parar la misma exclamación: *¡Ay, Dios mío!*

—Puede que se oyeran una serie de cosas, lo que dice la gente en situaciones de mucha emoción. Me imagino que este ser, este animal, se encontraría en un estado de exacerbación emocional. Voy a decirte unas cuantas. Cierra los ojos y deja que entren flotando las palabras, como hicimos con los olores. No las fuerces. Fíjate solo en si despiertan algo.

Jenny abrió su bolso y sacó los accesorios. Se sentó con ellos, como siempre, y luego asintió y cerró los ojos. No puse la música. No le di a oler la lejía. No quería que volviera a la noche del bosque, sino a la tarde de la caseta de la piscina.

Ahora veríamos. Pondríamos a prueba las teorías y estudios sobre la memoria. Cuando Bob Sullivan le hacía un torniquete en las muñecas, intentando salvarle la vida, Jenny estaba inconsciente. ¿Se habría quedado la voz de Bob en algún sitio? ¿Permanecerían sus palabras en espera de que las sacaran de las pilas de archivos? ¿Podría yo sacarlas y rearchivarlas, no en la tarde de la caseta, sino en la noche del bosque?

Jenny cerró los ojos.

—¿Preparada? —pregunté.

Asintió. Yo respiré, sacudí la cabeza, asqueado conmigo mismo y con lo que estaba a punto de hacer, y empecé a pronunciar las palabras.

—Ay, Dios mío… Dios mío… Sí… ¿Te gusta?… Sí… Ay, Dios mío… Mmmm… Uhhhhh… ¡sí!… Ay, Dios mío… Dios santo… Cielo santo… Dios santo… Ay, Dios mío, Dios mío, Dios mío…

22

Jenny no atribuyó equivocadamente el recuerdo de la voz de Bob Sullivan a la noche de la violación. ¿Os habíais pensado que sería tan fácil? La sesión fue solo el principio. Era una pequeña semilla plantada en suelo fértil. Harían falta más que nuestras sesiones. Más que el truco de poner el anuncio de Bob justo antes de nuestras sesiones. Si fuera tan sencillo este trabajo, podría hacerlo cualquier imbécil. No es tan sencillo. Tampoco lo era mi plan. Sin embargo, hasta el lunes no se podía hacer nada más.

Esa noche volví a mi casa esperanzado. Y destrozado.

Me esperaba mi hijo. Estaba molesto por que su madre lo hubiera retenido en casa un viernes por la noche.

—Hola —le dije.

Estaba en la sala de estar, jugando a la Xbox. Después de saludarme con un «hola» nervioso y de darme un beso en la mejilla, mi mujer se quedó en la cocina.

Me quedé en la entrada, sin cruzar el umbral. Jason me daba la espalda y con los cascos a tope no podía oír nada. Unos soldados estaban matando a combatientes en un pueblo. Mi hijo usaba un cuchillo para rebanarles el cuello. Gritaba a sus amigos, que jugaban con él por Internet. Eran gritos en broma, seguidos por risas. Apareció por detrás un combatiente y le clavó un cuchillo a mi hijo, que primero gritó y luego se rió a carcajadas.

Joder, pero qué burro eres, le dijo a su amigo. *¿Dónde estabas? ¿Qué? Ah, que del puente no podías pasar. Tío, que para cruzar el puente tienes que subirte al autobús. Me has matado, tío. Bueno, total… Ja, ja, ja.*

Habían pasado menos de dos días desde la noticia de que mi hijo tenía una sudadera azul con un pájaro rojo. Y desde que me di cuenta de que el que entraba en el bosque la noche de la fiesta tenía que haber sido él. Mi mujer y yo habíamos hablado de lo que haríamos para protegerlo.

Siempre me ha fascinado el vínculo entre padres e hijos. Seguro que a estas alturas ya os habéis dado cuenta. Lo llevamos dentro. Por eso estamos aquí. Para fornicar, procrear y morirnos protegiendo a nuestras crías. En ese aspecto somos animales, pero también tenemos una moral, que es lo que nos distingue de los animales. Me da lo mismo lo que diga todo el mundo sobre los animales. Moral no tienen. Cualquier conducta animal que imite la moral es pura coincidencia. Los impulsa la necesidad de sobrevivir, y a veces esta necesidad, este instinto en bruto, hace que actúen de manera «moral»: cuando protegen a un miembro vulnerable de su tribu, cuando forman un rebaño para evitar que se los vaya comiendo uno a uno un león, cuando aceptan en su tribu o rebaño a miembros de otro… El objetivo siempre es la supervivencia. De algún modo sale ganando el rebaño. Luego hay la misma cantidad de conductas inmorales: cerdos macho que matan a sus propias crías para qué la madre no les dé de mamar y vuelva a ser fértil, rinocerontes viejos marginados por el grupo porque vivos ya no sirven de nada, perras que se comen literalmente a sus crías recién nacidas con algún defecto… No pararía.

Lo veo en la cárcel, donde se desnuda a las personas de las fuerzas de la socialización. Lo veo en los trastornos del Eje II, en gente sin empatía, sociópatas. No estamos lejos de los animales. Incluso lo que nos distingue es frágil. Pero existe.

Tras observar a mi mujer, he llegado a la conclusión de que no descarta la posibilidad de que Jenny Kramer fuera violada por nuestro hijo. Ha sido difícil aceptarlo, porque sé que Jason es inocente, y me perturba la ambigüedad de Julie. No es que ella no le quiera. Si me pusiera a investigarlo, ya sé qué encontraría. No puede explicar su presencia en el bosque, ni lo de ir afeitado, ni lo de la lejía. Reconozco que son obstáculos difíciles de superar. Por eso ha tomado un camino mental menos arduo, el de la justificación. Quizás estuviera drogado. Quizá se propasara sin querer y se le fuera de las manos. Quizá lo siguiera algún amigo, y también participara, y fuera el amigo el más violento. Nuestro hijo seguro que no pudo hacer lo que dicen. Además, la chica no se acuerda, ¿verdad? Los «hechos» de la violación todavía son puras hipótesis. El relato que habían construido estaba plagado de lagunas.

Julie se refirió a las tristemente famosas violaciones entre adolescentes del sur del estado. Los dos nos acordábamos del juicio a aquel muchacho y de las pruebas aportadas; de cómo fueron perseguidas las víctimas y desmenuzadas sus versiones. Él las conocía a todas del colegio. Lo acompañaron por su propia voluntad. A pesar de todo terminó en la cárcel, pero las dudas seguían en pie. Sus padres, que lo adoraban, se gastaron una fortuna en su defensa. No cabía duda de que nosotros haríamos lo mismo por nuestro hijo.

Años después, cuando salió en libertad condicional el violador adolescente, miramos la vista por cable. Parecía muy buen hombre, arrepentido y lleno de remordimientos. Rehabilitado. Luego hablaron sus víctimas. Contaron sus versiones por primera vez sin ser interrumpidas por ningún abogado sagaz, y a

Julie y a mí nos impactó lo que oímos. Eran historias horribles de violencia, violación, sodomía, obscenidades verbales y estrangulamiento. Años antes, la prensa no había expuesto los datos con veracidad. Todo se había tergiversado al servicio de crear una polémica interesante, la palabra de uno contra la de otro. Al final le denegaron la condicional, y el joven educado sufrió una transformación. Se volvió beligerante. Mi mujer dijo que de pronto le veía en los ojos la «locura». Personalmente, fue una decepción no haber detectado su trastorno del Eje II. Hoy, después de haber trabajado los últimos años en Somers, lo vería.

A lo que voy es a lo siguiente: Julie sacaba el tema porque quería cerciorarse de que yo protegería a nuestro hijo de la misma manera que aquella familia al suyo. Quería asegurarse de que sería así incluso si yo terminaba creyendo que Jason había violado a mi paciente. Aunque resultara ser un sociópata. A ella la tranquilizó mi convicción. A mí me inquietaron sus suposiciones.

El caso de esa familia siempre había despertado mi curiosidad. Me preguntaba si sabían que era culpable y no les importaba, o bien se aferraban a cualquier prueba dudosa y se convencían a sí mismos de que las víctimas eran unas simples busconas arrepentidas, a fin de poder creer en la inocencia de su hijo y justificar lo que hacían ellos. También reconozco haber pensado para mis adentros, con algo de frivolidad, que mi nutrido arsenal de conocimientos psicológicos me habría dado una gran habilidad para crear justificaciones. Esas preguntas no me hacía falta contestarlas. Tampoco hacía falta que pusiera a prueba mi teoría sobre mis capacidades. No compartía la ambigüedad de mi mujer para con mi hijo.

Me acerqué al televisor, tapándole a Jason la pantalla. Él intentó esquivarme mirando hacia ambos lados mientras sus dedos se movían por el mando. Al final me miró a la cara, y supo que había llegado la hora de la conversación anunciada por su madre, la razón de que aún no hubiera salido pese a ser una noche de fin de semana.

Tengo que irme, les dijo a sus amigos.

Pulsó unos cuantos botones y soltó el mando. Desapareció su avatar. Yo apagué el televisor.

No os aburriré entrando en detalles sobre lo que dijimos. Me limitaré a especificar que le hablé de Cruz Demarco, el hombre del Civic azul, le expliqué que Demarco vio entrar en el bosque a alguien con una sudadera azul con un pájaro rojo justo a la hora de la violación y expuse los datos que, si llegaban a saberse, lo convertirían a él en sospechoso. El afeitado. La lejía. La sudadera. Lo que tenía remedio era lo último.

Vi que procesaba la información. Dentro de su cráneo vi el cerebro de su madre, no el mío.

—¿Te das cuenta de lo que digo? Volverán a interrogarte.

Ya lo sé. Están llamando a todo el equipo de natación.

—Que quede clara una cosa: yo sé que no le hiciste nada malo a Jenny Kramer.

¡Es que no le hice nada!

Se le notaba el miedo en la voz.

—Ya lo sé, pero supongo que te das cuenta de cómo quedarás. Te preguntarán si te habías afeitado, no solo las piernas, sino todo. Y también te preguntarán por la sudadera.

Esta vez no dijo nada, y así fue como lo supe. Se había afeitado en todas partes. Y a la fiesta había ido con la sudadera.

—Jason... Tan lejos no puede llegar tu memoria, ¿no?

Me miró con una cara rara, pero luego empezó a entenderlo. Yo le solté el sermón de que el mundo es injusto. Luego le expliqué qué podrían usar contra él y vi que era consciente de lo que había que hacer. Hablamos de moralidad y de las poquísimas veces en que es aceptable cruzar el límite y ser un animal. Una de ellas era la supervivencia.

—Eres inocente y como tal mereces que te traten. La conclusión es esa.

Vale, papá.

—Bueno. Solo quiero saber una cosa de esa noche, para estar seguros de que lo tenemos todo en cuenta. Tengo que saber qué hacías en el bosque.

Mi hijo mintió. Y lo hizo mirándome a los ojos. Creía poder engañarme. Me subestiman en mi propia casa.

Al bosque ni me acerqué. No salí de la casa.

—Jason, por favor, que te vieron.

¡No estuve, te lo juro!

—¿Y no dirá nadie lo contrario, a excepción del vendedor de droga?

¡No, te lo juro!

—¿Y la sudadera? ¿Por qué estaba en el suelo de tu armario?

No lo sé. Tengo el cuarto hecho un desastre. A veces, cuando llego a casa, lo tiro todo al armario.

Me impresionó una vez más mi vínculo con un mentiroso tan endeble y mediocre. En ese momento me asqueó. Aun así, persistí en mi plan de protegerlo a cualquier precio. Un precio muy alto. Sentí en lo más hondo, hasta el tuétano, el odio a mi propia persona. Y como se me hacía insoportable pensar en el esfuerzo que debería hacer para llegar algún día a perdonarme, no lo hice.

Nos pusimos de acuerdo sobre lo que había que hacer. Él se fue a su cuarto, a borrar cualquier foto con la sudadera que pudiera estar colgada en alguna red social. Parecía entender las restricciones que había puesto yo, los límites en mi disposición a mentir por él y cubrirle la espalda. El hecho de que solo lo hacía por creer que era inocente de la violación. No le dije que habría dado igual. Ni que su madre no estaba tan convencida como yo.

Salió al cabo de una hora, para ir con sus amigos. No sé qué mosca me picó, pero me tomé un whisky grande, y luego me llevé arriba a mi mujer y me la follé como Bob Sullivan a la secretaria.

No nos quedamos en la cama. Mi mujer me dio un beso, sonrió y se fue a la ducha. La sangre corría con fuerza por mis venas. Rogué a la sangre que me condujese hasta el pensamiento que sabía que estaba oculto en mi interior. Y que me torturaba. Follarme a mi mujer como un animal no lo había ahuyentado.

Cerré los ojos y dejé que surgiera de la oscuridad. Durante todo ese tiempo me había preocupado que mi hijo estuviera en el bosque porque podían acusarlo de ser el violador.

Mi hijo estaba en ese bosque. Mi hijo estaba en ese bosque con el violador.

Se me escapó un grito ahogado.

Santo Dios, pensé.

Mi hijo podría haber sido la víctima.

23

El fin de semana fue incómodo, y emocionalmente doloroso. Mi mujer lloró varias veces, casi todas en el lavabo, con el grifo abierto. Salía con la cara y los ojos rojos. Mi hijo, más callado de la cuenta, se iba casi siempre a entrenar a la piscina. Luego salía con sus amigos. No tenía ganas de estar con nosotros.

Por mi parte, sojuzgué mis temores y los puse en una estantería, dentro de una caja, como hace siempre mi mujer. A mi hijo no lo habían violado. Pensar en lo que podría haber pasado era desperdiciar recursos mentales. Centré mis preocupaciones en lo que aún constituía una amenaza para Jason.

El tiempo que tuve para resetear mi cerebro fue productivo. El lunes, cuando vino Sean Logan para su sesión, ya estaba fraguado otro aspecto de mi plan.

Sean no lograba ir más allá de la puerta roja. A pesar del empeño que poníamos en el proceso, no recuperábamos nuevos recuerdos. Yo había empezado a pasar de la contrariedad a la resignación. El estallido pilló a Sean de refilón. Quien lo recibió de lleno fue su compañero, Héctor Valancia, que según el informe de los investigadores estaba justo encima, como si observara un artefacto explosivo casero. Aun así, Sean quedó inconsciente, y es muy posible que los recuerdos más próximos a la explosión no llegaran a ser archivados.

Entró sonriente, con una tranquilidad rara en él.

—¿Cómo estás? ¿Cómo ha ido el fin de semana? —le pregunté.

Se sentó y se dio unas palmadas en las rodillas.

Pues bastante bien, doctor. Bastante chulo.

—Me alegro. ¿Por algo en especial?

No sé. Que está empezando a cambiar el tiempo.

—Sí, por fin se ha derretido toda la nieve, ¿no? Este año ha tardado bastante.

Ni que lo diga. El sábado llegamos a los quince grados, y hacía sol. Me llevé al crío a un partido de los Bluefish. Estaba igual de emocionado que si fuera la Serie Mundial.

—Suena muy bien. ¿Y Tammy?

Bueno, por ahí.

—¿Algún arrebato?

No, ni uno. Los medicamentos por fin hacen efecto.

—No es solo la medicación, Sean. Llevas más de un año con la misma pauta. Es el trabajo que estás haciendo.

Nunca he conocido a nadie tan humilde y modesto como Sean. Aunque nos hubiéramos quedado encallados en el proceso de recuperar recuerdos, hacía un esfuerzo enorme por controlar su conducta, reconocer sus emociones, sus «fantasmas», y ordenarles que se retiraran antes de que empezara a dar más puñetazos a las paredes de su casa. A su mujer y su hijo nunca les había pegado. Antes se habría disparado un tiro en la cabeza. Aun así, era aterrador estar junto a él cuando perdía el control. Cuando salían vencedores los fantasmas.

Se encogió de hombros y miró la alfombra.

—Tienes que aceptar el mérito de tus propios éxitos, Sean. ¿Qué crees que te ha ayudado?

Yo ya sabía la respuesta, pero tenía curiosidad por si la diría en voz alta.

No sé.

—¿Podrías describirme algo en concreto, como las sensaciones que tuviste en el partido de béisbol, con tu hijo? Hasta ahora siempre era todo mecánico. Fingías que disfrutabas para que no se sintiera rechazado. ¿Este sábado también ha sido así?

No, qué va. Hubo un momento… Nuestro equipo tenía cargadas las bases. Toqué a mi hijo con el codo y le dije: «¡Ahora viene lo bueno, grandullón! ¡Están cargadas las bases!» Él puso unos ojos como platos. Se levantó, se agarró a la baranda y empezó a dar saltos, diciendo: «¡Ya, ya, ya!» Y yo: «Que sí, chaval, que ahora viene lo bueno, ¿eh?» En el fondo él no lo entendía; la verdad es que no creo que entienda nada de lo que hacen, pero cuando me miró, seguía tan feliz… No se podía contener, como si fuese a explotar de la alegría.

Su voz empezó a temblar.

—No pasa nada, Sean.

Con este permiso se le empañaron un poco los ojos. Solo un poco.

Caray… Perdón, doctor. Es que… es que fue muy fuerte. Aún lo siento.

—Tranquilo, Sean, que está muy bien. Es bueno sentir cosas. Ya sé que dedicamos mucho tiempo a intentar no sentir las que no te corresponde llevar dentro, pero esta sí. Esta alegría abrumadora sí te corresponde, y mucho.

Ya. Jo, es que… Supongo.

—¿Y Philip? ¿Qué hizo, después de dar saltos de alegría?

Sean sonrió de oreja a oreja.

Me miró y dijo… uf… un momento… ya está… dijo… «¡Papá! ¡Cómo te quiero!»

Derramó unas lágrimas más. Yo le di un kleenex. Fue tan bonito… A pesar de un fin de semana retorcido, y de la corrupción de mi alma, nada menos, me conmovió ver a esa mole, a aquel hombre tan fuerte, totalmente devastado por el amor a su hijo.

—Sean —le dije—, lo que sientes ahora mismo… ¡es algo bueno! Es amor. Sentiste amor por tu hijo, y aún lo sientes. ¿Qué más?

Pues que estoy agradecido. Agradecido, qué carajo. Un crío tan pequeño, una vida tan pequeña en este mundo de locos, y voy yo, no sé cómo, y consigo llenarlo de alegría. Solo con una hora en coche hasta Bridgeport y comprándole un perrito caliente.

—Pero ¡si eso fue lo de menos! ¿No te das cuenta? Lo que sintió Philip fue tu amor y tus ganas de estar con él. ¡Por eso se puso tan contento! Por ese vínculo. En este mundo de locos hay un hombre fuerte y grandullón que le quiere, y que hace que se sienta seguro. Tu hijo sabe que tendrá un hogar, no unas paredes y ventanas, sino un hogar dentro del corazón de otra persona. ¡En eso consiste ser humano!

Sean me miró de una manera rara. Me di cuenta de que me había emocionado mucho más de lo que suelo permitirme. Respiré para dominarme. Tenía los nervios de punta y ahora exponía con toda visceralidad mis sentimientos.

—Lo que acabas de sentir al acordarte… ¿Ves como están conectadas nuestras emociones y nuestros recuerdos?

Fue un cambio rápido de marcha, de una admirable precisión.

¡Y tanto! Lamento haber perdido los papeles. Mierda. Yo nunca lloro, doctor. Nunca.

—¿Te imaginas sentir algo igual de fuerte pero sin saber por qué?

Sean se rió.

Seguramente pensaría que me había enamorado de usted, como mínimo, ¿eh, doctor?

Nos reímos los dos.

—Seguro. O de una desconocida por la calle. Sería muy embarazoso.

Ya lo pillo. No me importaría que fuera uno de los fantasmas. Este, por mí, se podría quedar.

—Supongo que a todos nos iría bien un poco más de alegría espontánea. ¿Quieres seguir trabajando en la recuperación de recuerdos?

Venga, adelante.

Me levanté y fui a buscar mi ordenador portátil, que estaba en mi mesa. Siempre trabajábamos con la simulación en marcha.

—Bueno, a ver. Primero una pregunta, si me lo permites. ¿Esta semana irás al grupo?

Observé su cara con detenimiento. Eran las sesiones donde coincidía con Jenny. En los últimos meses, desde que participaba ella en el grupo, ninguno de los dos se había perdido ni una.

Sí, claro.

Su naturalidad fue un poco demasiado ostentosa.

Yo sospechaba que la relación entre los dos se estaba volviendo más estrecha. No es por desmerecer mi eficacia, pero se había producido un cambio brusco en el estado de ánimo de ambos que no se podía correlacionar con los avances, o no avances, del trabajo con la memoria. Le pregunté a Jenny por Sean. De hecho tenía miedo de haber sido demasiado insistente, porque ella empezaba a preguntarse si estaba mal lo que hacían. Se le notaban las dudas en la voz.

Y no estaba mal. ¿Cómo iba a estar mal, si los ayudaba a los dos? Lo que ocurre es que habían pasado de los mensajes de texto y de Skype a tomar café juntos y dar largos paseos. Sean hacía trabajos esporádicos. Jenny no iba al instituto. Agarraba la bici y se iba a Fairview, desde donde salían en coche a sitios donde no fueran reconocidos. Charlotte se creía que estaba de compras o con sus amigas. Estaba encantada de que su hija saliera de casa. A mí me dijo que siempre que Jenny se iba al pueblo la veía contenta, contenta de verdad. En ese sentido Charlotte se quedaba muy tranquila. Jenny nunca tardaba más de un par de horas en volver.

Estos encuentros furtivos los sabía por boca de la propia Jenny y me sentía obligado a guardar el secreto, pero la cuestión es que Sean tenía veinticinco años y estaba casado, mientras que Jenny tenía dieciséis... Era de esos dilemas de los que nunca te olvidas del todo, como cuando hay una pequeña grieta en el techo. En el trajín diario no piensas en ella, pero de vez en cuando se te va la vista y te preguntas: ¿se ha hecho más grande? ¿Tocará arreglarla? Yo no dejaría que la relación se volviera sexual. No dejaría que se cayera el techo. Por otra parte, nunca sabemos cuándo cederá el yeso. No podemos ver lo que hay detrás.

El amor a su hijo lo sentía Sean a causa de su conexión con Jenny. Ambos tenían algo único en común, una comprensión que iba más allá de la empatía que pudiéramos aportar yo y las otras personas de su vida. Y de esta comprensión nacía un vínculo. Un vínculo que le proporcionaba a Jenny un hogar, un sitio donde estar a salvo. Y a Sean poder.

Cuando Sean la llamaba en plena noche, crispado de rabia, con el puño apretado, Jenny sabía lo que sentía. No hacía falta que le dijera nada. Solo tenía que escuchar. Y Sean, con ella, igual. Antes de recuperar el pequeño recuerdo de su violación, Jenny me explicó cómo era estar con Sean.

Lo pienso durante horas. Cierro los ojos y nos veo a los dos en el bar, o dando un paseo a la orilla del lago. Le veo la cara y repaso todo lo que quiero contarle, como si ensayara una obra de teatro o algo así. No puedo pensar en los deberes que me ha puesto el profesor particular, ni en la agenda de mi madre, ni en nada. Me imagino que junto todos los malos sentimientos y los meto en una bolsa de la basura, de esas negras y enormes. Lo voy echando todo en una bolsa: el ardor de estómago, la taquicardia, el miedo de todo y de nada, la sensación de que nada es lo que parece, la desorientación... Todo lo que hablamos aquí y que me volvió tan loca que intenté matarme. Luego cargo la bolsa en la parte trasera de mi bici y veo el coche de Sean, que sale, coge enseguida la bolsa, la mete en el maletero y durante todo el tiempo que pasamos juntos es como si no estuviera. ¡De verdad, como si no estuviera! Y pase lo que pase, tanto si solo hablamos de tonterías como si lloro todo el rato, o él se pone a despotricar sobre lo que lo ha enfadado durante la semana, da igual, porque la bolsa de basura está en el maletero.

—¿Y al volver al pueblo, cuando aparca Sean, salís y le quitas el candado a la bici? ¿Te devuelve la bolsa?

Normalmente sé la respuesta de lo que pregunto, pero esta vez no la sabía.

No, no me la devuelve. Sería incapaz. Lo que pasa es que siempre hay más basura.

—Lo siento, Jenny. Debe de ser muy duro saber que cuando se marcha Sean con la basura no es que haya desaparecido para siempre.

Ya, pero lo bueno es que sé que en una semana, diez días, o el tiempo que sea, podré darle la bolsa, y que durante ese rato me liberaré de ella. Por eso cuando aparece la basura me imagino que la meto en la bolsa y ya está. Luego aparece más, y también la meto en la bolsa. Voy llenando la bolsa hasta que la cargo en la bici y se la llevo a Sean.

Yo no puedo guardarle la bolsa a Jenny. Tampoco sus padres, ni sus amigos, ni el resto del grupo de terapia. Solo Sean. ¿Os imagináis tener ese poder?

Sean a Jenny no le da su bolsa de basura. No es que se lo haya preguntado; de hecho nunca le he hablado de Jenny, porque siendo tan buena persona solo le falta sentirse más culpable, pero lo sé. No le procuraría ningún tipo de satisfacción descargar su peso en otras personas. Lo que le satisface, lo que le da alegría, es el poder de guardar la de Jenny. Llevarse la bolsa de la basura de Jenny da sentido a su vida, y una razón para levantarse cada mañana. Una razón para seguir luchando. Una razón para vivir.

Sean quería a su hijo, sí. Me faltaba por saber si a su esposa también la quería o era pura obligación. Nunca habían pasado un día tranquilo juntos. En todo caso, a Philip lo quería y su relación con Jenny daba alas a ese amor. Jenny había encontrado un agujero de gusano para circundar el sentimiento de culpa de Sean, y sus fantasmas. Contra el poder que le daba Jenny a Sean, los fantasmas no podían nada. Ese poder era como un campo de fuerza invisible que rodeaba el amor de Sean, protegiéndolo y haciendo que no pareciera haber ningún peligro en salir del escondite.

Qué frustrante es esto. Mezclo tantas metáforas... Me cuesta mucho explicarme.

¿Convenimos, como mínimo, en que había algo muy especial entre los dos?

El problema es el siguiente: que él es un hombre y ella una mujer; joven, sí, pero mujer al fin y al cabo. Y cuando hay un vínculo tan fuerte, quiere llegar hasta el final del mundo. Y para un hombre y una mujer, el final del mundo implica sexo. No a veces. Ni quizá. *Siempre.*

Me senté frente a la mesa que había entre los dos. Actuaba despacio, porque la llamada telefónica se retrasó cinco minutos respecto a la hora que solicité por la mañana.

—Lo siento mucho, Sean, pero tengo que ponerme. ¿Te importa esperar un poco?

Tranquilo, doctor, contestó.

Respondí en la pequeña sala que hay entre mi consulta y el lavabo. Cerré la puerta, pero no del todo.

—Gracias por llamarme, inspector Parsons —dije por el móvil.

Aun estando tan cerca del resquicio de la puerta, no bajé la voz.

No hay de qué. ¿Dices que quieres que investigue algo? ¿Hay alguna novedad con Jenny, algún recuerdo?

—Algo parecido. Ahora te lo explico, pero que quede entre los dos, ¿me entiendes? Cuando te lo explique seguro que lo entenderás.

Soy todo oídos, Alan. ¿Qué pasa?

Mi corazón latía como loco. Me sentía corrompido. Después de una mañana repleta de bondad, de oír contar a Sean su momento con Philip, compartiendo sus lágrimas, sintiéndolo como algo tan puro y sagrado… Ahora me disponía a seguir adelante por mi senda de maldad.

Sean era la luz y yo la oscuridad. Él era bueno y yo malo. Sean estaba limpio. Y yo sucio.

Seguí, haciendo de tripas corazón. El niño con la caja de cerillas. Acababa de encenderse una.

¿Alan? ¿Me oyes? ¿A quién querías que investigase?

Lo dije. Tal cual. Bastante alto para que me oyera Sean.

—A Bob Sullivan.

24

El día siguiente era martes. Fui a Somers, como de costumbre. Me alivió la compañía de los delincuentes, y que me gritaran, me faltaran al respeto y me engañaran. Fue un alivio que me preocupó. ¿Tan despreciables eran mis crímenes como para hacerme sentir merecedor de esos abusos? ¿Me esperaba una vida de martirio, en pago por las deudas de mis transgresiones? Pues preferiría irme a la tumba, con el pobre Glenn Shelby, que vivir así.

Fue un día fácil, para lo que es Somers; a menos que solo fuera fácil en comparación con la semana que había tenido en Fairview… Vinieron los buscadores de pastillas de siempre, a abusar de mi paciencia. Los presos que las merecían de verdad ni se curaban ni agradecían el pequeño alivio que les procuraban mis recetas. Los funcionarios me recordaban lo deprimente que puede ser la vida si no tienes la precaución de preparar bien el camino y construirte una buena casa. A pesar de todo, no hubo nada ese día que me intranquilizase.

He hablado muy poco sobre mi familia, mis padres y mi hermana. No parece que tenga pertinencia en esta historia, pero gran parte de lo que os he contado se refiere a percances y trastornos de la infancia, de modo que quizá sea mejor, para entender los motivos de mis actos, que tengáis algunas piezas más, esta vez de mi puzle.

Ya sabéis que mis padres eran muy buenas personas, llenas de generosidad. Los veo una vez al año, en verano. En eso Julie se porta muy bien. Ir a verlos requiere planificación y esfuerzo, en el sentido de que hay que ir en avión. Ahora que son mayores no les gusta viajar, por lo que recaen en nosotros las obligaciones del desplazamiento. A mi hermana le llevo diez años y tenemos muy poco en común. Es profesora de Historia en Londres. No se ha casado, pero parece feliz. Por Navidades siempre nos envía una postal con una foto de ella y sus dos labradores.

Creo que de momento ya es bastante. Espero haberos dado pruebas de que los motivos que me hicieron ayudar a mi hijo nacían del instinto, egoísta pero normal, del padre que desea proteger a un hijo, no de algo más pérfido o corrupto. Siento la necesidad de justificarme y de justificar mis actos. Se trata de una manifestación de mi sentimiento de culpa. A mis pacientes siempre les digo que de la culpa no sale nada bueno. Nos lleva por caminos que no son los indicados para quien pretenda progresar. Es una emoción retrospectiva por definición. ¿No veis que a mí ya me ha apartado de lo que tenía entre manos?

Eran días arduos, y no se me pasó por alto que también necesitaba ayuda, ayuda de mí mismo. Dicen que los peores pacientes son los propios médicos. Se debe al poder tan increíble que hay en nuestras manos: de curar, si somos competentes, y de perjudicar, si no lo somos. Mezclarnos con los destinatarios de nuestro propio poder es humillante. Demasiado, para algunos. Se necesita un ego muy fuerte para mantener el grado de confianza necesario para ejercer nuestro poder. Cualquier vacilación, la menor duda, nos impedirían proceder al cumplimiento de nuestras obligaciones. Imaginaos que tenéis en la mano un cuchillo, un escalpelo, y que debajo del filo hay carne blanda. Del movimiento de vuestra mano depende la vida del paciente que está en la mesa de operaciones. O en mi caso un bolígrafo, las palabras que, una vez escritas, harán penetrar sustancias químicas en el cuerpo del paciente, alterando su cerebro. El cerebro, que controla el cuerpo. Admitir debilidades, aceptar ayuda… De ahí a que el médico deje de serlo parece haber solo un paso.

Yo me he medicado poco a lo largo de mi vida, y no era el momento de empezar. Me limité a pequeñas dosis de Lorazepam. Gestioné mi ansiedad como estaban obligados a hacerlo Jenny y Sean con las suyas. Me dije que así reforzaría mi empatía y sería mejor terapeuta, aunque no fui tan tonto como para no darme cuenta de la diferencia. Jenny podía permitirse llorar todo el día, o meter sus emociones en la bolsa de basura y dárselas a Sean. Él tenía el lujo de contar con paredes en las que estampar su puño y kilómetros de carretera por los que correr. Contaba con Jenny para alimentar sus objetivos en la vida. Yo, por el contrario, carecía de esos lujos. Tenía que acudir al trabajo y recibir a mis pacientes. Tenía que sonreírle a mi mujer y asistir a las competiciones de mi hijo. Tenía que apoyarlo, pero al mismo tiempo ser estricto en su conducta. Y tenía también que poner mi plan en práctica con moderación. Con precisión.

Fue pasando el resto de la semana. El viernes vi a Tom, cada vez más enfadado con el inspector Parsons por no encontrar al chico de la sudadera azul. El jueves vi a Charlotte, que había tenido otro encuentro insatisfactorio con Bob y otra pelea con Tom, aunque se estaba centrando en el vínculo recién forjado con su hija. Me dijo que Jenny había vuelto un poco disgustada de la sesión de grupo del miércoles. Me preguntó si había pasado algo y yo le dije una mentira. Con Jenny el trabajo fue sobre voces y sobre las palabras *Ay, Dios mío, ay, Dios mío*. Con Sean sobre la puerta roja. Ambos tenían la cabeza en otra parte. Algo me escondían, uno y otro. El miércoles por la noche, después de la reunión del grupo, estuvieron hablando mucho tiempo en el pasillo. Charlotte esperaba fuera, en el coche. Fueron saliendo los otros pacientes. Todo acabó en un largo abrazo, que observé sin ser visto.

De lo ocurrido lejos de mi consulta no me enteré hasta la semana siguiente, a pesar de que todo era obra mía, por supuesto.

La primera en informarme fue Charlotte, que me llamó el siguiente lunes para preguntar si podía venir. Pasó corriendo en cuanto cerré la puerta de la consulta y se puso a llorar y hablar al mismo tiempo, sin aguardar a que me sentara.

Pero ¡qué mal, qué mal!

—Respira, Charlotte. Cierra los ojos. Hay tiempo de decirlo todo, de que me lo cuentes todo, o sea, que... tómate un momento para controlarte.

Bien, bien.

Me hizo caso. Yo esperaba, aturdido por la expectación. La entrevista con Jason estaba programada para la semana siguiente. Parsons ya sabía que mi hijo formaba parte del equipo de natación y que había estado en la fiesta. Hablaremos de eso a su debido tiempo. Empezaba a pensar que mis medidas eran infructuosas, y me preocupaba. La cerilla encendida y arrojada al suelo parecía haberse apagado sin prender fuego a nada. Me quedaba poco tiempo. ¿Estaba equivocado? ¿Se había incendiado algo? Charlotte abrió los ojos, ya sin llorar. Y dio respuesta a mi pregunta.

Va todo mal. Tu trabajo con Jenny y los recuerdos que está recuperando se confunden, y ahora se cree... Dios mío...

¿Te lo ha contado? Dice que no se lo ha explicado a nadie, pero solo puede haber pasado aquí... ¡Tiene que haber sido aquí!

—No corras tanto, Charlotte. Explícame qué ha dicho Jenny y podré decirte si sé algo.

Los pensamientos de Charlotte estaban desbocados. Se lo vi en la mirada. Supuse que había pasado casi toda la noche dando vueltas a las mismas ideas, hasta convertirlas en un simple amasijo de cabos sueltos.

Se cree que fue Bob. ¡Jenny se cree que la violó Bob! ¿Te imaginas?

—Ya. —Llevaba días practicando el tono de mi reacción, y sé que me salió perfecto, porque Charlotte se mantuvo centrada en la crisis—. ¿Cómo ha pasado?

¿Cómo quieres que lo sepa? Dice que habéis estado trabajando con voces y palabras. Dice que se acuerda de la voz de Bob. Me ha puesto anuncios suyos de coches por YouTube. Pero si se lo habrá encontrado mil veces en los concesionarios y en el pueblo. ¡Que es el jefe de Tom, por Dios!

—¿Te ha dicho cuándo fue? Es verdad que hemos estado trabajando con palabras y voces, pero durante las sesiones no ha recordado nada. Yo ya iba a darlo por perdido.

Charlotte se balanceaba en el sofá, apretándose el cuerpo con los brazos a la vez que meneaba la cabeza, tics muy habituales en la ansiedad aguda.

Dice que le vino de golpe. Ayer estuvo muy callada durante la cena. Luego se fue a su habitación y oí la voz de Bob en los anuncios. Entré y le pregunté qué hacía. Cuando apartó la vista del ordenador tenía la cara llena de lágrimas. Estaba como el día en que se acordó del momento de la violación.

—O sea, ¿que se ha acordado de algo y siente que es real?

¡Pues claro que se acuerda de algo! ¡Pero mal! Se acuerda de la voz de Bob por la tarde en la caseta de la piscina… ¡Cuando él ayudó a salvarle la vida! Pero ¡la ha situado en la noche de la violación! ¡Se cree que oyó su voz mientras la violaban, no mientras la salvaban! ¿Te das cuenta? ¡Lo confunde todo!

Me froté la barbilla con la mano y aparté la vista con el ceño fruncido y las debidas dosis de sorpresa y de preocupación.

—Puede ser perfectamente. No se me había ocurrido que pudiera tener algún recuerdo de cuando se quedó inconsciente aquella tarde, pero la verdad es que es muy posible. La gente en coma oye cosas y se les forman recuerdos. Depende de lo que haga el cerebro mientras está inconsciente. Intervienen muchos factores.

Me quedé callado, como si estuviera pensando qué hacer. Charlotte me miraba muy atentamente, como un bote salvavidas que pasara flotando cerca de ella. ¿Se lo acercaría la corriente? ¿O se lo llevaría, dejando que se ahogase?

—Mira —dije—, tengo que hacerte la única pregunta que no quieres que te haga. Si bien es posible que Jenny haya puesto en mal sitio el recuerdo de la voz de Bob, primero hay que descartar…

¡Rotundamente no!, me interrumpió con rapidez y determinación. *No hay ninguna posibilidad de que Bob Sullivan violara a mi hija.*

—Bueno, pues tranquila, que pondremos las cosas en su sitio. Jenny no debería haber escuchado su voz en los anuncios teniendo esta idea en la cabeza. Ya sabe que no tiene que trabajar en la recuperación de recuerdos fuera de esta consulta.

¡Uy, ni te imaginas! He mirado el historial de su navegador y lleva días buscando anuncios de Bob y escuchándolos sin

parar. Hasta le hizo a Lucas unas cuantas preguntas sobre Bob
y si había estado alguna vez incómodo a su lado. ¡Como si
pudiera hacerle algo a un niño de diez años! Ha hecho búsque-
das en Google sobre Bob y su familia, los tiene en las alertas…
Se le ha metido en la cabeza, y ahora está convencida de que es
un recuerdo.

—¿Desde cuándo?

Desde el miércoles, después de la sesión de grupo. Fue la
primera búsqueda que hizo en el ordenador. No sé, puede que en
su móvil haya más, pero no quiero castigarla ni que se piense
que ha hecho algo malo.

Claro, el miércoles después del grupo. Sean le contó lo
que me oyó decir por teléfono en mi consulta. De eso hablaron tanto rato. Por eso se abrazaron. Le pregunté a Charlotte
por el resto de la semana y la conducta de Jenny. Después de
la sesión de grupo había ido dos veces al pueblo. Tenía mucha
basura que entregarle a Sean. Y muchos secretos que no me
había contado.

¿Puedes arreglarlo antes de que llegue más lejos? ¿Antes de
que se lo diga a Tom? Dios mío… ¿Te imaginas?

—¿Qué crees que pasaría?

¿Lo preguntas en serio? Que Tom le pediría cuentas a Bob,
y entonces Bob no tendría más remedio que contárselo.

—¿Lo vuestro? ¿Lo de por qué está su voz en la cabeza de
Jenny?

¡Sí, sí!

Asentí con empatía y convicción.

—Entiendo que estés tan nerviosa. ¿Se lo has dicho a Bob?

No, ni loca. Se lo diría a Tom. Tal como están las cosas, lle-
garía tan lejos… No te haces a la idea. ¡Que se va a presentar a
las elecciones, por Dios!

—Bueno, entonces no le interesaría que se hiciera público lo vuestro, ¿no?

Mejor que ser acusado de una violación.

—Ya, pero es que aún no lo acusan. Hoy viene Jenny. Se lo comentaré y le diré que lo más probable es que al escuchar los anuncios haya desvirtuado la recuperación de recuerdos. Lo que no puedo es hacer que prometa no contárselo a su padre, pero sí puedo pedirle que sea discreta y que nos dé más tiempo para intentar encontrar los verdaderos recuerdos de esa noche.

Charlotte suspiró profundamente.

¡Gracias! Gracias, gracias, de verdad...

—Aunque te lo advierto, Charlotte: no le diré a Jenny que se equivoca, porque no lo sé con seguridad. Vaya, que respeto tu opinión, obviamente, pero sería poco ético descartar del todo su recuerdo sin una seguridad absoluta. Lo que intentaré es ayudarla a que encuentre el error de conexión, o por decirlo de otra manera, seguir el rastro del recuerdo de la voz de Bob hasta algún sitio que no sea la violación. Dadas las circunstancias, dudo que Jenny la sitúe en algún sitio. La verdad es que es muy problemático y que me muevo en una frontera muy sutil. Debo mantener la integridad del tratamiento.

Mientras consigas que se dé cuenta de que este recuerdo de la voz no es de la violación... Recuérdale todas las veces que ha coincidido con Bob y ha oído sus anuncios. ¿Y si lo oyó en el coche, de camino a la fiesta? A saber. ¡Haz algo, lo que sea! ¡No puedo dejar que acusen a Bob de una violación! Ni tampoco contarle a mi marido lo que he estado haciendo. No puedo, y menos con lo que está pasando. Se vendría abajo. O me abandonaría. Y quedaría yo como la culpable.

Qué horrible dilema para Charlotte. Después de los grandes avances que había hecho en aquel frente... Habíamos empezado a analizar su insatisfacción con Bob, y ella había empezado a dar vueltas a la posibilidad de cortar con él. Yo aún no le había dado a conocer el resto de mi plan: hablar a Tom sobre su infancia e integrar a las dos Charlotte en una sola. Erradicar de una vez por todas a la Charlotte mala. Estaba seguro de que Tom podía hacer frente a la verdad. Es más: bajar a Charlotte de su pedestal y verla como lo que era de verdad, una mujer guapa pero con defectos, le devolvería una parte de su hombría. Quedaba tanto trabajo por delante... Y ahora aquella horrible interrupción.

Charlotte se marchó. Me quedé pensando en el fuego que al final sí había surgido de mi pequeña cerilla. Sean le había contado a Jenny que Bob era uno de los sospechosos. Jenny se había obsesionado con Bob, y sumergiéndose en su imagen y su voz había acabado por crear un falso recuerdo. Igual que los sujetos del experimento del centro comercial, que en realidad nunca se habían perdido. Me sentía como un personaje de novela, el profesor inteligente pero malvado. El doctor Frankenstein. Sentí cierta satisfacción conmigo mismo. Había logrado crear un hombre de paja para desviar la atención de mi hijo. Me puse a imaginar el desenlace y me dejé llevar por una fantasía: Bob no llegaba a ser acusado, pero su perfil público, y la carrera a la asamblea del estado, desataban una auténtica locura mediática. Una vez demostrada su inocencia se armaba la de San Quintín. Se multiplicaban las demandas, a Parsons le llamaban la atención sus superiores y se frenaba de golpe la investigación. Adiós a los interrogatorios de chicos inocentes y a las cazas de brujas de sudaderas azules.

Después de este asqueroso momento de autocomplacencia, me mentí sobre cómo afectaría todo a Jenny y Sean, y a mi trabajo con ellos. Me dije que seguirían con el tratamiento. Encaucé mi fantasía hacia momentos milagrosos dentro de mi consulta. Sean saltando del sofá y gritándole a todo el universo: *¡Me acuerdo! ¡Ahora ya sé lo que pasó en la puerta roja!* Y viviendo en paz tras volver con su esposa y su hijo. En cuanto a Jenny, casi no me atrevía a pensarlo. Era como soñar que encontraba la cura del cáncer o era el artífice de la paz en el mundo. Demasiado para incorporarlo a mi fantasía. Lo dejé en un simple flash, sin regodearme en la euforia de haberle devuelto esa noche, esa pesadilla peor que cualquier otra.

Mis reflexiones sobre esa semana me hacen volver constantemente a la misma idea: el niño de las cerillas que se cree bastante mayor para usarlas. Encendí una y la solté. Había empezado el incendio. De ninguna manera podría haber previsto el fuerte viento que empezó a soplar, recrudeciendo el fuego e infundiéndole un poder contra el que nada podría yo.

25

Ese mismo día, al recibir a Jenny, cumplí mi promesa a Charlotte. Ya no me hacía falta ser el impulsor. Lo que tenía que hacer era lo mismo que habría hecho de no haber sido parte interesada.

Jenny sabía que su madre me había hablado del recuerdo, el de Bob Sullivan. Le pregunté sin preámbulos cómo se le había metido semejante idea en la cabeza.

No quiero decírselo.

Sentí respeto por su sinceridad y se la agradecí. ¿Qué habría dicho yo si me hubiera contado la verdad, que Sean le había contado lo que había oído en mi consulta? Solo tenía dos opciones para justificar que hubiera hablado de Bob Sullivan con el inspector Parsons. Una era exculpar a Sullivan. *Sean lo malinterpretó... Sean lo oyó mal...* La segunda era brindarle alguna explicación acerca de mis motivos para sospechar de él, que no existían. Con su negativa a sincerarse, Jenny me lo ahorró.

—Bien. No te obligaré a que me lo digas.

Tampoco podría. He hecho una promesa.

—Según tu madre, y la verdad es que no puedo discrepar, es poco verosímil que el recuerdo sea exacto. En primer lugar porque lo encontraste tú sola, con tu propia terapia de inmersión, y en segundo lugar porque Bob Sullivan no da el perfil de sospechoso. Se va a presentar a las elecciones.

Tiene mucho que perder. Lleva treinta años casado sin escándalos, ni tiene nada guardado en el armario. Además es el jefe de tu padre, o sea, que habría habido muchas probabilidades de que lo reconocieras.

¿Y qué? A muchas mujeres las viola un conocido. A la mitad de las del grupo las violó un conocido.

Ese lunes, la voz de Jenny no era la misma de siempre. No hablaba conmigo como con la única persona capaz de salvarla, sino como con alguien que no entendía nada, y no me gustó. Quise cambiarlo. No podía perder lo que tanto nos había costado crear.

—¿Sabes qué te digo? Que tienes razón. Voy a serte del todo sincero. El trabajo que estamos haciendo es muy polémico. ¿Te acuerdas de lo que te expliqué sobre la falsa memoria, lo de esos investigadores que piensan que la sugestión puede corromper la recuperación de los recuerdos? ¿Y que a partir de ahí se pueden formar falsos recuerdos? Como el de perderse en el centro comercial.

Sí.

—Bueno, pues lo de ahora es un caso en el que la sugestión ha intervenido en el proceso. No hace falta que me lo digas ahora mismo, pero al menos reconoce que ha habido una sugestión y que la has reforzado sumergiéndote en ella.

Jenny se hundió en los cojines. Vi que se debatía interiormente.

—Lo que me temo es que si vamos demasiado deprisa con esta nueva teoría, y resulta que al final es un falso recuerdo, nadie dará credibilidad a nada de lo que vuelvas a recordar. Incluso a ti se te hará difícil creerlo. Vamos a intentar erradicar las sugestiones, siendo discretos, y vamos a cerciorarnos del todo antes de decírselo a nadie.

¿A la policía, por ejemplo?

—Sí.

¿Ni siquiera a mi padre?

—Yo no puedo decirte lo que tienes que hacer. Si se lo cuentas a tu padre, ¿qué crees que hará?

Yo creo que llamar a la policía. O algo peor.

—¿Peor?

Está muy enfadado.

—Es comprensible. Es su trabajo, como padre.

Ya, supongo, pero está más enfadado que yo.

—La verdad es que hoy no pareces nada enfadada.

Se encogió de hombros.

Me noto cansada, como si me doliera el cerebro. Primero me acuerdo de haber oído su voz y luego me decís mi madre y tú que es una confusión. Es como si alguien me pidiera que resuelva un problema de matemáticas que no entiendo y que por mucho que me esforzara no lo consiguiese. Solo tengo ganas de dejarlo.

No podría decir hasta qué punto me alarmó.

—¿Cómo te encontrabas antes de contárselo a tu madre? Cuando te volvió el recuerdo, el de la voz de Bob.

No sé. Emocionada, como si hubiera resuelto el problema. Se lo conté enseguida a Sean. Lloré un poco, me quedé mirando fotos del señor Sullivan, vi vídeos… Pensé en los tontos de sus hijos y en la vergüenza que les daría. También pensé en mi padre y en las ganas que tendría de matarlo.

—Un momento, un momento… ¿No te acuerdas? La semana pasada, cuando oliste la lejía y recordaste el momento en el bosque, te quedaste consternada y desesperada. Me preguntaste por qué te había quitado un trozo de alma. Y ahora, al mirar fotos del hombre que crees que lo hizo, ¿no has sentido nada de eso?

Jenny parecía derrotada. Retomé la palabra para explicarle la causa: que Bob Sullivan no era el violador. Jenny no tenía ningún recuerdo de que la hubiera violado. No había emociones ligadas a su voz, ni emociones positivas por haber sido salvada, que habría sido aún peor. Yo tenía el poder de explicárselo, pero al mismo tiempo no podía porque necesitaba que se mantuviera firme en su teoría y en el falso recuerdo, al mismo tiempo que fingía convencerla de lo contrario. Cerré la boca y me tragué las palabras. La verdad.

Solo tengo ganas de que pase.

Lo repitió entre lágrimas, sorbiéndose la nariz. Tuve ganas de zarandearla hasta que cambiara de actitud. ¿Qué pasaba? ¿Era Sean? ¿La estaba distrayendo? ¿Habían intimado? Me parecía absurdo. Jenny solo tenía un pequeño recuerdo de la violación y sabía cuánto la había ayudado. Me había contado a mí lo aliviada que estaba. Lo había comentado en grupo la semana pasada, antes de que Sean le dijera lo de Bob Sullivan, y de aquel giro hacia la indiferencia. Si algún efecto tendría cualquier nuevo recuerdo era más aceptación, más salvación de los fantasmas que vagaban en su interior. ¡Quedaba más trabajo por hacer!

Yo estaba indignado. ¿Cuántas veces os lo he dicho? Pasaba por momentos difíciles. Estaba indignado con Jenny por querer desistir, con Sean por haber permitido que la distrajera su amistad y con mi hijo por ponerme en la tesitura de que peligrara mi trabajo con Jenny para salvarle el culo, al muy tonto.

No perdí la compostura. Volvimos a la noche en el bosque. Esta vez usamos la lejía y la música, y no pronuncié las palabras. Tampoco puse el anuncio de Bob Sullivan. Quería que todo fuera como antes. Quería que se produjera otro momento de puro éxito en la consulta. Quería recuperar la magia de ese momento.

No pudo ser. Jenny estaba bloqueada, distanciada, y yo solo no podía hacerlo. Después de que se fuera, me quedé sentado ante la mesa, regodeándome en mis desgracias.

Fue entonces, justo en ese momento de desesperación, cuando llamó el inspector Parsons, con el viento que haría prender mi pequeño fuego.

26

Parsons estaba disgustado. Lo noté en su voz. No había creído que Bob Sullivan pudiera ser un sospechoso viable. No quería creerlo, y era comprensible. En aquel caso nunca habría pruebas concluyentes. Para investigar a cualquier sospechoso haría falta un acto de fe y exponerse profesionalmente. Una cosa era que esa exposición la ocasionara un personaje como Cruz Demarco, o incluso los chicos que estaban en la fiesta, y otra muy distinta que lo hiciera Bob Sullivan, el gran prócer de Fairview. El cual, además, tenía un poder considerable en toda la parte central del estado. Parsons, y toda su investigación, serían observados al milímetro.

A ello se sumaba la cuestión de mi hijo y de que su nombre apareciera en la lista de chicos por entrevistar. Mi manejo de los tiempos había sido muy meticuloso.

—Se me ha ocurrido que deberías poner a mi hijo en la lista —dije. La llamada había sido el viernes por la tarde—. Perdona que no se me haya ocurrido antes, pero está en el equipo de natación y fue a la fiesta.

Vi cumplidas mis previsiones. Parsons no había consultado la lista ni una sola vez en toda la semana.

¿En serio? A ver… Ah, pues sí. Sale. Lo tenemos programado para el jueves que viene. Tenemos que dar hora, porque todos quieren venir con su abogado.

—No me extraña. Mi mujer también, aunque está mal que lo diga. A mí no me molesta. Hay que ser lo más minucioso que se pueda. Es lo mínimo que se merecen los Kramer.

Parsons se quedó un momento callado, pensando.

Supongo que saben que tu hijo... esto... Jason estaba en la fiesta, ¿no? Me refiero a los Kramer.

—Pues mira, la verdad es que no lo sé. Procuro no mezclar la profesión con los asuntos personales. Supongo que debería decírselo, como mínimo a Tom. Ahora mismo lo arreglo.

No se habló más. Mi mujer llamó a la comisaría y consiguió que lo aplazaran otra vez, hasta la semana siguiente. Yo a Tom le mencioné la entrevista de pasada, en una de nuestras sesiones. Esperé a que estuviera indignado por la incompetencia de la policía, que no encontraba la sudadera azul.

Todo eso ya quedaba atrás. Ahora la cuestión era Bob Sullivan. Yo había conseguido ganar tiempo, pero no podría hacerlo indefinidamente.

Alan, hemos hecho algunas investigaciones sobre Sullivan. ¿Tú tienes algo nuevo?

—Pues mira, sí, pero es bastante dudoso, si quieres que te diga la verdad. No quiero precipitarme.

Mira... Necesito que me digas todo lo que sepas. Mierda... Esto se nos va de las manos.

—¿Qué ha pasado? ¿Qué has descubierto?

A veces la vida te hace un regalo. Nunca sabes cuándo será, ni puedes contar con que pase, pero cuando pasa, te acercas mucho a creer en la existencia de Dios.

Mmm... Es que no quiero ni decirlo. ¿Me das tu palabra de que quedará entre los dos hasta que tenga elementos para interrogarlo?

—Por supuesto.

Vale. Primavera de 1982. Fort Lauderdale. Hay un expediente que llegó hasta Skidmore, donde Sullivan fue a la universidad. Quedó en nada. No hubo cargos, ni nada parecido, pero está relacionado con un incidente sexual. La víctima tenía dieciséis años. Era una chica de la zona que salió con un grupo de amigas para ver si podían ir de fiesta con universitarios que estuvieran pasando las vacaciones de primavera. Tal como suena, podría ser un caso de remordimientos matinales. Hay una foto… top ceñido, minifalda, delineador de ojos negro… Te haces a la idea, ¿no?

—Sí.

Los padres de Sullivan le buscaron un abogado. La denuncia fue retirada a condición de informar a la universidad. No es nada. De hecho, y esto que quede entre tú y yo, si no estuviera Tom Kramer tan lanzado, el expediente ya estaría en la destructora de documentos. Es el tipo de cosas que le fastidia a alguien la vida. Además, es comparar peras con manzanas.

Pero ¡qué regalo, aquel viento!

—Ya… Comprendo tu dilema. ¿Cómo puedo ayudarte?

Parsons suspiró. Se notaba que estaba exasperado conmigo.

Necesito saber por qué me has hecho ir por aquí. Necesito saber de qué se acuerda Jenny Kramer. No puedo ensañarme con Sullivan por una denuncia de hace treinta y tres años que ni siquiera derivó en acusación formal. Parecería una persecución.

—Pero ¿tu trabajo no es seguir cualquier pista, aunque te lleve a alguien como Bob Sullivan? Quizás haya más cosas que encontrar. Impulsos los tiene, está claro. Y problemas de control quizá también. Es un hombre agresivo. Se le nota en el éxito y las ambiciones.

¿Y pretendes que lo use contra él? ¿En serio? «Mire, es lógico que violara brutalmente a una adolescente del pueblo, porque usted es ambicioso y tiene éxito…»

—Dime una cosa —lo interrumpí—: ¿lo primero que hiciste en la investigación no fue buscar si en Fairview y los alrededores había alguien con antecedentes de agresión sexual? ¿Aparte de lo del Civic azul? Si esto, en vez de un expediente universitario, hubiera sido un proceso judicial, ¿no le habrías pedido educadamente a Sullivan una coartada, para poder descartarlo? Seguro que él lo habría entendido y habría estado encantado de facilitártela. Es lo que has hecho con más de la mitad de los adolescentes del pueblo, ¿no?

No es lo mismo. Los chicos estaban en la fiesta. Nos consta. ¿Cómo quieres que explique mis motivos para desenterrar el historial de Sullivan? Contrataría a sus propios investigadores y a un equipo completo de abogados. Sería un desmadre. ¿Y todo por qué?

—Bueno, pero se presenta a las elecciones. Me parece mentira que aún no lo haya descubierto la prensa. Haz que crea que te lo ha chivado alguien.

No sé, me parece un poco forzado. A donde se presenta es a la asamblea del estado, y su rival es un juez de ochenta años más pobre que una rata. No. Aunque no le explique por qué necesito la coartada, algo tengo que tener. No me des detalles. Dime solo que si lo necesito habrá algo. Dime que no me has hecho dar palos de ciego sin razones sólidas.

Fingí rumiarlo, entre suspiros, carraspeos y toda clase de ruidos. Parsons estaba muy nervioso.

—Algo hay. No es muy sólido. En un juicio lo descartarían, pero bastar está claro que basta.

Dudo que fuera lo que quería oír Parsons. Me imagino que esperaba una razón para dar carpetazo a lo de Bob Sullivan. El celo de Parsons por el caso dependía de la trayectoria que siguiera el foco. Cuando no estaba puesto en Fairview, el inspector era un auténtico tigre. Me lo imagino en el coche, muerto de ganas de lanzarse sobre Cruz Demarco. Después de que Demarco diera su coartada, Parsons volvió al equipo de natación y a la búsqueda de la sudadera azul, pero con mucha menos ambición. Ni siquiera se sabía los nombres de los chicos de la lista. Le sorprendió enterarse de lo de Jason. ¿Qué labor policial era esa? La razón me era desconocida. Quizá no tuviera ganas de ensuciar el agua de su propio estanque. Llevaba semanas haciendo todo lo necesario para tener satisfecho a Tom Kramer, pero nada más. Claro que Tom nunca se daba por satisfecho.

Parsons colgó. Solo era cuestión de días que fuera interrogado Bob, sin olérselo ni tan siquiera. Entonces acudiría a Charlotte, y ella le contaría lo del recuerdo recuperado de su voz y lo de la confusión mental de Jenny. ¿Qué pasaría a partir de ese momento? He ahí la cuestión. ¿Hacia dónde soplaría el viento? ¿Qué más quemaría el incendio? ¿El matrimonio de Bob? ¿Su candidatura? ¿A Charlotte?

Después de la llamada fui a mi casa. No podía concentrarme, ni escuchar los problemas de otras personas. Me tomé otro Lorazepam. La dosis era baja, a duras penas suficiente para suavizar mi ansiedad.

La euforia que sentí por el regalo, el viento y el fuego que avivaba acabó siendo efímera. Me di cuenta de que mi cielo estaba cubierto por una gran oscuridad. No sé de qué otra manera explicároslo. Algunos lo entenderéis, los que venís a mi consulta, os sentáis en mi sofá y me contáis lo que habéis hecho y no tiene remedio, o lo que os han hecho. La vida, toda ella, no es sino un gran estado de ánimo, ¿verdad? Lo único que hacemos todos es encaminarnos lentamente a la tumba, tratando de no pensar en ello, encontrar algún sentido y pasar el rato de una forma agradable. Mirad a vuestro alrededor. Dentro de cien años estarán muertas todas las personas que veis. Vosotros, vuestras mujeres, vuestros hijos, vuestros amigos, las personas que os quieren, las que os odian, los terroristas de Oriente Próximo, los políticos que os suben los impuestos y adoptan políticas erróneas, el profesor que le ha puesto mala nota a vuestro hijo, la pareja que no os ha invitado a cenar...

Es el camino mental que tomo siempre que algo me provoca malestar. Me parece que sitúa la vida en perspectiva. Puede ir bien acordarse de que hay muy pocas cosas que importen de verdad. Una mala nota, un político tonto, un desaire social...

Por desgracia hay cosas que sí importan, cosas que pueden malograr el poco tiempo del que disponemos en este mundo, y que no se pueden repetir ni remediar. Son las cosas de las que nos arrepentimos, y es más insidioso el arrepentimiento que la culpa. Más corrosivo que la envidia. Y más poderoso que el miedo.

¿Por qué aparté la vista de la piscina? ¿Por qué aparté la vista de la carretera? ¿Por qué engañé a mi mujer? ¿Por qué robé a mis clientes?

La gente lucha diariamente por tener controlado su arrepentimiento y evitar que les robe la felicidad. A veces lucha solo por funcionar, trabajar, llevar a sus hijos a la escuela y preparar la cena sin tirarse de un puente. Es doloroso. Brutalmente doloroso. Los más hábiles logran esquivarlo con sus maniobras. Luego se van a dormir y él encuentra la manera de volver al trono. Se hace de día y se despiertan de nuevo como esclavos de este inclemente dictador.

Aparqué en la entrada de mi casa como esclavo de mi arrepentimiento. Ya veía lo irreparables que eran mis actos.

Me sentía manchado por el tipo de mancha que jamás se borra, el tipo que hace que acabemos tirando lo manchado. Vino tinto en un mantel blanco. Sangre en la blusa de Charlotte. Pensé en Bob Sullivan. Un infiel. Un ladrón. Pero inocente. Pensé en Sean Logan. Un héroe. Un alma torturada. Y ahora se estaba dejando infestar por el encono hacia Bob Sullivan. Pensé en Jenny, en su sangre derramada en el suelo del lavabo y en lo cerca que estaba yo de devolverle la memoria, y con ello su vida, nada menos. Con lo que había hecho, era como si hubiera atropellado a todos esos inocentes con mi coche mientras miraba distraído hacia otro lado. A menos que fuera aún peor, ya que en mi caso no era un accidente. En este caso iba yo con mi coche por la carretera, con mi hijo a un lado y los inocentes en el otro, y sin margen para pasar sin percances por el medio.

Mi mujer estaba en la cocina, preparándole a mi hijo algo para merendar. Oí el ruido del maldito juego en el cuarto de la tele, y las risas de mi hijo, y disparos, y explosiones. Y más risas.

¿Qué tienes? ¿Qué ha pasado?, me preguntó mi mujer.

Aunque en ese momento no me diera cuenta, había estado llorando. Se me escapaba por los ojos la rabia de tener que salvar a Jason de ese modo y el miedo evadido de la caja de la estantería. Fue un día de muchas lágrimas.

Pasé a su lado y entré en el cuarto de la tele. No me paré a apagar el juego. Levanté a mi hijo por los brazos.

Papá…, empezó a decir.

Le arrebaté el mando a distancia y lo tiré al televisor, rompiendo la pantalla. Mi mujer gritó y salió corriendo de la cocina. Tenía el plato de comida en las manos.

¡Alan!

Zarandeé a mi hijo con fuerza por los brazos.

—¡Me lo vas a decir ahora mismo! ¿Por qué estabas en el bosque? ¿Qué hacías en el bosque?

¡No estaba! ¡Ya te lo dije!

Lo sacudía sin parar. Mi mujer dejó el plato y se acercó corriendo para sujetarme por los brazos e intentar que me apartara de nuestro hijo.

—¿Sabes qué has hecho? ¿Sabes qué podría haber pasado? ¡Contesta! ¿Para qué fuiste? ¿Por qué estabas en el bosque?

Julie se quedó mirando a Jason, en espera de que respondiera. Cuanto más tiempo pasaba, más se preguntaba si Jason había violado a Jenny Kramer. Se lo vi en los ojos, contagiados de tristeza.

Vi el teléfono de mi hijo en el sofá y fui a buscarlo. Sabía la contraseña. Me la había dicho mi mujer. También me había contado que había encontrado porno en el ordenador de Jason. Abrí la pantalla de inicio y consulté el historial del buscador.

¿Qué haces? ¡Para!, chilló él.

Se lanzó hacia el móvil, pero fui más rápido. Su brazo cortó el aire sin llegar a tocarme.

Dejé que se descargara una imagen, el coño rasurado de una estrella del porno, con una polla gigantesca a punto de entrar en él. La imagen empezó a moverse. Era un vídeo. Imágenes de gente fornicando en la pantalla. Sonidos de gente fornicando en el audio. Mi mujer se tapaba la boca con la mano, sin respiración.

Mamá...

Nuestro hijo la miró en busca de ayuda. Ella nos miró, primero a él y luego a mí. Mis emociones la habían infectado.

—¿Así construyes tu casa? ¿Es lo que quieres que vea la policía si se hacen con tu móvil? ¿Quieres algo más que te haga parecer un violador?

¡Papá, por Dios! Esto lo mira todo el mundo. ¡Es de lo más normal! ¡No voy a ser un violador por algo así!

—¿De lo más normal? —dije mientras le ponía el teléfono en las narices—. Esto de normal no tiene nada. ¡Nada!

¡Jason, por favor!, le rogó Julie. *Te queremos y no dejaremos de ayudarte, pero tenemos que saberlo. ¡Dínoslo! ¡Dínoslo, por favor!*

Mi hijo tenía la cara muy roja. Supe que había dado un vuelco. Supe que estaba a punto de venirse abajo, y por unos instantes llegué a contemplar la posibilidad de que le hubiera hecho esas atrocidades a mi dulce Jenny. ¡De lo que es capaz el cerebro! Somos tan frágiles, tan y tan frágiles...

¡De acuerdo!, nos gritó, soltando los brazos. *Pero ¡déjame!*

Estábamos los tres en medio de la habitación: Julie y yo sin respirar y Jason haciendo acopio de valor. Apagué el móvil y lo tiré al sofá.

¡Pues sí, estuve en el bosque! ¡Sí que estuve, joder! ¿Ya estáis contentos? ¿Contentos de que acabe en la cárcel?

Julie se quedó boquiabierta.

¿Qué hiciste? ¿Qué hiciste, Dios mío?

—Jason... —dije con un hilo de voz, sin control sobre mis pensamientos.

Jason se puso a llorar. Ya os he dicho que fue un día de muchas lágrimas. Se sentó en el sofá y apoyó la cabeza en las manos.

Fui a buscar al hombre ese, el del Civic azul.

—¿Cruz Demarco? —pregunté—. ¿El vendedor de droga?

Tenía cien dólares. Y fui a buscarlo.

—¿De dónde sacaste cien dólares?

Los cogí. De una cartera que estaba en la cocina. No sé de quién era, pero la vi y estaba llena de dinero.

—¿Y se te ocurrió robar el dinero y comprar droga?

Es que había una chica... Me preguntó si llevaba algo. Yo sabía que el tío estaba fuera. Todo el rato entraban y salían chicos que lo comentaban en voz baja. Tenía de todo.

—¿Y qué pensaste que pasaría si comprabas droga? ¿Que saldría la chica contigo?

Miré a mi mujer. Casi se reía. Me sequé la cara, tratando de no sonreír. Nos embargaba a los dos el alivio.

—¿Y luego? ¿Cómo llegaste al bosque desde la carretera?

Pues... Cuando ya estaba cerca del coche, tuve miedo e hice como si pasara de largo. Fui al otro lado del coche, el del bosque, y en cuanto vi un claro me acerqué pero sin pasar de los primeros árboles. Luego volví a la casa, me guardé el dinero y le dije a la chica que se había ido.

—O sea, ¿que dentro del bosque no llegaste a estar?

Ya me daba vueltas la cabeza. Una cosa es hacer la pregunta y otra muy distinta saber que estás a punto de oír la respuesta. Por eso se quedan tantas preguntas sin contestar. A veces es más fácil no saber.

¡No!

Fue una palabra que reverberó en las paredes de mi corazón. ¡Menos mal! ¡Gracias, Dios mío de mi alma!

Mi mujer era incapaz de hablar sin revelar su dicha, la pura dicha de que su maravilloso hijo siguiera siendo maravilloso.

—Tú no eres así —dije con severidad.

No sé cómo, pero conseguí disimular. Me daba vueltas la cabeza.

—¡Robar dinero y tener la ocurrencia de comprar droga!

Jason se dejó caer en el respaldo del sofá. Decididamente, no sabía nada de nada.

—Mejor que te vayas a tu cuarto. Llévate la Xbox. Siento mucho haber roto la tele.

¿Estoy castigado sin salir?

—Sí, hasta el fin de semana que viene.

Jason se levantó, desconectó la Xbox y recogió todos los cables, los mandos y los juegos. Luego se fue de mala gana a la escalera y subió a su habitación.

Julie se echó en mis brazos. Empezamos a reír. Había desaparecido el miedo. Dentro de la caja de la estantería no había nada. No por ello se aclaró la oscuridad, ni se lavó la mancha, pero me resigné a vivir sucio y bajo aquella sombra por el ser, defectuoso pero maravilloso, que habíamos creado.

27

Seguí adelante, convencido. Con el rumbo claro. No es que necesitara pruebas de que mi hijo no hubiera violado a Jenny, pero sí ver de nuevo su inocencia, su bondad. Nos había estado mintiendo sobre lo que había hecho esa noche y ahora confesaba. Y en su confesión, en su manera de explicarlo, en las palabras, el tono, la expresión, estaba la inocencia.

Es mi hijo, mi niño. Es mi legado al mundo, una extensión de mí. Llegué a sentir su persecución como si fuera yo el perseguido. La sentía en las entrañas como nada antes. Era algo primitivo. Actué como un león que protege a su cría.

No prescindí de mis propios deseos. Una vez con las ideas claras, construí nuevas partes de mi plan. Creía haber encontrado una manera no solo de evitar que arrastrasen a mi hijo a la investigación, sino de encarrilar de nuevo a Jenny. Me convertí en dos hombres. El primero era el médico que cura a sus pacientes. El segundo era el marionetista que manipula sus palos de madera y hace bailar a sus súbditos al son que elija.

Dos días después vi a Charlotte. Estaba colérica.

¡Se lo has dicho a la policía! Lo de Bob y la voz. ¡Se lo has dicho!

—Tranquilízate, Charlotte. Del recuerdo de Jenny no les he dicho nada. ¿Qué te parece si me explicas qué ha pasado?

Recuperó la compostura y clavó en mí una mirada escrutadora. Repito que yo estaba firme en mi convicción. Era una roca. La duda y la rabia que llevaba dentro Charlotte desde hacía dieciséis horas desaparecieron en un segundo. Mi poder no parecía tener límites.

Me pidió que nos viéramos. Bob. Quedamos en la casa, pero no me tocó. Ni siquiera para saludarme con un beso. Estaba disgustado. Preocupado. Como comprenderás, le pregunté qué pasaba. Intenté disimular mis temores. Hice como si no supiera nada. No sé… Diría que se lo creyó.

—Seguramente. A fin de cuentas era la verdad. No podías saber por qué estaba tan disgustado.

Supongo, pero tuve la sensación de mentir. Me sentía culpable por fingir.

—¿Se lo contaste?

No, dejé que me lo contara él a mí. El inspector Parsons le hizo una visita informal. Según Bob, estuvo amabilísimo y se deshizo en disculpas. Dijo que habían llegado a sus manos unos antecedentes de hacía mil años, de la universidad. Bob fue a Skidmore.

—¿De la universidad?

Sí, dijo que una chica con la que estuvo durante las vacaciones de primavera mintió sobre su edad, y luego, el día siguiente, se puso a llorar delante de sus amigas. Las amigas se lo dijeron a sus padres, y estos a los de la chica, y tuvo que intervenir la policía, porque era una menor. Al final no pasó nada. Bob dice que le preocupaba que pudieran descubrirlo. Por las elecciones, ¿comprendes? Dice que no pensaba que lo hicieran hasta dentro de unos años, cuando se presentara a un cargo nacional. Supongo que siempre ha tenido presente que alguien podía desenterrarlo.

—¿Y qué tiene que ver con lo de ahora, lo de Jenny?

Está muy claro. Es un delito sexual, o denuncia, o como lo quieras llamar. El inspector Parsons dijo que en cuanto hubiera hecho un seguimiento rápido, para cubrirse las espaldas, cerraría el expediente.

—O sea, ¿que quería una coartada?

Sí.

—¿Y Bob se la pudo dar?

Dijo que no se acordaba. Dijo que ya llamaría al inspector cuando hubiera consultado la agenda de su mujer y hubiera hablado con ella. Luego Parsons se fue, y Bob dice que hizo eso, llamar a su mujer. Ella le recordó que habían estado en un acto del club. La cena con cata de vinos de cada primavera. Yo había querido ir, pero ya teníamos una cena organizada.

—Ya me acuerdo. Me contaste que en el coche discutisteis con Tom.

Eso. Pero bueno, la cuestión es que Bob llamó a Parsons y se lo explicó.

—Ya. O sea, ¿que ya está? ¿Tiene coartada?

En honor a la verdad, no me había planteado esa posibilidad. No sé por qué, pero había dado por supuesto que Bob diría que había estado en algún sitio con su esposa y que luego no podrían ni demostrarlo ni refutarlo. Una esposa nunca ha sido una buena coartada. De una cena en el club, por el contrario, quedaría constancia. Y muchos testigos. A pesar de todo, no me desconcentré.

—Lo que sí que me parece raro es que Bob no se acordara de dónde estuvo. Yo creo que en este pueblo no hay nadie que no recuerde dónde estaba esa noche. La noticia del ataque nos impactó a todos.

¡Por Dios! No sé qué pensar. De verdad que no.

—¿Sobre qué? Debería ser una buena noticia.

Lo sería si Bob hubiera estado en la cena. O si hubiera dicho que estaba en otro sitio.

—Un momento. ¿Me estás diciendo que no estaba? ¿Cómo lo sabes?

Porque lo sé. Ella sí estaba, su mujer. Fran. Uf... Qué humillante. Una amiga del club que fue a la cena me estuvo contando cotilleos. Fue unas semanas más tarde. Intentaba distraerme un poco de pensar en Jenny. Bob no llegó a presentarse. Fran estuvo sentada al lado de mi amiga y su marido, y se disculpó por que él no viniera. Si hubiera sido otro, no me habría importado ni me acordaría, pero era Bob, y desde esa noche no lo había visto, visto de verdad, no sé si me entiendes. Se me hizo una especie de nudo en la barriga. Tenía miedo de que se estuviera viendo con otra.

El viento seguía soplando.

—Ya. ¿Le dijiste a Bob que lo sabías?

Sí, claro. Bueno, no le dije que tuviera miedo, pero le recordé que esa noche Fran estuvo sola, al lado de mi amiga. Puso cara de sorpresa, como si de verdad no se acordara de dónde había estado. Ya has dicho tú que es raro, ¿no?

—A mí me lo parece, pero bueno, nunca se sabe. ¿Tenía alguna otra explicación sobre su paradero?

No. De hecho lo único que hacía era repetir que era yo la equivocada, y que Fran ya le había confirmado que estaban juntos. Parsons se lo ha creído. Caso cerrado.

—Pues entonces deberías estar aliviada.

Charlotte, sin embargo, no estaba aliviada. Yo no podía saber con certeza si empezaba a dudar de la inocencia de su amante respecto a la violación de su hija o alimentaba sospechas de que esa noche Bob estaba con otra. Observé su cuerpo, su cara y cómo saltaba su rodilla debajo de la pierna doblada encima de ella, haciendo que bailara el pie en el aire. No estaba horrorizada, sino ansiosa. Llegué a la conclusión de que le angustiaba lo segundo.

Entonces él dejó de hablar, me pasó las manos por la cintura y nos acostamos. Luego nos fuimos. Yo volví a mi casa, con mi familia, y fingí ser la Charlotte buena.

—Eres Charlotte a secas. Esa batalla ya la estás ganando. ¿No lo notas?

Volvía a ser el médico. Charlotte estaba adoptando mi lenguaje, los paradigmas de «Charlotte buena» y «Charlotte mala» que yo abrigaba la certeza de que empezarían a tener eco en su interior. Desde hacía un tiempo se sentía menos ligada a la Charlotte mala y menos merecedora de la buena. Mi esperanza, mi sueño, era que prescindiera de ambas.

Sé que he usado muchas metáforas. Elegid la que más os guste: la montaña rusa cuesta abajo, los coches a punto de chocar, los hilos de azúcar que se van tejiendo en un cono perfecto… El final de esta historia. Es la parte en la que se acelera todo.

Charlotte y yo trabajamos en sus conflictos interiores. Ese día el médico estuvo brillante. Lo estuvo en el dominio de los tiempos y de las palabras y en cómo la guió hacia la verdad que estaba en su interior. Charlotte se marchó con un sentimiento de repulsa, asqueada por su conducta. La Charlotte mala empezaba a perder terreno. En cuanto a la buena, mis esfuerzos iban dirigidos a desmontarla. Hablamos de su conexión con Jenny, y de que la Charlotte buena, la perfecta, nunca habría sido capaz de entender el dolor de su hija y cómo se sintió la noche en que le fue arrebatada su voluntad. Ella lo entendió. Ya estaban las ideas en su cabeza y empezaban a echar raíces.

Esto fue lo último que dijo antes de irse.

Ah… casi me olvido. Esta semana, cuando veas a Tom, ve preparado, que ha encontrado una foto en el anuario, un chico con la sudadera. No se le ve la cara porque sale de espaldas, entre mucha gente, yo diría que en un partido de fútbol americano. Es con lo que está obsesionado ahora Tom. La verdad es que no sé cómo la ha encontrado. Seguro que ha revisado todas las fotos con lupa.

—Seguro que me lo contará. ¿Le ha dado el anuario al inspector Parsons?

Lo ha llamado a las seis de la mañana. ¿Te imaginas? Está descontrolado. Me tiene tan cansada…

Sonreí. Charlotte se fue. Mi calma era absoluta.

—¿Inspector Parsons?

Lo llamé nada más oír que se cerraba la puerta. No referiré nuestra conversación. Solo diré que traicioné la confianza de mi paciente sugiriéndole a Parsons que se pusiera en contacto con el club de campo para confirmar la coartada de Bob. Él no insistió en que le diera más detalles. Tampoco estaba contento de que no se hubiera cerrado el caso. Entre mi llamada y lo de Tom con la maldita sudadera, estoy seguro de que el inspector Parsons estaba teniendo muy mal día, pero no era cosa mía.

¿Habéis visto alguna vez a esos acróbatas que caminan por la cuerda floja haciendo girar platos con dos palos?

Por la tarde vino Sean Logan. Estaba agitado.

—¿Ha pasado algo? Te veo inquieto.

No, qué va, si estoy perfecto.

Su tono era sarcástico.

—Sean… Ya sé que es cruzar un límite, y en el trabajo que estamos haciendo son importantes los límites, pero me parece que sería una negligencia no hablar de algunas cosas que han llegado a mi conocimiento y que tengo entendido que desde hace unos días te preocupan.

Sean me miró con la insolencia de un adolescente y se encogió de hombros. Solo un día antes me habría dado náuseas, físicamente y todo. Ver a mi paciente, a mi hermoso soldado herido, sin su sonrisa, su humor y el cariño que me profesaba... pues me habría dolido en lo más hondo, la verdad, pero hoy era la roca. Además, estaba seguro de que volvería.

—Sean... Sé que tienes una relación muy estrecha con Jenny. También sé que ahora mismo Jenny está pasando por un mal momento a causa de algo que ha recordado. O que cree haber recordado. Y porque la contraría que a mí me preocupe que el recuerdo no sea real.

La respiración de Sean se volvió más agitada. Con tanto sentimiento de culpa, y con los fantasmas que vagaban dentro de él, seguía encendiéndose por cualquier cosa.

Tengo que decirle una cosa, doctor: no sé por qué no está entre rejas, el monstruo este de mierda. No entiendo que usted pueda quedarse aquí sentado sabiendo lo que sabe, y lo que no me explica con tantas palabrejas, en vez de hacer que lo detengan y lo encierren con el resto de la chusma de este planeta. ¿Tiene algo dentro, aparte de las chorradas que dice? ¿Alguna emoción por lo que le pasó a la pobre niña?

Me apoyé en el respaldo con el corazón un poco acelerado, aunque no mucho. La rabia de Sean estaba encontrando un punto de apoyo, algo que, a diferencia de su mujer y de su hijo, no era inocente. Algo que no le haría mover cielo y tierra para contenerse.

—Sí, Sean, tengo emociones. Me esfuerzo mucho por evitar que interfieran en mi trabajo y con mis pacientes. Contigo. Con Jenny.

Suspiré y aparté la mirada. Pasó por mi cara una expresión dolida, como las que tantas veces he visto, hasta el punto de que ya me salen de manera espontánea.

—Y me tomo muy a pecho el interés de Jenny, muy a pecho —dije sin cambiar de expresión—. Este recuerdo, y la persona del recuerdo que está siendo investigada... No diré más, porque no me corresponde, pero mi trabajo es asegurarme de que se haga de manera correcta. Irse no se irá. No se pierde nada por tomar el tiempo de hacer las cosas correctamente, para que si resulta que es el culpable, lo cual es mucho suponer, no quede impune por algún defecto en las pruebas.

Sean volvió a mirarme, esta vez con más suavidad.

—Sabes lo fácil que sería corromper tus recuerdos de ese día funesto en Irak, ¿verdad? Piensa en el cuidado que ponemos al reconstruir los hechos y el entorno. Cuando tu cerebro empieza a sacar el archivo, es un proceso tan precario... Y vulnerable... Pues me temo que es como se ha corrompido el recuerdo de Jenny.

A ella no se lo parece. Está muy segura.

—Pero cuando piensa en la persona en cuestión, no sé si te has fijado... No hay miedo, ni rabia, ni tristeza. Solo una respuesta intelectual plana e insípida.

Sean lo pensó. Sabía que tenía razón. Lo vi. Exhaló con fuerza y relajó el cuerpo, apoyado en los cojines.

Mierda.

—Tú quieres que sea este hombre, ¿verdad?

¡Pues claro! Jenny necesita que se acabe. Usted también lo sabe. Necesita seguir adelante, y vivir en el futuro.

—Lo que necesita es recordar. Será la única manera de que se vayan los fantasmas. Y tú igual. ¿Nos ponemos a trabajar?

Estuve trabajando dos horas con Sean. Volvimos al desierto, a la misión y las llamadas por radio, mientras sus compañeros iban siendo asesinados uno por uno en las calles de la aldea. Valancia a su lado. La imagen de la puerta roja y de los vecinos que no corrían a ponerse a salvo. Mujeres y niños. Un viejo. La rabia de Sean era mayor que de costumbre. Tenía a Jenny en la cabeza. Y en el corazón, lo cual era peor. Me pareció que se marchaba más tranquilo. Me pareció entender todo el alcance de su rabia y el poder que tenía de controlarla. No era un hombre violento por naturaleza. Sin embargo, aunque nunca se me olvida que era militar, esta vez, de algún modo, logré no recordarlo.

28

No fue en Somers, el invierno anterior a la violación de Jenny, donde vi por última vez a Glenn Shelby antes de su muerte. Mis padres me educaron en la generosidad y la caridad. Me educaron para que ayudara a los necesitados.

Lo comento porque esa tarde, después de mi sesión con Sean, fui a ver a Glenn. Lo tenía presente desde su salida de la cárcel, hacía bastante más de un año. Se me habían grabado muchas cosas de él en la conciencia, con una agudeza que llegaba a acaparar mis pensamientos. Fue bastante fácil encontrarlo, a través de su supervisor de libertad condicional. Trabajaba en su casa, un estudio, introduciendo datos para no sé qué sórdida empresa de marketing por Internet, de esas que se hacen con tus datos y te mandan porquería que luego hay que borrar. El trabajo se lo consiguió su tía de Boston, que fue también quien le guardó durante muchos años el piso de Cranston, pagando el alquiler y los consumos. El dinero procedía de la pequeña herencia de los padres de Glenn, ya fallecidos. Su tía era una mujer mayor, con poco interés por él más allá de sus funciones de albacea, que me imagino que le granjearían un salario simbólico. Dudo que estuviera al corriente de la última condena de Glenn, aunque sí fuera conocedora del resto de sus infracciones de la ley (dos, por acoso).

Antes de este empleo, que le hacía estar en casa día y noche, Glenn había trabajado para una empresa de jardinería y mantenimiento de la que fue despedido a los pocos meses, como le ocurría siempre en cualquier situación que requiriese interacción social. Glenn quedó resentido. Le había gustado la tierra y el olor a hierba, y sobre todo relacionarse con otras personas. Cualquier cara nueva era una ocasión para intimar. Por desgracia fue demasiado lejos con uno de los clientes, una madre suburbana algo distante cuya educación confundió Glenn con sincero interés por su persona y su filosofía vital.

Glenn Shelby era un ser que inspiraba lástima. Ya os he contado dos cosas. La primera es que era un maestro en sonsacar anécdotas, el tipo de historias personales que habitualmente solo se revelan a amigos íntimos y parejas. Siempre me ha inquietado que algunas de las anécdotas de Glenn procedieran de nuestras sesiones, y de mí. La segunda es que es el único paciente a quien no he podido salvar.

Esa noche fui a su apartamento. Reconozco que fue turbador encontrarme con él en su piso. Formaba parte de un complejo organizado a la manera de un motel, con una puerta que daba a la calle, como las de las casas, pero dentro había una sola habitación. Los coches estaban todos aparcados en el exterior. En su gran mayoría eran auténticas tartanas, viejas y descuidadas. En medio de un patio había una piscina deteriorada por la indiferencia de los inquilinos, que a decir verdad me recordó una fosa séptica a cielo abierto. De ahí a un albergue de indigentes solo había un paso. Muchos inquilinos eran delincuentes o vivían de la caridad de sus parientes, como Glenn. Le contaban sus vidas, y él me las contaba a mí en nuestras sesiones de Somers. Las recuerdo bien.

Me abrió la puerta muy pulcro, en chinos y camisa, como si estuviera a punto de irse a la oficina. Salía de la casa un fuerte olor a productos de limpieza y curry. En la empresa para la que trabajaba Glenn había muchos indios, que de hecho trabajaban en la India, cosa que no sorprenderá a nadie que en los últimos tiempos haya marcado un teléfono de atención al cliente. Participaban con frecuencia en llamadas conjuntas de formación, o coordinando la introducción de datos, como compañeros virtuales de trabajo, y a Glenn se le había contagiado su cultura. Parecía obsesionado con la comida hindú para llevar.

Temblaba, aunque su sonrisa era de indignación.

Vaya, vaya, vaya. Pero quién está aquí.

—Hola, Glenn. ¿Puedo pasar?

Se apartó y me invitó a sentarme en un sofá pequeño que había en un rincón.

—¿Cómo te va? —le pregunté a la vez que me sentaba.

En el piso imperaba un orden meticuloso, con platos bien apilados en vitrinas y fajos de papeles en la mesa de la cocina, perfectamente cuadrados y con la misma distancia entre ellos. La cómoda estaba adornada con estatuillas de porcelana. La limpieza obsesiva es típica de los pacientes aquejados de este grado de psicosis. También la suciedad, irónicamente.

Se encogió de hombros y se sentó a mi lado en una silla de madera, con las piernas cruzadas. Al final se decidió a mirarme.

Bastante bien, Alan.

—Espero que no te moleste que haya venido a verte. No es muy normal, en un médico, pero es que hace tiempo que me tienes preocupado.

Glenn se apoyó en el respaldo, pasando gradualmente de la indignación a la necesidad profunda de restablecer nuestro contacto. Lo sorprendente fue la velocidad con que lo hizo.

Ya me preguntaba cuánto tardarías en localizarme.

Le sonreí. Él abrió mucho los ojos, y de repente me sentí devuelto a la época de nuestras sesiones en Somers. Esas a las que me vi obligado a poner fin porque Glenn no respetaba las fronteras. Fronteras que tuve la imprudencia de cruzar por ganas de ayudarlo.

—Glenn, debería haber venido antes, ya lo sé. Me informaron de que ya no te llevaba el doctor Westcott. Me lo encontré la semana pasada en la cárcel, y me explicó que después de salir de la cárcel no fueron bien las cosas. ¿Tienes ganas de contarme qué ha pasado?

Era todo verdad. Cuando se han roto fronteras, ya no pueden reconstruirse. No son muros hechos de yeso o de ladrillos. Existen en la mente, como palabras que no pueden retirarse. Yo había pedido que reasignasen a Glenn a otro terapeuta voluntario, el doctor Daniel Westcott, que aceptó seguir con la terapia tras la salida del paciente de la cárcel. Más que terapia, era supervivencia: procurar que no volviera a obsesionarse con nadie y que no perdiera de nuevo el control.

Glenn se encogió de hombros, mirando el suelo.

No era lo mismo.

—¿Qué quieres decir? Es muy buen médico, y encima la consulta la tiene aquí, en Cranston.

Ya sabes la respuesta, Alan.

Sentí un escalofrío en la columna vertebral y se me pusieron los pelos de punta. Durante los meses siguientes a que

Glenn pasara de mis manos a las del doctor Westcott, empecé a recibir cartas suyas en mi domicilio. No sé cómo encontró mi dirección, ni cómo sabía los nombres de mi mujer y de mis hijos. Informé al doctor Westcott y a las autoridades de la cárcel. Se hizo lo necesario para disuadir a Glenn y pensé que quizás hubiera esquivado una bala.

Los pacientes con trastorno límite de la personalidad corren un riesgo mucho mayor que los demás enfermos de establecer relaciones malsanas con sus terapeutas. La diferencia, en lo que a probabilidades se refiere, puede llegar a ser de un 40 por ciento, aunque lo importante no son tanto los números, sino la certeza de que el fenómeno existe. Una de las cosas para las que se nos forma es para mantener límites estrictos. Ya he confesado, sin embargo, que cuando conocí a Glenn Shelby mi formación no estuvo a la altura. No fueron respetadas las fronteras y se formó un vínculo obsesivo que dio pie a una temporada de acoso, truncada, afortunadamente, por el miedo al régimen de aislamiento y a la posibilidad de nuevas acusaciones que habrían mantenido a Glenn en la cárcel.

Se trata, dicho sea de paso, de un ejemplo perfecto para refutar la idea de que no es posible tratar con eficacia a un paciente aquejado de un trastorno del Eje II. La verdad es que los casos de menor gravedad sí que pueden tratarse con técnicas tan básicas como la de la zanahoria y el palo, y que estos pacientes moderan su conducta con la finalidad de obtener recompensas y evitar castigos.

Pueden tratarse, pero no curarse. Cuando les quitas las zanahorias y los palos, recaen sin excepción en su anterior conducta. Yo de Glenn no recibí más cartas, ni siquiera tras su puesta en libertad, pero el tiempo me enseñó que su empeño en sentirse cercano a mí no se agotaba en la correspondencia. Por eso fui a verlo, para que parase.

Seguimos hablando cerca de una hora, hasta que me fui a mi casa.

Una semana más tarde encontraron a Glenn colgado del techo de la suya.

Al enterarme me acordé de lo que vi ese día en su piso, cosas que por algún motivo me llamaron la atención pero sin llegar a preocuparme. Cosas que no entrañaban el menor peligro. La comba enroscada como una serpiente en un rincón. El taburete de la cocina. Y la barra metálica de hacer flexiones montada en el techo cerca de la puerta del lavabo. El techo era bastante alto, unos dos metros y medio. Si cierro los ojos, aún me imagino a Glenn colgando, con el taburete blanco caído junto a él, a poca distancia de la punta de sus pies. Sin más ropa que unos calzoncillos azules. No es algo en lo que me guste pensar, quizá porque no fue un fracaso normal, como puede fracasar la mayoría de la gente en sus trabajos, sino que concluyó en la horrorosa imagen que acabo de poneros en la cabeza, y con la que convivo a diario. Una imagen que está siempre ahí, como recordatorio de que ni tan siquiera yo puedo curar a todos mis pacientes.

Cuando me despedí de Glenn, estaba vivo. Temblaba, pero por lo demás podía valerse por sí solo. Volví en coche a la consulta, vi a otro paciente y me fui a mi casa, junto a mi familia.

El día siguiente me llamó el inspector Parsons. Yo tenía prevista la llamada. Os recuerdo que volvía a estar operativo al cien por cien, con absoluta lucidez y precisión. Veía el futuro. Lo veía porque lo controlaba yo. Mis marionetas colgadas de sus hilos. Los palos en mis manos.

Tenías razón, Alan. Sobre la coartada. ¡No vale una mierda!

—Lo siento, de verdad.

No lo sentía.

¿Cómo lo sabías? ¿Piensas decírmelo? ¿Qué más escondes?

—No te lo puedo decir. Ya te expliqué que…

Que sí, que sí, la sacrosanta confidencialidad del pacien-te. Alan, te juro que a veces sospecho que me estás manipu-lando.

—Es muy normal querer matar al mensajero, y no me ofendo, pero los antecedentes de Florida no los he creado yo, ni te he mentido en lo de la coartada. Es todo verdad. No me he inventado nada.

Parsons suspiró con fuerza.

Ya lo sé, perdona. Es que no me apetece mucho, la verdad, toda esta mierda. Me huelo que acabará mal. No sé cómo, pero me lo dice el cuerpo. Se me va a echar encima con toda una manada.

—Pero tiene que acabar, ¿no? Final, quiero decir —dije con calma—. ¿Ya se lo has preguntado a Sullivan y su mujer?

Según ellos es un error, pero las facturas del club no enga-ñan. En esa cena de cata solo consta un cubierto. El cargo lo firmó ella, Fran. Sullivan no tiene coartada.

—Ya.

Y encima los antecedentes de Florida. Le saltarán todos al cuello. Va a tener que defenderse con uñas y dientes.

—Supongo que tienes razón.

No cuestioné su conclusión sobre la inocencia de Bob. Lo que pensara Parsons no tenía importancia. Lo importante era el miedo de su tono. Era el tipo de «mierda» que podía acabar con el futuro profesional de cualquiera.

—Y ahora ¿qué?

Ya se ha buscado a un abogado, un primer espada de Hart-ford; Karl Shuman, el que a finales de los noventa consiguió que absolvieran a aquel grupo de violadores.

—Sí, ya me acuerdo.

Se hizo un nombre, y ahora defiende a los que se pueden permitir sus honorarios, sean quienes sean. A Bob ya no hay manera de tocarlo si no es con una orden de detención y de interrogatorio. Entonces se enterará la prensa y se armará una gorda.

—Lamento que se hayan puesto así las cosas. Ojalá pudie-ra ayudarte más.

Alan, por favor, ¿no podrías decirme si se aguantará, y ya está? Hazme algún guiño, un gesto, lo que sea, que tengo que tomar una decisión.

—La verdad es que daría lo mismo el guiño o gesto que te hiciera. Nada de lo sucedido en mi consulta podría ser admi-tido a juicio. Es el problema del tratamiento que están reci-biendo todas estas víctimas. Aunque se recupere un recuerdo, queda envuelto en demasiada incertidumbre para que el siste-ma judicial le otorgue credibilidad. He leído varios casos y veredictos. Cuando suben los pacientes al estrado, los vapu-lean sin que pueda remediarlo el tribunal.

Parsons se quedó un momento callado. No quería colgar en el mismo estado de caos mental que cuando había marca-do mi número. Estaba metido en una caja, sin salida. Si se quedaba cruzado de brazos y la prensa se enteraba de que había base para proceder, lo acusarían de hacer el juego a los ricos y los poderosos. Si, por el contrario, arrastraba por el barro sin motivo al niño bonito de Fairview, todo serían de-mandas y detectives privados. De las demandas saldrían so-breseimientos; de los detectives, un examen detenido de sus esfuerzos por resolver el caso, que le daba por lo visto cada vez más miedo. Siempre saldría perdiendo, o por mucho o por poco. La única salida era que Bob Sullivan fuese culpable. Y no lo era.

Pobre inspector Parsons.

29

Las semillas de la duda crecen como malas hierbas solo con tener bastante sol. Y agua. Y cuidados.

Durante su siguiente visita, sentada en mi consulta, Charlotte supuraba por todos sus poros dudas sobre Bob. No habían vuelto a verse, pero él la había llamado por teléfono para explicarle el problema de la coartada y lo de su nuevo abogado. Seguía sosteniendo que había estado en la cena. Aun así, habían cesado los mensajes de texto insinuantes y las fotos de su pene erecto. Bob guardaba las precauciones propias de quien es culpable.

—Siento que estés inquieta por cómo te va con Bob. Lo siento porque veo que te altera.

Sí, es que es muy inquietante. ¿Qué estará escondiendo? De hecho, se lo pregunté. Le dije: «Explícame dónde estuviste aquella noche. Si es con otra mujer lo aceptaré». Él repitió que en el club, y que lo perseguían todos por su candidatura, y su dinero, y bla, bla, bla. Cargando mucho las tintas, ¿sabes?

—Sí, suena muy raro. Comprendo que te preocupe. —Lo dejé un momento en el aire—. ¿Cómo ha estado Jenny desde la sesión de grupo?

Igual. Con lo bien que estaba antes de acordarse de la voz… En cambio ahora parece que se haya rendido, como si ya no creyera en la terapia y se resignara a vivir siempre con dolor. Se me hace tan duro verlo... Y tener que preocuparme otra vez desde cero.

—Ya. Creía que la sesión de grupo podía haberlo cambiado. Hubo una revelación bastante explícita por parte de otro de mis pacientes, otra víctima de una violación. Yo pensaba impedirlo, porque siempre tengo muy en cuenta la edad de Jenny, pero al final lo permití. En sí no era tan perturbador, pero trataba del momento de la penetración inicial, que es el recuerdo que recuperó esa noche Jenny.

La sorpresa de Charlotte fue mayúscula y se sentó en el borde del sofá.

No era consciente de que te lo hubiera contado con tanto detalle.

—Pues claro. ¿Qué pensabas que había pasado en esa sesión?

No sé. Supongo que pensé que se había acordado y te había dicho que se acordaba, pero nada más. No he querido pedirle detalles. Pero no era consciente de que te lo hubiera explicado. Es que parece... tan personal... No digo que esté mal, ¿eh? ¡No sé ni lo que me digo!

—Tranquila. Se te hace raro pensar que tu hija describiera un acto así a un hombre como yo, y en un marco tan frío.

Charlotte fijó la vista en la etiqueta de la planta. Tenía crispadas las facciones, como si pensara. Y como si sus reflexiones le dolieran.

—¿Quieres saber qué dijo? ¿Te ayudaría compartirlo conmigo?

Puede ser. Sí, la verdad es que me gustaría saberlo. Todo lo que se dijo. Todo.

Estaba resultando demasiado fácil.

Le expliqué a Charlotte un acto de penetración. El que describí no era la violación de Jenny, aunque tampoco se alejaba mucho. Era el de Bob Sullivan al follarse a su secretaria adolescente en la sala de exposiciones. La postura, por detrás. La mano apoyada en el hombro de ella. El rostro de ella pegado contra el suelo. La otra mano por detrás de su cabeza, enroscando los dedos en su pelo lustroso. Las fuertes embestidas, animalescas.

Charlotte se había echado hacia atrás, con los brazos cruzados, y vi en su cara que yo tenía razón, que Bob Sullivan se la había follado exactamente igual. Y que ahora Charlotte se estaba preguntado dónde estaba Bob de veras esa noche.

Cinco días después los retoños dieron flor.

Pero no nos precipitemos.

Todos estábamos muy preocupados por Jenny y por el brusco parón en los avances que habíamos estado realizando. Me arriesgué a que ya estuviera bastante alimentado mi pequeño incendio, a que el humo ya fuera suficiente para que se escabullese mi hijo sin llamar la atención, y decidí reanudar mis deseos egoístas de salvar a mi paciente.

—¿Cómo estás? —le pregunté a Jenny en su siguiente sesión—. ¿Aún tienes la sensación de que no puedes resolver ese problema de matemáticas tan complicado? ¿De que te gustaría desistir?

Jenny se encogió de hombros.

—Hoy pareces triste.

Brotaron lágrimas. Le di unos cuantos kleenex.

—¿Es el recuerdo, el que recuperamos?

No, sobre eso estoy mejor. La verdad es que es lo que decías: aunque odio las imágenes que me vienen a la cabeza, en el sentido de que tengo escalofríos al acordarme de las manos de él, y de... todo lo demás, luego lo que pasa es eso, que tengo momentos de escalofríos y ganas de gritar, llorar, acurrucarme y hasta morirme, pero al final se van. Cuando pienso en otras cosas, o hago otras cosas, las sensaciones las acompañan.

—¡Exacto! —Mi entusiasmo era indescriptible—. Los sentimientos han encontrado su sitio. Se han vinculado al recuerdo, y ya no hace falta que ronden tu cabeza en su busca. Es exactamente como se supone que funciona la recuperación de un trauma. A medida que pase el tiempo, y que dejes brotar las emociones y vayan surgiendo las imágenes, empezarán a disiparse. Saldrán y verán que estás a salvo, que no hace falta que te provoquen.

Jenny asintió. Luego, sin embargo, suspiró.

—Pues, entonces, ¿qué pasa?

No estoy cómoda hablando del tema.

Lo supe de golpe.

—¿Sean? —pregunté.

La delató su expresión.

—A mí puedes decírmelo. Sean sabe que hablamos de vuestra relación. Y él también me lo explica.

¿En serio?

—Sí.

Bueno, vale. No sé. Tengo la sensación de no ser una buena influencia, como si por mi culpa se encontrase mal.

—¿En qué sentido?

Es que está tan enfadado... Él está convencido de que me violó el señor Sullivan, y...

—¿Y qué?

Pues que está muy enfadado. Ahora, cuando nos vemos, tengo la sensación de que no puedo explicarle nada, porque siempre acaba sacando el tema del señor Sullivan, de que no lo hayan detenido, y de que nunca lo castigarán, porque como me hicieron el tratamiento no cambiará nada que me acuerde de su voz.

—Ya. ¿Y tú sigues creyendo que la voz que recuerdas es de la noche del bosque?

Me sigue pasando lo mismo. Mi cerebro cree que sí, pero en el fondo no me siento rara cerca de él, ni nada. Y debería, ¿no? Lo vi la semana pasada, en el trabajo de mi padre, y me puse nerviosa por el recuerdo, pero no sentí nada más.

—¿Crees que Sean sabe que le han hecho preguntas?

¿Qué?

—¿No te lo ha contado tu madre? Ah… Quizá tenga miedo de que se entere tu padre.

¡Dios mío! ¡Por eso el otro día dio media vuelta al verme! Jenny apoyó la cabeza en las manos, como si le diera vergüenza. *¡Dios mío!*

—Tranquila, que no pasa nada, de verdad. No le están haciendo preguntas por nada de lo que pasó aquí dentro, sino por algo de hace tiempo. Encima ha mentido sobre dónde estaba esa noche. La policía no sabe nada de nuestro trabajo. No sabe nada sobre tus recuerdos, te lo prometo.

Va a pasar, ¿verdad? ¡Habrá un juicio, y así verán todos lo mal que estoy de la cabeza! Y Sean… ¡Dios mío!

—¿De qué tienes miedo por Sean?

Es que… Es que está muy enfadado. Dijo que…

—¿Qué dijo, Jenny?

No se lo puedo decir.

—No pasa nada. ¿Tú te fías de mí?

Sí… pero es que… es mi mejor amigo, como si dijéramos. A veces pienso que el único.

—Pues entonces ayúdame a ayudarlo. Cuéntame qué te dijo.

En ese momento Jenny me miró como un ratoncito que intenta que no lo oigan, al mismo tiempo que abría la boca y salían de ella las palabras.

Dijo que quería matarlo.

—Bueno —contesté sin darle importancia—, eso se dice mucho, ¿no? Esta misma mañana me he puesto a gritarle a mi perro y le he dicho algo parecido. «¡Yo a este perro lo mato!» Sabes, ¿no? La gente lo dice sin pensarlo. Es una expresión.

No, no me ha entendido. Sean dijo que se imagina al señor Sullivan como uno de los terroristas a quienes le mandaron matar. Dice que es la sensación que le despierta, como si el señor Sullivan tuviera que morir por lo que hizo, y que así no lo repetirá. Y luego dijo… dijo que se imagina al señor Sullivan con el palo en la mano, clavándolo en mi piel. Se pone a imaginarlo como si fuera una obsesión. Dice que tiene un arma y que sabe disparar con la mano izquierda. Como si hubiera estado practicando.

—¿Ah, sí? ¿De dónde ha sacado el arma?

No lo sé. Solo dijo que si no juzgaban al señor Sullivan lo mataría él. Dijo que tiene un arma, y que lo mataría y punto. Yo le dije que prefiero morir a verlo meterse en problemas así. Entonces él… me abrazó con mucha fuerza y…

Jenny volvía a llorar. ¡Qué conflicto de emociones sentí! Era lo que necesitaba Jenny, llorar. Tenía que ir sintiéndolo todo. ¿Entendéis el mecanismo? Las emociones habían encontrado un recuerdo y se habían ligado a él. Ahora podíamos usarlas para que nos llevasen a otras; siguiéndolas, podíamos remontarnos a donde se escondía el recuerdo, y ver si se escondía algo más. Solo era una teoría, pero yo creía en ella.

Y sin embargo, ¡qué congoja por mi pobre soldado! Me descorazonaba que lo afectase tanto. Sean estaba identificando aquellos hechos con lo ocurrido la noche en que perdió el brazo. Tras la puerta roja, el terrorista a quien había que llevar a juicio. Y matar. De pronto tuve muchas ganas de que viniera para una sesión.

También había otras preocupaciones.

—Jenny —dije con aplomo—, ¿qué has querido decir con lo de que te abrazó?

Sí, es que a veces me abraza, pero no es nada malo. Dice que es como si fuera su hermana, pero también uno de sus soldados, los que tiene a sus órdenes, ¿sabe? Los novatos. Dice que morirá protegiéndome. Luchando por mí.

—Ya. La verdad es que es un alivio. Tenía miedo de que vuestra relación se convirtiera en algo más, lo cual no beneficiaría a ninguno de los dos.

De todos modos, yo le quiero. Ahora mismo es lo único que me ilusiona.

—Pues eso hay que cambiarlo. —Me incliné y le tomé las dos manos—. Acabaremos lo que hemos empezado. Te acordarás de todo lo que pasó esa noche. Pondremos a dormir a todos los fantasmas y entonces podrás seguir viviendo. ¿Me oyes?

Jenny me miró, un poco sorprendida. Era la primera vez que la tocaba o le hablaba con alguna emoción. Yo no había perdido el control. Lo que hacía era darle una pequeña dosis de lo que le daba Sean.

—¿Me has oído?

Sí.

—¿Y me crees?

No sé. Me da miedo esperarlo. Me da miedo encontrarlo. Siento como si fuera venenosa, y pienso que si consigo mantenerme lejos de la gente no le haré daño a nadie.

—No, Jenny —dije—. Tú no eres el veneno. Eres la cura.

30

A Sean no volvería a verlo hasta después del final de este relato, aunque entonces no fui consciente de ello. Demasiados platos que giraban. Demasiadas marionetas que manipular.

El inspector Parsons siguiendo con reticencia la pista de Bob Sullivan. Bob mintiendo a Parsons y Charlotte sobre su coartada. La mujer de Bob sirviéndole de tapadera. El abogado que lo protegía. Jenny y yo reanudando nuestro trabajo para evitar que se nos escapara. Y Sean ante la imagen de Bob con un palo en la mano, clavándolo en su dulce Jenny a la vez que la violaba con crueldad. Queda Tom. Y mi hijo.

Vayamos por partes. Tom y su obsesión con la sudadera azul estaban acabando con mi paciencia. No es que le hubiera tomado antipatía o desprecio, no, al contrario: lo veía como un niño enrabietado, un hijo mío que no acataba mis instrucciones.

¡Es que no entiendo que no le hayan dado esta foto a la policía científica para que la investigue!

Tenía en la mano una foto de mi hijo, de un anuario. No se le veía la cara.

—¿Es de un partido de lacrosse? ¿En la escuela?

¡Sí! De la primavera en que violaron a Jenny.

—¿Y qué crees que podría averiguar la policía científica? Es un adolescente de estatura media y cuerpo normal, con una gorra del instituto de Fairview. Seguro que la has mirado con lupa, centímetro a centímetro. ¿A que sí?

Tom se quedó mirando la foto.

Sí, pero es que... Mira, reconozco a una de las chicas de al lado, y a uno de los chicos que están junto a ella. ¡Si les enseñara la foto a todos los que fueron al partido, seguro que alguien se acordaría!

—Puede ser. Yo creo que es el problema. Ahora mismo están volviendo a hablar con todos los chicos de la fiesta. Quizá tengan miedo de que empiece a parecer una caza de brujas. No están obligados a dejarse interrogar, según la ley. De momento es todo voluntario, aunque si la gente se hace una idea falsa de en qué se ha convertido, podría cambiar la cosa.

Ya. ¿Y en qué se ha convertido?

—Bueno, hemos hablado de tu sentimiento de culpa, y de cómo afectaron tus padres tu autoestima, tu sentido del yo. Tu «ello», por decirlo de otro modo. Todo eso no cambiará solo porque encuentren al que violó a tu hija, Tom.

¡Por Dios! ¿En serio que vamos a hablar de mi ello, ahora que tenemos esta pista? ¿Qué te parece si encuentro al hijo de puta este, y luego te prometo que volveré y hablaré mal de mis pobres padres hasta que sea capaz de plantar cara a mi mujer, a mi jefe y a quien me digas tú?

En ese momento acudió a mi mente una sola palabra: «mierda».

—Mira —dije—, quizá tengas que llegar hasta el final, y de momento quizá sea mejor dejar nuestro trabajo a medias, pero antes plantéate lo siguiente: esta foto... en esta foto solo sale un chaval con una sudadera, y desde un ángulo que casi impide ver la forma del dibujo. Además, la única razón de que te interese tanto la sudadera es lo que dijo un vendedor de droga para reducir su condena. ¿Entiendes que me preocupe?

Francamente no, en absoluto.

Me incliné con los codos en las rodillas, las manos enlazadas y la barbilla contra el pecho. Notaba que Tom me miraba, esperando las palabras que tanto parecía que me costara encontrar. Es una técnica de enorme eficacia. Cuando levanté la cabeza, mi expresión era de convicción absoluta.

—Llevamos unos meses profundizando mucho en tu infancia y despertando muchas emociones. Durante todo este proceso has tenido el valor de mirar frente a frente la rabia que sientes hacia tus padres, porque esa rabia existe, Tom. Por muy encantadores que sean ellos dos y por mucho que apoyen a tu familia. A tus hijos los estás educando de una manera completamente opuesta a lo que hicieron ellos contigo y con tu hermana, lo cual me indica que en el fondo sabes que te perjudicaron. Emocionalmente. Te sientes indigno de todo lo bueno que hay en tu vida, como si lo hubieras robado. También albergas la creencia subconsciente de que lo malo que te pasa es un castigo de ese robo. Por eso tienes sentimiento de culpa, Tom. Rabia y sentimiento de culpa.

Tom se dejaba guiar suavemente por el camino que yo necesitaba que tomase.

Pero qué harto estaba de la maldita sudadera azul.

—¿Y dónde está la rabia? ¿Dónde está el sentimiento de culpa? —Le quité la foto de las manos—. ¡Aquí, Tom! ¡Aquí! —La sacudí—. Está todo aquí, concentrado en un chico con una sudadera. No ves la perspectiva general, ni de ti mismo ni de la investigación.

Estáis cansados de mis descripciones de pacientes que lloran, pero os aseguro que a este respecto he sido muy ponderado. Todos los pacientes a los que trato lloran casi en todas las sesiones. Calculad.

Tom lloró. Si os molesta, tranquilos, que enseguida pasamos a otra cosa.

Le tomé la mano y luego le di un suave empujón por el camino.

—Tom, ¿se te ha ocurrido pensar que la policía puede tener otras pistas? ¿Y que quizá no te hagan partícipe de ellas debido a la rabia que ahora mismo te ciega? Quizás esté todo controlado y puedas poner las riendas en sus manos y dejar que hagan su trabajo. ¿No sería un alivio?

Tom me miró, con una luz nueva en sus ojos.

¿Serían capaces? ¿De no decirme nada? Hace más de un año que participo en la investigación. ¡Desde que pasó todo!

Me encogí de hombros.

—No lo sé, Tom. Es una simple posibilidad, que me gustaría que te plantearas. Tenía la esperanza de que te tranquilizase y de que así pudieras deponer las armas y tomarte un descanso.

Tengo que irme, Alan. Lo siento. Sé que estoy siendo mal paciente. Reflexionaré sobre los temas que has sacado, pero ahora no. ¡Ahora no!

Nos levantamos los dos. Yo le tendí la mano, y al estrechar la suya la rodeé con la otra.

—Tom, por favor. Ten en cuenta lo que he dicho. Depón las armas. Deja que hagan su trabajo los profesionales.

Tom, sin embargo, ya se había ido.

Pasemos a mi hijo.

Ya no se podía aplazar más tiempo la entrevista sin levantar sospechas. Lo acompañó Brandino, el abogado. También yo. A mi mujer le dije que se quedara en casa, porque no sabía esconder sus emociones. Las preguntas corrieron a cargo de dos policías jóvenes, ambos de sexo masculino. Estaban cansados de todo: de Tom Kramer, de llamar cada día a comisarías de pueblo, de preguntar por viejos casos de violación y de mantenerse en espera con el teléfono entre la oreja y el cuello, cosa que además de darles tortícolis y dolor de cabeza les impedía mantenerse al día en Twitter, Snapchat y Facebook. Como también era su pueblo, además de estar aburridos eran reacios a herir susceptibilidades. No tiene gracia que te miren mal todo el día.

Hubo preguntas y respuestas.

¿A qué hora llegaste a la fiesta? ¿A qué hora te marchaste? ¿Ibas con alguien? ¿Saliste en algún momento de la casa? ¿Te acompañó alguien? ¿Viste a Jenny Kramer? ¿La acompañaba alguien? Etcétera, etcétera. *¿Tienes una sudadera azul con símbolos o letras rojas?*

Jason aguantó bien el tipo. Su sentimiento de culpa pasó por miedo adolescente. Me recordó cuando un chico conoce al padre de una chica en la fiesta de fin de curso. ¿Es buen chico? Sí. ¿Quiere acostarse con la hija? También. ¿Lo hará? Probablemente no. Se trata de un engaño aceptado. Ya han pasado muchas palabras desde que os hablé de lo que me parece la sinceridad y de lo necesario que es mentir en las relaciones humanas. Si el chico le dijera al padre que se ha imaginado a su hija desnuda, que se ha visto con los pechos de la hija en las manos, su lengua dentro de la boca de ella y sus manos por debajo del vestido, y que todo esto se lo ha imaginado a la vez que se masturbaba, solo una hora antes de tan educada presentación… Ya os podéis imaginar cuántos chicos acudirían a la fiesta. He sido muy explícito, pero es que quería que se me entendiera.

Me parece que no, dijo Jason, un poco intranquilo, acerca de la sudadera. *Vaya, que ahora mismo no tengo ninguna, ni recuerdo haberla tenido.*

Era la parte brillante. La ejecutó a la perfección.

¿Te fuiste en algún momento de la fiesta?

Jason tardó un poco en responder. Miró a su abogado, que asintió y le dio unas palmadas en la mano. Después me miró a mí, e hice lo mismo. Hasta es posible que dijera «Venga, hijo, diles la verdad».

Suspiró. Os advierto que no hacía teatro. No sabe mentir. Es buen chico. Un chico maravilloso. Mi hijo.

Salí unos minutos. Buscaba al hombre ese, el del Honda azul.

El interés de los polis se avivó un poco, pero claro, en la falsa dirección. Hasta entonces nadie había reconocido haber hecho nada ilícito, porque no se podía demostrar. Esa noche, Cruz Demarco ganó más de mil dólares, pero salvo John Vincent nadie admitía haber comprado nada. Aquella entrevista era como encontrar una pequeña pepita de oro en el tamiz.

Ya, dijo uno de los policías. *O sea, que querías comprar droga.*

Jason asintió, avergonzado.

¿Y la compraste?

No. Vi el coche, tuve miedo y pasé de largo. Luego di media vuelta y volví a la casa por el otro lado, para que no me viera.

¿A qué hora fue?

No lo sé. Antes de las nueve y media. Después de las ocho. No estoy seguro.

¿Viste a alguien más?

No, pero toda la noche hubo gente que entraba y salía buscando al hombre ese. No se hablaba de otra cosa. Creo que él también vino a la casa, por detrás.

Brandino, el abogado, intervino.

¿Han terminado? Ya ven que mi cliente ha sido muy sincero y no se ha guardado nada. No le beneficiaba explicar su intención de comprar droga. Espero que le reconozcan ese mérito.

Mérito, sí, pero no se hizo porque fuera «meritorio», más allá de lo que quiera decir eso, sino para explicar su nerviosismo y el hecho de que se hubiera movido tanto al oír la pregunta sobre la sudadera. ¿Lo entendéis?

La entrevista continuó, pero a partir de ahí perdió cualquier importancia. Se había logrado esquivar a la perfección la mentira sobre la sudadera y lo mal que mintió mi hijo.

Cuando llegamos a casa, mi mujer estaba en la cocina con una copa de vino. Aún no era de noche, pero estaba hecha un manojo de nervios.

—Podría haberte dado algo, cariño. Ahora te dolerá la cabeza.

Corrió hacia nuestro hijo sin hacerme caso y lo abrazó.

¿Estás bien? ¡Mi niño, pobrecito!

Jason se dejó estrujar un momento antes de apartarse.

Muy bien. ¿Puedo irme?

Dejamos que se fuera. Encendió el nuevo televisor y luego puso el videojuego violento, pero me dio igual.

Julie me miró ansiosa por saber cómo había ido el interrogatorio. No la hice sufrir.

—Todo bien —dije.

Se lanzó a mis brazos.

¿Me lo prometes?

—Sí, te lo prometo.

Nunca he dicho nada más en serio.

Si no somos capaces de proteger a nuestros propios hijos, es que somos unos desgraciados.

31

¿Os imagináis los pensamientos de Bob Sullivan cuando vio tanto miedo en la cara de Charlotte?

Quedaron en la casa de las afueras de Cranston, cinco días después de mi sesión con Charlotte, que se había estado acordando de la mano de Bob en un hombro y la otra en el pelo, y de que a veces le apretaba la nuca al embestir sus muslos. Lo profundo de la penetración, y cómo gemía cada vez. Y al recordarlo, a veces, se imaginaba a Jenny en manos de Bob. A mí no me lo dijo; creo que habría sido demasiado personal, pero lo supe.

Ni siquiera podía mirarlo. Tenía la sensación de estar en un mundo paralelo donde todo era igual, pero no como pensaba yo. ¿Tiene algún sentido? Supongo que pasa muchas veces, ¿no? Cuando alguien se entera de que su marido o su mujer lo engaña, o le ha robado dinero. Dios mío… Acabo de darme cuenta de que algún día me mirará así Tom, ¿verdad? Si se entera de lo que he hecho y tiene que aceptar que la Charlotte buena no existe.

—Olvidémonos por hoy de la Charlotte buena y centrémonos en lo que te pasó con Bob, que es muy importante; muy traumático, aunque quizás aún no te des cuenta. Tú le querías, al menos tal como pensabas que era, y creías que él también a ti: que te quería de verdad, con todos los secretos del pasado.

Ya no sé ni lo que siento, Alan, de verdad. Deja que te explique qué pasó y luego me dices lo que te parece, ¿de acuerdo?

Asentí.

—Sí, claro.

No volví a sacar el tema de la cena de cata, por lo insistente que estuvo la otra vez, diciendo que me equivocaba, y porque tenía muchas ganas de saber cómo me sentiría con él; si podía acostumbrarme a las mentiras y la incertidumbre, o no.

—Charlotte, ¿no habrás empezado a preguntarte si fue Bob el que... ya me entiendes, el que le hizo todo eso a Jenny? No, ¿verdad? ¿O te refieres a no saber dónde estuvo esa noche y si se fue con otra?

¡No! Vaya, que eso de Bob nunca me lo podría creer. Mentía bien. Pero estaba segura de que se acordaba de dónde estuvo aquella noche. El problema era ese. ¿Por qué no me lo decía?

—Bueno, sigue.

Me sirvió una copa. A veces la acepto, si no es muy temprano. Él también se sirvió una. Se agradecía tener algo en la mano, porque ninguno de los dos parecía muy ansioso de tocar al otro. Le pregunté si se había arreglado todo. Contestó que no, que lo de la cena de cata se le había ido de las manos. Me explicó que había tenido que buscarse a un abogado y que entre los dos se estaban negando a responder más preguntas. Supongo que no está obligado, ¿verdad?

—No, obligado no. Por lo que dices, parece que quiera dejar en evidencia el farol.

Sí, es lo que dijo, que ahora lo único que pueden hacer los otros es pedir una orden judicial, y que entonces no tendrán más remedio que hacerlo público. Su abogado ya ha avisado de que los demandará enseguida. Con lo que se resentirían sus negocios, su candidatura, su reputación y su familia... Ellos cuentan con que los mandamases preferirán evitarlo. ¿Qué tienen, en el fondo? Un expediente universitario de hace mucho tiempo y un malentendido sobre una cena de hace más de un año. ¿Verdad que no les darían la orden judicial?

—No lo sé, Charlotte, pero por lo que dices parece que sigue preocupado. ¿O lo viste confiado?

No, confiado no, en absoluto. Estaba enfadado, diciendo cosas como «pero ¿cómo es posible que me pase esto a mí? ¿Cómo se le puede ocurrir a alguien que haya violado a una chiquilla? ¡Si mi fortuna asciende a más de veinte millones de dólares! ¡Estoy a punto de entrar en la asamblea del estado! ¡He conocido al presidente, carajo!» Luego dijo que tenía la sensación de que le explotaría la cabeza, o algo así, muy dramático. Todo era un enorme insulto a su ego.

—No es una actitud muy atractiva, hay que decirlo. ¿No entiende la postura de los otros? ¿No ve que tienen la obligación de investigarlo a fondo?

Ya te digo que a mí me hizo verlo de otra manera. No podía pensar en otra cosa, acostarme con él y volver a mi casa. Esta vez no. Le dije lo que pensaba, que es lo que acabas de decir: que tienen que cubrirse las espaldas. Le dije que tenía que explicarles dónde estuvo esa noche y que entonces pasaría todo. Le dije que no entendía que no lo hiciera.

—¿Y cómo se lo tomó?

Mal. Se enfadó conmigo. Tiró el vaso al otro lado de la habitación y le subió toda la sangre a la cara. Estaba muy rojo, con los ojos muy abiertos, desquiciado. Se acercó mucho, me agarró por los brazos y se me quedó mirando. Luego me preguntó directamente si creía que había violado a mi hija.

Charlotte se llevó una mano a la boca, conteniendo un grito, y sacudió lentamente la cabeza sin apartar la vista de la etiqueta.

Contesté que no. Le dije que sabía que no era capaz de algo así. Pero entonces, ¿por qué no les contaba dónde había estado?

Y encima lo de la voz en la cabeza de Jenny… No sé. Me parece que no se lo creyó.

Se quedó ensimismada en el recuerdo del encuentro. La dejé un momento ahí, bastante tiempo para que se mezclaran los recuerdos con más dudas. Ya sabéis por qué, ¿verdad? Para que se reintegrasen un poco cambiados al archivo, con el posible aderezo de las dudas sobre Bob.

—¿Y cómo acabó, Charlotte? ¿Cómo quedasteis?

Uf. Pues la verdad es que mal. Me dijo «Vete a la mierda» y se marchó.

—¿«Vete a la mierda»? ¿Fue lo único que dijo?

Ajá. Después de tres años, de tantas declaraciones de amor y tantos momentos de ternura al acostarnos juntos. Después de haberme mirado tantas veces con amor a los ojos… ¿Cómo es posible? ¿Cómo podemos hacer cosas así, que parece que sean para siempre, como si los sentimientos fueran a quedarse incluso si la relación se acaba? Yo ya no me creo nada. Ningún sentimiento, ni declaración, ni amor. Son todo mentiras, nada más que hormonas, deseo, necesidades, y llenarse mutuamente las lagunas, los agujeros del alma. Lo único que hacemos es utilizarnos. ¿A que sí? Nada es lo que parece.

—Bueno, Charlotte, sobre eso habría mucho que decir. Tienes razón, todo eso que dices lo hacen las personas, pero a veces se convierte en algo más. A veces los amores más débiles, los puramente sexuales, las lagunas, dan pie a algo más. Y a veces estas conexiones pasajeras, las que nos pillan por sorpresa, como un viento frío a la vuelta de la esquina, se quedan y se convierten en el punto de apoyo de una conexión más duradera. Es lo que describe la mayoría de la gente que tiene una relación estable. Es la conexión, y la necesidad de que la haya. A partir de ahí, como todo lo que necesitamos, la cuidamos con bondad y con dedicación. Son actos de amor. Pero bueno, ya es un poco demasiado para un solo día, ¿no? Explícame cómo te sientes ahora que te ha dicho Bob «Vete a la mierda» y se ha marchado.

Me siento desorientada, como si estuviese perdida dentro de mi propia vida.

—Perfecto, Charlotte.

¿Perfecto? Un desastre, dirás.

—Te voy a hacer una pregunta: si te llamara Bob y te pidiera disculpas, ¿irías a verlo? ¿Volverías a hacer el amor con él?

Ganas tendría, pero no podría. ¿Cómo, después de lo que ha pasado? ¿Habiendo visto el tipo de persona que es, con sus mentiras, su crueldad y cómo pasa del cariño a la agresividad? Pero ganas tendría. Se me hace muy difícil saber que ya no está. Era lo que me permitía vivir.

—Ya lo sé. Será difícil renunciar a Bob. Pero hazme un favor: no le busques recambio. Gestiona el malestar. Pasa un tiempo perdida y averigua hasta cuándo puedes soportar el dolor. Yo creo que pasará, como cuando chocas con la punta del pie en la esquina del sofá.

Charlotte estuvo de acuerdo. Había renunciado a su único cigarrillo, al menos de momento. ¡Qué orgulloso estuve de ella! Salvar a mi hijo se había convertido en una monomanía, es cierto; también es cierto que quería acabar mi trabajo con Jenny, y que no me había parado a pensar en Tom ni en Charlotte, para los que no había sitio, pero eso no significa que ya no me importasen. Me había involucrado a fondo en ambos. Como habría dicho Jenny, eran un problema de matemáticas que sabía que podía resolver, sin mucho esfuerzo. ¿Cómo no iba a querer hacerlo? Soy médico. Mi vocación es curar.

No había pensado en las posibles sinergias incrustadas en mi plan, pero ahora las veía. Charlotte podría haber tardado años en dejar a Bob. ¡Años! Y para entonces podría haber sido demasiado tarde. Sentí una profunda satisfacción por Charlotte, y aun a riesgo de poder parecer un egocéntrico, diré que me sentí muy satisfecho de mí mismo. Charlotte estaría bien. Lo vi. Lo más difícil había sido la ruptura.

Peor parado saldría Bob.

32

Fran Sullivan es de mi cuerda. No deja de ser una expresión curiosa, pero ¿verdad que la entendemos todos? Fran no era buena persona, ni tampoco amable, pero cuidaba de los suyos.

Fran y Bob se habían conocido en el instituto. Ella era de esas personas que disfrutan dándose caprichos; vaya, que no hace ejercicio, ni vigila lo que come, ni reprime de ninguna manera sus antojos. Se pone lo que más le gusta. En verano, sus vestidos sin mangas resaltan la carne de debajo de sus brazos, que se balancean como colmillos de elefante cuando se pasea por la calle con su camada de hombres (sus tres hijos varones y su marido rico). En invierno saca sus pieles, hechas de crías muertas de animales, cosa que hoy en día causa repulsa en la mayoría de la gente. Lleva un peinado aparatoso y mucho maquillaje. Su perfume se huele a varias manzanas. Me imagino que cuando se conocieron no era más atractiva que ahora, pero también entiendo que Bob se casara con ella. Era un miembro valioso del equipo.

Yo a Fran Sullivan la conozco solo de vista. Nuestros caminos no se cruzan socialmente, pero siendo ella toda una personalidad, y Fairview un pueblo, es imposible que pase desapercibida.

Muchos dicen que fue Fran quien convirtió a su marido en lo que es hoy en día, y me parece muy posible. Seguro que vio en Bob un ego enorme, con un apetito descomunal, y supo que podría usarlo en su beneficio. Habían crecido juntos en Cranston. Clase media baja. Hartos de penurias. Hartos de que a pocos kilómetros hubiera tanta riqueza fuera de su alcance. Fran no fue a la universidad. Trabajó de secretaria y ayudó a Bob a pagarse los estudios en Skidmore. Bob encontró trabajo en un concesionario de coches. Volvía cada noche con historias de comisiones robadas, peloteo y puñaladas traperas. Los vendedores eran gladiadores en el Coliseo. De eso tienen fama los vendedores de coches, ¿no? Fran era un cerebro privilegiado, una mujer astuta sin el menor asomo de conciencia, y en todas las batallas el último en pie era Bob Sullivan.

Todo esto son conjeturas de mi parte, por supuesto, pero no puedo equivocarme mucho.

Fran también sabía que los egos grandes y ávidos van acompañados por la necesidad de otras mujeres, más jóvenes y guapas, y de mayor éxito. Basta pensar en cierto deportista famoso aficionado a las strippers de segunda. ¿Por qué lo arriesga todo un hombre solo para que otra mujer le diga que le encanta su polla, tan grande y dura? Fran entendía a los hombres y sus egos.

Por eso, cuando vio llegado el momento de que Bob se presentara a la asamblea del estado —primer cargo público de toda una serie que, en sus sueños, acababa por llevarlos hasta Washington—, contrató a un detective privado para que levantara acta de sus devaneos.

A Charlotte se lo explicó así:

Dijo que sabía que valía la pena arriesgarse a tener tantas cintas y fotos. Sabía que podía pagarle al detective tanto como le ofreciesen en los medios. Ya había comprado su lealtad mediante años de ingresos abundantes. Lo guardaba todo, hasta la última foto de su marido con otras mujeres. Decía que eran su seguro contra dos posibles tormentas. La primera, una posible acusación de abusos. Me imagino que no quería repetir lo sucedido durante las vacaciones de primavera de Bob. ¿Te imaginas? Ella trabajando como una mula en casa y él de vacaciones en Florida. La segunda tormenta era si a Bob se le ocurría alguna vez dejarla.

Con el paso de los años se contaron por decenas las aventuras extraconyugales de Bob, y de todas había cintas y fotos. Algunas eran revolcones de una noche. Otras, strippers. Otras, fijas como Charlotte. El detective ponía aparatos de grabación en los lugares de los que era asiduo Bob: salas de exposición, dormitorios de amantes, el piso de su amigo en Cranston, la caseta de la piscina de los Kramer... También había uno en el maletín de Bob. La mayoría se activaban por voz. Como algunos solo podía oírlos cuando estaba dentro del alcance de la señal de radio, seguía a Bob todas las noches en que se quedaba en el trabajo hasta altas horas y a todas las cenas de negocios. Las grabaciones y las copias físicas de las fotos se las entregaba a Fran, que las guardaba en una caja fuerte. Su hermana de Hartford tenía una copia de la llave.

Dos días después de que Bob se despidiera de Charlotte con un «vete a la mierda», Fran la siguió al súper y esperó en su coche hasta que la vio salir con sus bolsas.

Mientras metía las bolsas en el maletero, oí que me llamaba, y al darme media vuelta casi me dio un infarto. Estaba muy sonriente, con una sonrisa tan ancha y dulce que daba pavor. La saludé, le pregunté qué tal, le dije que menuda sorpresa... Lo típico. Nos conocemos desde hace años, y obviamente hemos coincidido en muchos actos sociales y fiestas de trabajo. Hasta hemos jugado al golf en la excursión anual de la empresa. Ella me ayudó a cargar las bolsas. Luego fue a la puerta del copiloto y subió.

—Debiste de pasar mucho miedo.

¡Ni te lo imaginas! No decía nada. Se quedó sentada, mirándome, y al cabo de un rato sacó una grabadora pequeña y la puso en marcha. Era Bob…

Charlotte se vino abajo al recordar el episodio.

—Espera, un momento… [voz de mujer, preocupada]

—¿Qué pasa? [voz de hombre, alarmada]

—La puerta del lavabo… Está cerrada, pero por debajo de la puerta… Creo que está encendida la luz. [voz de mujer susurrando]

[roces, y luego silencio]

[un fuerte grito de mujer]

—¡Dios mío! ¡Ay, Dios mío! [voz de hombre, aterrorizada]

[gritos de mujer]

—¡Ayúdala! ¡Mi niña! ¡Mi bebé!

—¿Está viva? ¡Mierda! ¡Mierda!

—¡Ve a buscar una toalla! ¡Átale las muñecas, muy fuerte!

—¡Mi bebé!

—¡Envuélveselas! ¡Estira! ¡Fuerte! ¡Ay, Dios mío! ¡Cuánta sangre…!

—¡Le noto el pulso! ¡Jenny! ¿Me oyes, Jenny? ¡Pásame las toallas esas! ¡Ay, Dios mío, Dios mío, Dios mío!

—¡Jenny! [voz de mujer, desesperada]

—¡Llama al 911! ¡Jenny! ¡Jenny, despierta! [voz de hombre]

—¿Dónde está mi móvil? [voz de mujer, roces]

—¡En el suelo! ¡Venga! [voz de hombre]

[pasos, roces, voz de mujer hablando con el 911 y dando una dirección, histérica]

—¡Tienes que irte! ¡Ahora mismo! ¡Vete! [voz de mujer]

—¡No! ¡No puedo! ¡Dios mío!

Me quedé mirando la grabadora, mientras oía la grabación de aquel día espantoso. ¡Mi bebé! ¡Y tanta sangre!

—Dios mío. Os estaba grabando.

No me sorprendo fácilmente, pero esta vez sí.

Desde hacía años. Tenía docenas de cintas. Fue lo que me dijo. Luego sacó otra y me la puso.

—¿Dónde están tus padres? [voz de hombre con tono insinuante]

—Han salido [voz de mujer, coqueta]

—Mmmm. [voz de hombre, un gemido profundo]

[roces y ruido de besos]

—Te voy a follar a tope mientras están fuera tus papis. [voz de hombre, agresiva]

—No, no, es que soy buena chica. No puedo. [voz de mujer]

—¿Qué pasa, que no me has oído? Te voy a follar ahora mismo. Te voy a poner de cuatro patas y a quitarte tus braguitas rosas. [voz de hombre]

[grito ahogado de mujer]

—No, para, no… [voz de mujer]

Fue asqueroso. Este hombre es un cerdo asqueroso.

—¿Con quién estaba?

Con una de las chicas del concesionario, Lila no sé qué. ¡Tiene veinte años! O sea, que entonces tenía diecinueve. Y a la familia de Bob la conoce desde hace años. ¡Bob juega al golf con su padre!

—¿Y por qué quería Fran Sullivan que oyeras justamente esa grabación, habiendo tantas?

Porque la hicieron la noche de la cena de cata del club.

Yo ya sospechaba que esa noche Bob estaba con otra mujer, pero no había contado con que hubiera pruebas tangibles.

Con lo que había contado era con que Bob no quisiera divulgar su paradero y con que la mujer fuera igual de reticente. Había contado con tener más tiempo.

Ahí estaba esa noche. No estaba violando a mi hija. Estaba violando a la de otros.

—Pero me has dicho que en la grabación fingían.

Ella es una niña y él un hombre de cincuenta y tres. Ponle el nombre que quieras.

—Ya. Lo siento mucho, Charlotte. Está claro que al final ha resultado ser una persona horrible. Lo que aún no entiendo es por qué te puso su mujer las cintas.

Por chantaje puro y duro. Me dijo que la grabación de esa noche se la llevaría a la policía, al inspector Parsons. Antes de la entrega, el abogado pedirá un acuerdo de confidencialidad. Así se demuestra la inocencia de Bob, y ella quiere hacerlo cuanto antes y con discreción. Todavía ve posible que no se entere la opinión pública. Dijo algo así como que «me imagino que de alguna manera lo acabarías sabiendo por el inspector, y me imagino que te habrías sentido burlada. Menuda la que te ha colado Bob, ¿verdad? Conque amor, ¿eh? Y claro, quizá fuera un consuelo dejarlo en evidencia; humillarlo, destrozar su carrera». Y luego dijo: «Tú cumple con tu parte y olvídate del tema, y a cambio yo cumplo la mía y me guardo las cintas donde sales con mi marido».

—Ya. Para que no se entere Tom.

Exacto. Aún dijo algo más: «Ahora estamos en el mismo barco, ¿eh? Como sigan estas acusaciones absurdas sobre tu hija, se sabrá todo. Todo».

—¿Y qué piensas hacer?

Charlotte me miró con una fusión pasajera pero admirable entre derrota y valor ciego, que es típica de cuando no se tiene nada que perder.

*Se lo diré yo misma a Tom. Esta noche. No pienso dejar que
me dé órdenes Fran Sullivan. Que se vaya al infierno. Tenías
razón. Necesito gestionar el dolor. Necesito superarlo. Es lo que
he intentado hacer desde que me encontré con Bob y él me dijo
«Vete a la mierda» y se fue.*

—Estoy muy orgulloso de ti, Charlotte. Hay que ser muy
valiente.

Ahora puedo deciros dos cosas: en primer lugar, que
cuando Charlotte me dijo que había estado trabajando en
sus sentimientos sobre Bob, mentía. En segundo lugar, que
esa noche no tuvo la oportunidad de contárselo a Tom. Esa
noche Tom no estaba en casa.

Al poco rato de quedarme solo recibí una llamada de Parsons. Por lo visto Fran Sullivan no bromeaba.

*Sullivan ya está exonerado. Me ha parecido que tenías que
saberlo. Lo que te llevará a pensar que podría ser culpable...
pues fue una equivocación.*

—¿En serio? ¿Qué ha pasado?

*No puedo revelar detalles, pero puedo decirte que nos ha
dado una coartada. Bonita no es, pero se aguanta.*

Parsons se había reunido con Fran Sullivan y el abogado. Fran no le puso la grabación. Lo que hizo fue explicarle el contenido y animarlo a hablar con la joven. Como es
lógico, Parsons se presentó en el domicilio de los padres,
que solo quedaron al corriente de los hechos después de
obligar a su hija a explicarles la presencia de la policía en su
puerta. Un amigo de toda la vida, compañero de golf del
padre los fines de semana, acostándose con su hija durante
más de un año. El padre se llevó un disgusto tan grande que
Parsons tardó una hora en tranquilizarlo. Todo esto lo supe más
tarde.

—Ya. Bueno, pues habrá sido un alivio —le dije a Parsons.

Supongo. Aunque te digo una cosa: este mundo está muy mal.

—¿Cómo quedan ahora las cosas?

Pues… como antes. Con Tom Kramer todo el día encima, sin respuestas y sin sospechosos. Solo una sudadera azul y una foto de un anuario. Ah, no, que hay algo más…

—¿Qué?

Debo reconocer que a esas alturas no prestaba demasiada atención. Se estaba agotando la treta de Bob Sullivan, y sin expectación mediática, demandas ni nada, se irían todos a sus casas. No me apetecía mucho el plan B.

Hay un caso en Oregón, una de las llamadas que han estado haciendo mis chicos. Sabes, ¿no? Al resto de las comisarías del país. Resulta que un veterano se acordaba de un informe sobre un crío con el mismo tipo de corte en la espalda. Una línea recta justo encima de la pelvis, muy profunda. Es de hace mucho tiempo, pero dice que intentará encontrar el expediente en el archivo. No recuerda que estuviera vinculado a ninguna violación, pero podría ser algo.

—Ya. Hombre, suena un poco forzado, ¿no? En el sentido de que lo de aquí fue ante todo una violación, no un ataque en que la violación fuera algo secundario, como si dijéramos… Y es en la otra punta del país. ¿No estás de acuerdo?

En este caso, Alan, no pienso dejar ni un cabo suelto.

Bueno, eso lo veremos.

33

He aquí lo que pasó la noche de la colisión. La noche en que bajó entre gritos por la cuesta la vagoneta de la montaña rusa. La noche en que estaba casi terminado el algodón de azúcar. Después de que os lo cuente aún quedarán algunos hilos que enrollar.

He aquí lo que pasó la noche en que murió Bob Sullivan.

Charlotte me había mentido. Sé por qué, y carece de importancia. Tras cortar con Bob no fue capaz de irse a su casa y gestionar su dolor. Se le habían quedado grabadas sus palabras: «Vete a la mierda». Abrigaba fuertes sospechas de que Bob había violado a su hija. Eso era obra mía, pero también consecuencia del shock que se sufre al averiguar la verdad sobre la persona amada. Cuando «Te quiero» se convierte en «Vete a la mierda», el cerebro atenúa el dolor representándose a la otra persona como el colmo de lo despreciable. Era imposible de tragar. Había sido demasiado amarga, la píldora, y esa noche a Charlotte se le atragantó.

No puede alegar que era inocente. Al igual que yo, con mi caja de cerillas, Charlotte sabía que Tom estaba desquiciado con su búsqueda del violador de Jenny. Sabía que no podía dormir, que comía a duras penas y que ya no disfrutaba con ninguna actividad ni albergaba sentimientos de alegría. Ni siquiera con Lucas y Jenny. Era todo fingido, una comedia: sus tibios gritos de ánimo en los partidos de lacrosse, las sonrisas con que les daba los buenos días… Vivía en un estado de aguda desazón.

Mis planes para él, en caso de que superara aquella desazón, consistían en que saliera convertido en otro hombre, aceptando los demonios que llevaba dentro. Es el proceso. Es el camino de la curación. El mismo que tenía Charlotte por delante ahora que había renunciado a Bob. Pero Charlotte tenía la venganza al alcance de la mano, y optó por recurrir a ella.

Ese día, al salir de mi consulta, se fue a casa. Era antes de saber que Bob era inocente. Antes de que se sentara en su coche Fran Sullivan y le pusiera aquellas cintas repulsivas. Estaba furiosa con Bob, pero lo más importante es que había estado preguntándose si era el violador de Jenny. Esperó a que se fueran los niños a la cama. Entonces se lo dijo.

Me parecía increíble lo que estaba oyendo. Que Bob Sullivan, mi jefe, amigo desde hacía años de mi familia, fuera sospechoso de la violación de mi hija. La idea de un nuevo sospechoso me la pusiste tú en la cabeza, Alan. Tenía lógica que la razón de que no les interesara la foto del anuario fuera un nuevo sospechoso. Traté de averiguarlo a través de Parsons, pero no quiso decírmelo. En cambio Charlotte sí. Me habló de lo de la otra chica, la de hace tantos años, y de la falsa coartada que le había dado Bob a la policía. Pero lo que me convenció fue que Jenny oyera su voz. Podría haberlo matado esa misma noche. Me quedé sentado en la cama, fantaseando con que lo mataba, con que iba a buscar un bate de béisbol al garaje y le aplastaba el cráneo.

Fui a la habitación de Jenny cuando ya dormía. Encendí su móvil y leí los mensajes de texto que se intercambiaba con aquel soldado amigo suyo, el del grupo, el que recibió el mismo tratamiento horrible en Irak. Entonces lo vi. Vi las palabras.

«Yo creo que fue él… Oigo su voz en mi cabeza.» En las dos últimas semanas hay decenas de mensajes. A mí no me lo dijo nadie. Supongo que ya sé por qué, pero bueno, el caso es que lo sabían todos menos yo, ¿verdad? Tú, Jenny, Parsons, Charlotte… Todo el mundo salvo yo.

Tom se pasó el día siguiente gestionando su rabia. Pero ya no daba más de sí.

Sabía que esa noche Bob estaría en el concesionario Jaguar con un cliente. Cené en familia. Me acabé todo el plato. Bistec. Patatas. Judías verdes. Me lo comí todo, y aún tenía hambre. Era la primera vez que tenía apetito desde que violaron a mi hija. Les dije que tenía que acabar de ordenar unos papeles en el trabajo. Le di a mi mujer un beso largo, en los labios. Bastante largo para sorprenderla. A mis hijos les di un beso en la cabeza y un fuerte abrazo. Sabía que sería la última vez que los viera así, en nuestra casa. Bajé por la escalera con las ideas más claras que nunca. Fui a buscar el bate. Lo metí en mi coche. Arranqué.

Esa noche Tom no era el único al volante.

Yo no había visto a Sean Logan desde que me explicó sus sentimientos acerca de Bob Sullivan: que él también estaba convencido de que era el violador de Jenny y lo veía con el mismo odio que a los enemigos en Irak. Bob era el terrorista. Jenny era Valancia, el novato que le habían asignado para que lo protegiese. Sean estaba muy frustrado por lo poco que avanzábamos. Nos habíamos atascado en la puerta roja y él necesitaba conocer la respuesta: ¿había sido el causante de la muerte de su colega, la persona a su cargo? Ahora ese tormento se encauzaba hacia Bob Sullivan.

Ahora me doy cuenta. Veo que cogí la rabia y la deposité en otro hombre y en otra situación que sí era capaz de repetir. No podía proteger a Valancia, pero sí a Jenny. Empecé a sentirme mejor. ¿Recuerda que gracias al poder de ayudar a Jenny conseguí sentir amor por mi hijo? Me lo hizo comprender usted. Pero ese poder lo puso en marcha lo de Sullivan. Hacía días que se iba formando la idea en mi interior. Al final explotó, el poder. No me presenté a nuestras sesiones porque sabía que usted me lo vería en los ojos y que intentaría impedirlo. Lo único que quería era frenar el sufrimiento, el de Jenny y el mío. Tenía que pararlo como fuera. Cargué mi arma y le dejé un mensaje a mi mujer al fondo de un cajón. Me imaginé que tarde o temprano lo encontraría, pero no esa noche. El día siguiente lo pasé buscando a Sullivan y siguiéndolo hasta que se hizo de noche. Estuve horas observando la sala de exposición y esperando.

Tom dejó su coche a pocas manzanas del concesionario.

Me latía muy fuerte el corazón. Me pareció que iba a explotar o a reventarme el pecho. Empecé a hiperventilar. Entraba aire, pero no lo notaba. Me asfixiaba con mi propio aliento. Se me echaban encima las ideas. ¡Hazlo! Voces que gritaban. Imágenes de mi niña en el bosque. Imágenes de Bob follándose a la chica sobre el coche. Se mezclaba todo, pero no me moví. Oí a mis padres, que hablaban de mí, y a mi mujer: «No lo hará. No es bastante valiente… No todo el mundo puede ser soldado… Todos tenemos que aceptar nuestras limitaciones…»

Sean vio que el cliente se marchaba. Cuando se perdió el coche de vista y se apagó la luz de los faros, Sean salió del suyo, quitó el seguro del arma y empezó a caminar decidido hacia la sala de exposición.

La primera visión la tuve cuando mis pies tocaron el suelo. Era muy clara. La calle. Un viejo con pipa. Tres niños con una pelota, que me miraban fijamente, sin moverse. La calle se ha quedado quieta. No se mueve nadie. No corre nadie. Los vi. Y no solo por lo que me has ido leyendo tú. Vi cosas nuevas, diferentes, de ese día. De esa calle con la puerta roja. Me paré y me lo quité de la cabeza. Me fijé en las luces del concesionario, preparando una emboscada. Vi una manera de entrar. Una puerta entreabierta en un lado. Quizá la hubiera dejado abierta un mecánico. Me concentré en la misión.

Sean estaba teniendo un flash. Las emociones, el arma en la mano, el hecho de centrarse en la misión, la intención de matar... Era lo que no podíamos simular durante nuestras sesiones. Y esos elementos, una vez aparecidos, lo estaban conduciendo de regreso a los recuerdos de ese día, de la última misión.

Mientras Sean seguía caminando, Tom trató de conducir. Arrancó y salió otra vez a la calle. Después de una manzana se volvió a parar.

No puedo describir la rabia que sentí en ese momento. Oyendo cómo me menospreciaban mis padres. Llamándome cobarde porque me quedaba paralizado. ¡Estaba a punto de matar a un hombre! Creo que eso merece un poco de inquietud, de consideración. Les faltaría a mis hijos. No habría fuente de ingresos. Se quedarían sin padre. ¿Y todo para qué? Jenny seguiría siendo una víctima. Eso no cambiaría por matar a su atacante. Seguiría sin tener memoria, ni capacidad de curarse. No las recuperaría por que yo matara a Sullivan. Luego me puse a pensar en la justicia que tanto me había obsesionado. Los testimonios de otras víctimas, y cómo las había ayudado a curarse la justicia. Y que no habría ninguna otra manera de que hubiera justicia para Jenny. Se lo habíamos quitado. Fijé la vista en el salpicadero y me fui serenando.

Sean se acercaba paso a paso a la puerta abierta. Mientras tanto, los recuerdos seguían brotando en forma de pequeños flashes.

Creía que me estaba volviendo loco. No conseguía centrarme en la misión. Tenía que parar constantemente para quitarme de encima los flashes como si fueran mosquitos. Esta vez no fallaría. Levanté un pie, lo moví y lo apoyé otra vez en el suelo. De repente, donde había estado mi pie, apareció Valancia. Di otro paso y me giré, pero no estaba detrás, sino delante. ¡Me había adelantado! Vi la sombra de Sullivan por la ventana. Levanté el otro pie y lo arrastré hacia delante. «¡Mierda, tío!» Fue lo que dije. «No hay manera. ¡No hay manera!» Valancia me había distanciado. En su cara había lágrimas que dejaban surcos en el polvo de la piel. Eran lágrimas de miedo. Qué estragos hacía el miedo en él. ¡Mierda! ¡Lo iba a hacer! «¡No tengo miedo!» ¡Creo que fue lo que dijo! ¡Fue de lo que me acordé al ir a matar a Bob Sullivan! ¡Me acordé!

Junto a Tom, que estaba aparcado en el arcén, pasó un coche a gran velocidad. Más tarde se acordó, aunque en ese momento no le prestó atención.

¿Qué significa ser un hombre? ¿Qué significa ser fuerte? Eran las preguntas que me hacía mentalmente. ¿Era más fuerte por tragarme mi rabia y obedecer las reglas? ¿O era más fuerte por vengar a mi hija? Increíble, ¿verdad? A mis cuarenta y cinco años aún no lo sabía. No tenía ni idea de qué era ser un hombre.

Sean cayó de rodillas. No fue voluntario. Sus emociones se habían puesto al timón.

El muy cretino… Sentí el asfalto en mis rótulas. Dejé el arma a mis pies y me aguanté la cabeza con las manos, cerrando los ojos. Quería que saliera todo, todo de una vez. Valancia se giró y echó a correr hacia la puerta roja como alma que llevaba el diablo. Yo intenté retenerlo por el brazo, pero se me escapó. Los demás seguían sin moverse. Sabían lo que estaba pasando. Sabían lo que había en la puerta. Lo seguí corriendo. «¡Que no

*sirve de nada, novato! ¡Agáchate!» Casi he llegado. Casi estoy
en la puerta. Fue cuando todo se paró.*

Sean lanzó un alarido en la noche. Me he preguntado varias veces si Bob Sullivan oyó su grito, y si llegó a alarmarlo,
pero nunca sabremos la respuesta.

*Abrí los ojos. Recogí el arma y volví corriendo al coche. Me
fui a mi casa, con mi familia. No podía. De la misma manera que
no pude llevar a Valancia hacia su muerte. ¿Se da cuenta, doctor? No lo hice. No era Valancia el que me seguía a una misión
suicida. Era yo el que lo seguía a él. ¡Lo seguía yo a él!*

Tom salió otra vez a la carretera. Había tomado una decisión. Ya no frenó más. Me imagino que se cruzó con Sean.

*Pensé que al menos entraría y le pediría cuentas, obligándo-
lo a que confesara. De eso, como mínimo, era capaz. Era una
solución de compromiso. Fue lo que me dije. Llegué a la sala de
exposición. Estaba encendida la luz del despacho del fondo.
Dejé el bate en el coche. No me fiaba de mí mismo. Quizá sea
tonto. O incapaz de algo así. Quizá no quiera averiguarlo. Abrí
la puerta con llave y entré. Tenía memorizado lo que quería
decir. Entré en la sala mascullando las palabras en voz baja. Fue
cuando lo oí. Era un hombre llorando.*

*Di la vuelta a la esquina como la noche en que estaba Bob
con Lila, pero lo que vi esta vez... Dios mío.*

El coche con el que se había cruzado Tom a toda velroci-
dad era del padre de la chica con quien estaba Bob Sullivan la
noche en que violaron a Jenny Kramer. Lila, la del concesionario. Su padre jugaba al golf con Bob. Fue a quien encontró
llorando Tom en el suelo de la sala de exposición, junto al
cuerpo ensangrentado de Bob Sullivan.

*Tenía una palanca en la mano. Bob estaba encima del capó
del XK plateado, y le salía sangre de la cabeza. «¡Mi niña!»,*

lloraba el hombre. Me acerqué corriendo a Bob, lo puse en el suelo y le busqué el pulso. Lo encontré, aunque débil. Pero la herida en la cabeza... Vi los sesos al descubierto. Me llevé un shock tan grande que no podría describirlo. Era surrealista. Conseguí sacar el móvil y llamar al 911. Les expliqué dónde estábamos y que había un herido. Un muerto.

—¿Por qué se lo dijiste, Tom, si tenía pulso?

No es que me enorgullezca, o quizá sí... Aún no lo sé, pero el caso es que no hice nada para salvar a Bob Sullivan. Lo dejé en el suelo y dejé que se desangrase. Luego me senté al lado del otro hombre, del padre, que no paraba de decir que Bob había violado a su niña. Yo entonces no tenía ni idea de quién era. Aún no se había hecho pública la coartada. Por sus palabras, sin embargo, era como si fuese yo, el otro yo que quería matar a Bob Sullivan. El que quería justicia. Lo tomé en mis brazos y empecé a mecerlo, mientras él lloraba de desesperación. La única manera que tengo de explicarlo es que lloraba mis lágrimas. Y que yo sentía su justicia.

Ya está. Así fue la colisión. No está mal, ¿eh? Pero no es el final de la historia.

34

No tengo remordimientos por mi intervención en la muerte de Bob Sullivan. Se veía venir. Tenía querencia por las mujeres e hijas de los demás. En las cintas salían otras. Al final se hizo todo público, durante el juicio del asesino, el padre angustiado que le reventó la cabeza al pobre Bob con una palanca.

El litigio se saldó con un acuerdo extrajudicial. Nadie tenía interés en destruir Fairview, que es lo que habría pasado. Esto es un pueblo. Ya lo he dicho, pero vale la pena repetirlo. Nadie quería verse obligado a tomar decisiones acerca de su vida conyugal, sus amigos, el profesor de sus hijos en la escuela, su hija o su madre. En este pueblo no hay bastante sitio para una rabia como la que se habría generado. Por eso solo se presentaron como pruebas las fechas y edades de las mujeres. Las cintas acabaron devueltas a Fran Sullivan, que me imagino que las guardará a buen recaudo en su nuevo domicilio de Miami. En Fairview no podía quedarse, claro. Aún tenía que criar a sus muchachos. Los concesionarios fueron puestos a la venta (dos de ellos los compró Tom Kramer), y la familia Sullivan empezó muy lejos una nueva vida.

Al final Charlotte contó a Tom su infidelidad. Se lo dijo el día después de que él dejara morir a Bob.

No podía dejarlo con el sentimiento de culpa. Aún estaba tan fresca la imagen de la herida de Bob, con los sesos fuera, y

*tanta sangre… Y el otro hombre llorando en el suelo… Tom
estaba muy afectado por lo que había estado a punto de hacer y
horrorizado por lo que al final sí hizo. Fui yo quien lo empujé a
meter el bate en su coche e ir a la sala de exposición. Tenía que
resarcirlo.*

Aunque Charlotte no lo dijera, me di cuenta de que el valor de Tom y su capacidad de contener su rabia hacían que lo
viera de otro modo que antes. Ahora lo veía como un hombre
fuerte, capaz de proteger a su familia, no solo de estar siempre
lamentándose por ello, como durante el último año. Pero también tenía sus defectos, ¿no? De acuerdo, lo más probable es
que Bob se hubiera muerto igualmente, pero Tom no hizo
nada para salvarlo. No era perfecto. Gracias a ello, Charlotte
tuvo permiso para prescindir al fin de la Charlotte buena,
como había hecho ya con la mala.

En cuanto a Tom, ver los defectos de Charlotte le permitió
sentirse al fin merecedor de ella, de su familia y de su vida.

No siempre es todo tan fácil, pero es que a la mayoría de
las parejas no las zarandean momentos tan cruciales, de esos
que te cambian la vida. Inercia, estancamiento, rutina… Con
fuerzas tan potentes es difícil cambiar.

A ellos dos los cambió la muerte de Bob Sullivan.

*Me enfadé, por supuesto. Estaba furioso, dolido, destroza-
do. Tenía un agujero en el estómago que se lo tragaba todo.
Tardé días en poder mirarla. Hice que me lo contara en detalle: dónde se veían, con qué frecuencia, cuánto tiempo… Hice
que me explicara el día en que encontró a Jenny. Ella solo se
disculpó una vez. Me habló de su infancia. Lo hizo con mucha
calma, sin suplicar perdón. Solo quería que lo entendiera. Dijo
que tú la habías ayudado a comprenderse: que la vergüenza que
llevaba dentro la había hecho necesitar dos yos, el bueno y el*

malo. Al contarme lo de su padrastro, y la primera vez, lloró. Yo la escuchaba. Cuando acabó de contármelo todo, se levantó y me dejó a solas en la habitación. No volvió a sacar el tema en dos semanas.

Charlotte me dijo que fueron las dos semanas más largas de su vida, incluso más que las de después de la violación de Jenny.

Fue porque no tenía nada más que hacer, ninguna acción: llamadas, recados... Nada. Solo podía quedarme sentada y esperar a que me conociera mi marido, a que me conociera toda, y decidiera si aún me quería. Fue muy difícil, porque después de contárselo me di cuenta de que lo quería más que nunca. O quizá sea mejor decir que me di cuenta de que lo quería de verdad, y punto.

Tom acudió a Charlotte un jueves por la noche. Estaban solos en su dormitorio, con la casa en silencio.

Entré y me la encontré delante de la cómoda, mirándose en el espejo. Vi su reflejo desde donde estaba. Y fue la primera vez que la vi. Que la vi de verdad, quiero decir. No era la mujer con quien creía haberme casado, pero ¡qué guapa era, Dios mío! Perdón... Últimamente lloro mucho. Es que era tan guapa... Una chica vulnerable, y una mujer fuerte: en su cara estaban las dos al mismo tiempo. Y yo lo que quería era abrazarla.

Charlotte guarda un recuerdo muy claro de esa noche. Dudo que lleguen a olvidarla ninguno de los dos.

No me di cuenta de que había entrado hasta que casi lo tuve delante. Me rodeó la cintura con los brazos, y apoyó su cabeza en mi hombro. Me dijo que me quería. Me dijo que le parecía la mujer más guapa que había conocido en su vida, más guapa que nunca ahora que me veía toda. Yo apoyé todo mi peso en él. Noté que se desmoronaba un muro. Ya no se interponía nada entre los dos. Hicimos el amor, y luego dormí toda la noche en sus brazos.

También Sean encontró un nuevo vínculo con su mujer tras la muerte de Bob Sullivan. Vino a verme el día siguiente, el día después de haber estado a punto de matarlo. El día después de tener el flash.

Durante el camino de vuelta conducía como un desesperado. No veía el momento de llegar. Quería contarle a mi mujer que no había matado a Bob Sullivan. Ni tampoco a Valancia. Que había intentado salvarlo. No es solo que me acuerde. Podría haberme acordado perfectamente y haber visto que el que corría hacia esa puerta, empujado por una arrogancia imposible de contener por la razón, era yo. Era como me sentía sobre casi todo en la vida. Vivir ansioso me hacía cometer tantas locuras... Podría haber sido yo. Hasta podría haber querido morirme por fin, después de sufrir tanto. ¿Se da cuenta, doctor? Ahora sé que no estoy del todo jodido. Que no estoy tan jodido como para llevar a un hombre hacia su muerte.

—No, Sean, tan jodido no estás. De hecho, corriste detrás de él e intentaste frenarlo. Y estabas dispuesto a morir por él. Eres un héroe.

Es lo que quería, ser un héroe. Creía que matando a Sullivan salvaría a Jenny. ¿Se imagina que esa noche no me hubiera acordado? ¿Que hubiera matado a un inocente? Estuve a punto.

—Yo no creo que le hubieras pegado un tiro a Bob Sullivan. No eres así.

Puede que no. Sean se quedó sentado, mirando el suelo, y asintió lentamente. *Puede que no, doctor. Supongo que nunca lo sabremos.*

Sean siguió viniendo a mi consulta, para tratarse la ansiedad y acabar de calmar conmigo a los fantasmas. Después de encontrar esos pocos recuerdos del día en Irak, fue tarea fácil y muy satisfactoria. El trauma de la explosión y de la herida acabó encontrando su sitio, y dejó de vagar. Ese año Sean fue a la universidad. Su mujer tuvo una hija. Le pusieron Sara. Siguió siendo muy amigo de Jenny. Siguió siendo el que podía guardarle la bolsa negra de basura.

Hasta aquí los finales felices. No puedo llevarme todo el mérito de lo que hicieron para cambiar sus vidas estas personas tan extraordinarias. Me limitaré a decir que doy gracias por haber podido desempeñar un pequeño papel.

Ahora tengo que contaros cómo acabó todo para Glenn Shelby.

Habían pasado siete días desde la muerte de Bob Sullivan cuando encontraron colgado el cadáver de Glenn en la barra metálica de su apartamento. Empezaba a hacer buen tiempo, y con el calor ya olía.

Al buscar en sus efectos personales, la policía de Cranston encontró el pasamontañas negro, los guantes negros y un cuaderno donde aparecía descrita en detalle la violación de Jenny Kramer.

Glenn había trabajado como jardinero hasta que sus compañeros empezaron a no estar cómodos en su presencia. Os lo he contado antes. Puede que ya no os acordéis. Las últimas dos casas que cuidó estaban en Fairview. Se ocupaba de todo: arrancar las malas hierbas, cuidar el césped, podar los árboles… Y limpiar la piscina.

El inspector Parsons me dio la noticia por teléfono.

Qué locura, ¿verdad? Estaba fatal de la cabeza. Dos condenas por acoso y varias quejas de compañeros de trabajo. Temporadas en la cárcel. Un loco de narices. Se ve que tenía planeado violar a alguien en la fiesta. Seguía a varios adolescentes en Instagram.

Usaba un falso perfil. Pero qué críos más imbéciles. No ven más allá de los «me gusta» y de los «seguidores». Me apuesto lo que quieras a que a la mitad de los que dejan entrar en su mundo ni siquiera los conocen. Encontramos el chat sobre la fiesta en uno de los hashtags. Empezaron a hablar una semana antes. Así le sobró tiempo para prepararlo. Se ve que su objetivo era un chico. Aún estamos intentando averiguar dónde empezó y cuál fue el primero que lo dejó entrar en su círculo. Quizás así sepamos algo más.

Yo ya sabía la respuesta. Había revisado la cuenta de Jason para borrar las fotos de la sudadera azul. No soy usuario de Instagram, pero había un «seguidor» de mi hijo que aparecía todo el rato, poniendo «me gusta» a sus post, intentando entablar conversación e incitando a mi hijo a que también le diera un «me gusta». Me costaría explicar por qué me llamó la atención. Ni en el avatar ni en los post del seguidor salía el rostro de Glenn Shelby, pero el caso es que lo supe. La pantalla supuraba desesperación en todas las páginas, como una sustancia tóxica.

Shelby había empezado a acechar a mi hijo.

Shelby acudió a la fiesta para acechar a mi hijo.

Ahora entenderéis el miedo paralizador que se despertó en mí al averiguar que mi hijo había estado en el bosque.

A Parsons no se lo dije.

—Pues no es poco, no. Quiero pedirte una cosa. Dices que había algo escrito, ¿no? Sobre la violación.

¡Y tanto! Anotaba hasta el último detalle. Coinciden con lo que encontramos, y aún van más allá. Ya te digo que estaba fatal de la cabeza.

—Seguro que te parecerá un poco raro, pero creo que podría usarlo para ayudar a Jenny con su memoria. ¿Crees que podría verlo, o copiarlo?

Madre mía… Sí que es raro, sí. ¿Es lo que quiere ella? ¿Saber todo lo que pensaba y sentía el violador mientras le hacía esas cosas?

—Hablaré con ella y con sus padres, pero no quiero que se formen falsas esperanzas en caso de que no podamos acceder a las notas.

Yo te las puedo conseguir.

—Gracias.

Ah, casi me olvido. ¿Te acuerdas del veterano de Oregón?

Me acordaba, sí.

Pues dice que ha encontrado el informe y que era de una escuela. Un profesor vio sangre en la camisa del niño, lo mandó a la enfermería y la enfermera informó del corte. Dijo que no parecía un accidente, que era demasiado limpio, como si lo hubiera hecho alguien a propósito.

—Bueno, parece que eso ya no tiene importancia, ¿no? En esa época Glenn Shelby sería un niño.

Sí, le he dicho que ya no necesitamos el informe. Menos mal. Qué bien que se haya acabado todo. Creo que me tomaré unas vacaciones.

—Te las mereces.

Lo dije por decir.

Tú también, Alan. Has sido un regalo del cielo para los Kramer. Sé que te están muy agradecidos.

—Bueno, he estado encantado de ayudarlos. Lo único que espero es poder acabar con mi trabajo.

35

Esta es la definición de empatía: «capacidad de identificarse con alguien y compartir sus sentimientos».

Mujeres que comen juntas y hablan durante horas. Hombres que cada domingo por la mañana recorren juntos el campo de golf. Adolescentes pegadas a sus móviles. Es el momento en que contamos nuestra historia, muy minuciosamente, a veces, y observamos la expresión de los demás al escucharnos. Obtenemos de ellos compasión, alegría y comprensión. Lo hacemos para no estar solos mientras nos acercamos lentamente a nuestra muerte. La empatía se encuentra en el meollo de nuestra humanidad. Sin ella, la vida es dolor.

Aquí están los últimos hilos de azúcar.

El inspector Parsons me entregó los escritos de Glenn Shelby. Los Kramer hablaron de mi plan y estuvieron de acuerdo en que valía la pena. Por eso una tarde de principios de verano, transcurrido un año exacto desde la violación, acudió a mi consulta Jenny Kramer para averiguar por fin, de un modo u otro, qué había sucedido exactamente en el bosque colindante con Juniper Road.

Se puso la misma ropa que entonces, las copias con las que habíamos estado trabajando en la consulta. Se puso el mismo perfume y el mismo maquillaje. El pelo lo llevaba suelto, salvo una pequeña trenza en el lado derecho.

Jenny se había tomado extremadamente bien lo sucedido en las dos últimas semanas. Dijo que la tranquilizaba que no fuera Bob Sullivan el culpable, sino un hombre con una grave enfermedad mental. Yo se lo facilité con una descripción muy generosa del trastorno de Glenn. Sabía que si lo hubiera conocido y hubiera visto con qué normalidad se presentaba ante el mundo, no habría sentido lo mismo. Dijo que, teniendo en cuenta el estado de Glenn, le parecía más bien un accidente, como haberse cruzado en el camino de un animal salvaje en medio de la selva, o de un tiburón. O de esa ola tan imponente. No se trataba de que pudiera perdonar a Glenn Shelby por haberla violado. Se trataba de su capacidad de comprender y situar lo ocurrido en un contexto en que la vida se pudiera vivir. Hay cosas que no son así, cosas tan incomprensibles que nos arrebatan el suelo que pisamos, nos dejan sin nuestro cimiento y vamos por la vida a trompicones, temerosos de caer a cada paso. Así habría sido en el caso de Bob Sullivan, el hombre que le sonreía cuando iba a ver a su padre al trabajo y que podía tener a todas las mujeres que quisiera. La idea de que hubiera sido capaz de hacerle esas cosas habría dejado a Jenny sin razón, sin poder volver a fiarse de nadie.

—¿Por dónde quieres empezar? —le pregunté.

Estaba nerviosa y creo que un poco cohibida.

No lo sé. ¿Qué es mejor, que me tumbe en el suelo o que me quede aquí sentada, con los ojos cerrados?

—¿Qué te parece si te quedas como estás y cierras los ojos? A ver si así es bastante.

Dejé que oliera el disco de lejía. Puse la música. Tenía una bolsa hermética con restos del bosque. También la abrí. Jenny aspiró a fondo y exhaló despacio. Después cerró los ojos. Saqué los escritos que me había dado el inspector Parsons y empecé a leer las palabras de Glenn Shelby.

Aparqué a varias manzanas y fui caminando hasta Juniper Road. Desde el bosque lo veía todo. Estaban encendidas todas las luces de la casa, llena de chavales que bebían y se reían. Algunos entraban en los dormitorios para estar a solas. En la puerta trasera quedaban con el vendedor de droga. Vi dentro al chico y supe que era cuestión de tiempo. Vi su coche aparcado en la entrada. El bosque quedaba cerca. Supe que sería donde lo pillaría.

Levanté la vista de las hojas para mirar a Jenny. Estaba concentrada. Aún no se advertía ninguna emoción.

El chico se fue, pero no a su coche. Siguió por el camino de entrada hasta Juniper Road. Lo perdí de vista y me enfadé. Luego apareció la chica. Oí el ruido de ramas que hacía al correr. Oí que lloraba. Me estaba distrayendo. Qué triste estaba.

Oí que Jenny respiraba cada vez más deprisa. Quise saber qué pasaba, pero fuera lo que fuese preferí no interrumpirlo. Sabía que las palabras la hacían retroceder en el tiempo. Lo notaba.

Me acerqué. Ella se asustó. Entonces me di cuenta de que llevaba el pasamontañas. Cuando me acerco a alguien, normalmente sonríe. A la gente le caigo bien. Levanté la mano para quitármelo, pero luego me acordé de que no podía. «No te asustes, que no vengo a hacerte daño. Esperaba a otra persona.» Ella empezó a retroceder con los ojos muy abiertos, como si viera a un monstruo. «¡Te he dicho que no te asustes! Pero, chica, ¿por qué me miras así? ¿No ves que intento ser amable? ¡Niña! ¡No te apartes, que no soy un monstruo! ¡Chica! ¡Chica!»

En ese momento oí un murmullo, casi imperceptible, y miré a Jenny. Se le había llenado la cara de lágrimas. Susurraba la palabra con la boca seca. Chica. Chica.

Vi otra vez al chico a través del bosque. Se metió en la fiesta. Había pasado la oportunidad. Como la chica me había visto, no podía quedarme. Tampoco pensaba irme sin hacer lo que venía a hacer. La chica se lo contaría a alguien, y entonces ya no habría más fiestas ni oportunidades. No fue fácil, pero tengo la ventaja de que me lleva un médico muy bueno y sé lo que hay que hacer para no obsesionarse. Sé ser flexible. Además, me estaba enfadando con la chica. Yo quería ayudarla y ella me trataba con crueldad. Sé lo que se siente. La chica no tenía derecho a hacer que me cayera bien y luego rechazarme. Ya me lo han hecho, y no consentiré que se repita. Le di una bofetada muy fuerte y vi que se caía al suelo. Entonces me puse encima de ella y empecé a hacer lo que tenía planeado hacerle al chaval. No me hizo falta usar ninguna droga. Al ser ella tan débil, y yo tan fuerte... No me hizo falta dejarla tiesa para acabar con mi trabajo. Le metí la mano por debajo de la blusa. Tenía la piel muy suave. Hacía tiempo que no tocaba una piel.

Chica... Chica... Para de gritar... Chica... Me gusta tu piel. Me gusta mucho tu piel.

Ahora lo decía Jenny, las mismas palabras escritas en la hoja, que yo aún no había leído. ¡Mi corazón estaba a punto de estallar! Jenny había vuelto a ese momento, a esa noche. ¡Había encontrado el camino de vuelta!

Le quité la ropa. Me puse el condón. Fue muy fácil. Era muy menuda. Podía sujetarle con una sola mano. Le hice el amor. Ella lloraba, aunque yo se lo hacía con mucha suavidad. Luego me acordé de que el plan no era hacerlo suavemente. Había venido a seguir una historia. Y con suavidad no sería como tenía que ser la historia. «Lo siento, chica.» Dejé de hacerle el amor y me la empecé a follar con todas mis fuerzas. Intentaba imaginarme al chico. Eso me lo facilitó. Saqué el palo de mi bolsa. No

se me olvidaba ni una sola palabra de la historia. Empecé a ras-
carla. Me acordé de dónde tenía que hacérselo.

Interrumpí la lectura. Ya sabía lo que había en las páginas.
Era mi historia. Cerré los ojos y me acordé. Cómo duele
cuando me desgarra.

Es la historia que le conté a Glenn Shelby, la frontera que
crucé. Me da en la cara el fuerte sol de Oregón. Veo muy cerca mi casa. Él se ríe al oír que lloro.

Es la historia de la que se acordó que saboreó y que acabó
infligiendo a esta joven tan guapa. Se ríe de mí y me llama puta.

Me enjugué las lágrimas. Luego abrí los ojos y seguí leyendo el texto de Glenn.

Quité un poco de piel del palo y lo froté entre mis dedos.
Era viscoso. Empezó a deshacerse en bolitas de carne y a caerse
al suelo. Rasqué más.

Jenny abrió la boca, y en alas de sus palabras salieron los
recuerdos.

Creo que al principio me hace cosquillas. Me sujeta muy
fuerte con el antebrazo en el cuello. Yo pienso que quizá pare
y esté un rato haciendo solo eso, las cosquillas. Quizá se haya
acabado. Pero luego las cosquillas empiezan a arder cada vez
más, y me doy cuenta de que me está cortando la piel.

Sí, Jenny. ¡Sí! Y empieza a correr sangre por mi espalda.
La siento caliente y pegajosa. Él me dice que está dejando su
marca. Me dice que se comerá mi cuerpo, este trozo pequeño
de mi cuerpo, como si fuera un caníbal.

Jenny siguió como si oyera mis pensamientos y fuéramos
una sola persona. En ese momento lo éramos. Compartíamos
la misma historia. Mi remordimiento era profundo, pero le
cerré las puertas.

Jenny siguió contando nuestra historia.

Siento el nervio. Ha llegado a un nervio. Vuelvo a gritar. Él para, y luego…

En ese momento retomé yo la historia y seguí leyendo.

«Lo siento, chica.» Tengo que seguir la historia. Paré de cortar y me la follé un rato más. Ella volvió a gritar. Yo no disfrutaba. No era una historia fácil de seguir. No era el chico, y no me estaba gustando tener que hacerlo tanto tiempo. Empecé a preguntarme si el recuerdo de la historia estaba mal. Es mucho tiempo, una hora. Se me estaban cansando los brazos. ¡Y cuántos gritos! «¡Chica! ¡Para de gritar!» Tuve que parar muchas veces, para que se calmara y no hiciera ruido.

Jenny se suma. Somos como una orquesta, dos instrumentos que interpretan la misma canción.

Chica… para de gritar. Chica… ¡Dios mío!

Pienso para mis adentros. Ya lo sé, Jenny. Es insoportable el dolor mientras me embiste. Solo tengo doce años. Mi cuerpo es pequeño. Él tiene diecisiete. Es un hombre. Me ha traído para buscar serpientes. Me ha dicho que podría cazar una. *¿Lo ves?*, me dice. *Has cazado una serpiente.* Y yo lloraba. No hacía más que llorar. No duró una hora. Glenn me preguntó cuánto duró y yo le dije que me pareció una hora. No dije que tardáramos una hora de verdad en ver que el coche de mi madre aparcaba en la entrada de la casa. En ese momento él se retiró y me dejó sangrando.

Leí otro pasaje.

Descansé un buen rato y miré mi reloj. Dejé que recuperara el aliento.

Jenny pronunció más palabras, más recuerdos. Le salían en voz baja, casi en un susurro.

Casi se ha acabado. Solo faltan diecisiete minutos y ocho segundos.

Jenny abrió los ojos y se encontró con los míos a pocos centímetros. Llorábamos los dos, ya con todos nuestros recuerdos delante.

Me acuerdo de lo que pasó, dijo ella. *Me acuerdo de él.*

—Ya lo sé. Te lo veo en los ojos. ¡Lo veo!

Era verdad. Lo veía todo. Me veía a mí mismo. Ya no estaba solo.

36

Mis padres no quisieron denunciar la violación. No me llevaron al médico hasta que los obligó la enfermera del colegio, y
solo para que me cosieran el tajo. Tenían miedo de que las
autoridades del estado les quitaran a sus hijos adoptivos, incluido al que me llevó al bosque de detrás de nuestra casa. Mi
madre dijo que podíamos resolverlo por nuestra cuenta, que
era un chico con una historia muy triste y que necesitaba
nuestra ayuda. Su conducta —fue la palabra que usó— era
resultado de una vida difícil. No había que juzgarlo con excesiva dureza. La enfermera del colegio vio sangre en mi camisa.
Yo le dije que me había caído. Informaron, pero no fue más
allá. El dolor de este secreto, de no habérselo contado a nadie,
era brutal.

Recuerdo el día en que le conté mi historia a Glenn Shelby.
Fue durante una sesión en la cárcel de Somers. Él me estaba explicando que había seguido a un chico, que se había
quedado cerca de la casa para observarlo desde el bosque y
había pensado en tocarlo. Yo empecé a decirle que esos impulsos eran malos, que podían hacer daño a la gente. Él me
preguntó cómo podía ser, si daba tanto gusto imaginárselo.
Me explicó ejemplos de los presos. Me explicó lo que se hacían entre ellos y lo que le habían hecho a él. Había estado con
cientos de personas, hombres, mujeres, chicos adolescentes.

La mayoría ejercían la prostitución, algunos en profundo estado de ebriedad. Algunos se habían dejado atraer por el encanto de Glenn, y era tal su ansia de amor que no habían sabido ver lo que tenía de psicótico el apego que sentía por ellos.

Yo había tratado de explicarle que los menores tenían que ser tabú, incluso los que se dedicaban a la prostitución. Como no quería que le tomara gusto a la juventud, empecé a contarle la historia. La del niño al que se llevaron engañado al bosque. La del miedo y el dolor. Él me pidió detalles. Me preguntó por qué le hizo daño al niño. Yo le expuse mi historia en gran detalle. Nunca se la había contado a nadie, en toda mi vida. Tenía frente a mí a un consumidor de mi cuento de miedo con los ojos muy abiertos, y no me pude resistir al impulso de pronunciar las palabras en voz alta, después de tanto tiempo. Glenn tenía una habilidad enorme para extraer secretos de sus cajas fuertes. Y yo había estado mostrando una debilidad patética. Le hablé del dolor físico. Le expliqué que por culpa de él el niño perdió su voluntad. También le hablé del tajo. Y le dije que el niño era yo.

Al encontrarse con Jenny en el bosque, Glenn siguió la historia como un mapa de carreteras. El resto —cómo protegerse, cómo afeitarse, el condón— lo aprendió de otros presos y de las interminables anécdotas que divulgaban. Yo intenté no pensar demasiado en que se hubiera acercado a la casa con la intención de violar nada menos que a mi hijo, en que hubiera ido a castigarme, o quizás a hacerme un regalo, el vínculo de la empatía con la chica a quien se encontró en el bosque. Con Jenny. En que pensó que aquel regalo me haría regresar junto a él. Regalo en vez de castigo. Fue lo que me dijo ese día, en su piso: que había sido flexible.

Al principio del relato he sido sincero. Cuando empecé a tratar a Jenny, mi deseo de devolverle la memoria se fundaba en conceptos de justicia y en mi fe en que podría curarla. Todo cambió en cuanto leí lo del tajo en el informe policial. Ya he descrito cómo entra en el cerebro la información chocante y los estragos que hace. Lo mucho que se tarda en ajustarse a la nueva realidad. Fue lo que me pasó al leer esas palabras. Una vez que mi cerebro se adaptó a los hechos, la verdad fue innegable. No podía ser ninguna coincidencia. Supe con toda certeza que a Jenny Kramer la había violado Glenn Shelby. Y supe que yo era la causa de que lo hubiera hecho, por la historia que había compartido con él.

Entonces, ¿por qué no acudí de inmediato al inspector Parsons? ¿Por qué no le di a Tom la tan anhelada venganza? ¿Por qué le negué la justicia a mi nueva paciente? ¿Cómo puedo explicároslo, si aún no lo veis? Había estado tanto tiempo solo... Es verdad que algunos de mis pacientes han sufrido agresiones, violaciones, pero hasta entonces ninguno había sido tan joven. A ninguno de mis pacientes lo habían marcado como a un animal. Nadie más en este planeta podía comprenderlo. Iba solo por el mundo. Hasta Jenny Kramer. La súbita necesidad de hacer que recordase tuvo más poder que mi conciencia. Y si les hubiera contado la verdad, me la habrían quitado.

Cuando pensé que podía necesitar otro plan para salvar a mi hijo, fui a ver a Glenn a su apartamento. También para asegurarme de que nunca volviera a acercarse a mi familia. Había más de una manera de lograrlo.

Solo al mirarle el teléfono a mi hijo me di cuenta de que Glenn fue a la fiesta para hacer daño a Jason y de que lo había estado persiguiendo en las redes sociales. Hasta ese momento, ingenuo de mí, pensé que solo había ido a donde hubiera chicos jóvenes en busca de una víctima cualquiera. Hasta se me pasó por la cabeza que el objetivo fuera Teddy Duncan, el niño de doce años de la casa de al lado. Glenn sabía que en el momento de la agresión yo tenía doce años.

Con los pacientes con trastorno límite de la personalidad soy mejor médico ahora que cuando conocí a Glenn. Ahora entiendo a fondo la enfermedad y hasta dónde llega la obsesión de estas personas por un individuo. También lo lejos que están dispuestos a llegar para incidir en nuestras vidas. Antes de dejar solo a Glenn en su apartamento, le dije cosas venenosas. Y lo que lo mató fue el veneno.

—Fallaste, Glenn. No le hiciste daño a mi hijo, y el regalo que crees haberme hecho no me satisfizo. Jenny es una chica. Yo era un niño. Tenía quince, y yo doce. No volveré a verte. A partir de hoy no te veré nunca más. Eso, hagas lo que hagas, no puedes cambiarlo. Hagas lo que hagas nunca serás importante para mí.

A Glenn le había contado otra historia. Era sobre una paciente del Hospital Presbiteriano de New York, a quien no llevaba yo. Fue en la época de mi residencia, en la que más que tratar observaba. Una de las pacientes a las que observaba se suicidó. Recuerdo que estaba preocupado por ella, pero que a su médico no se lo comenté. No quería equivocarme y quedar mal. Desgarró su bata a tiras, las ató y se ahorcó de la bisagra de la puerta del lavabo. A Glenn le conté que nunca se me había olvidado, aunque no fuera paciente mía. Le dije que llevaría ese peso en la conciencia hasta mi muerte.

Glenn Shelby era un hombre peligroso. Un monstruo. Mi monstruo. Sé que ayudé a crearlo con mi indulgencia y mi descuido. Y supongo que luego lo maté.

A Glenn Shelby no pude curarlo. Tal vez pueda Dios.

Soy culpable. Si me tenéis que odiar, odiadme. He tratado de mostraros las circunstancias atenuantes. Charlotte, Tom, Sean. A ellos les devolví sus vidas, cosa que no habría sido posible sin la colisión. Sin haberle contado mi historia a un paciente inestable. Sin haber estado Jenny cerca de él en el bosque. Si yo hubiera confesado en cuanto supe la verdad. Odiadme. Despreciadme. Pero que sepáis que lo he pesado todo en la balanza, y que concilio el sueño cada noche. Y que cada mañana, al despertarme, me miro en el espejo sin ningún problema, ninguno en absoluto.

A los Kramer ya no los recibo en mi consulta. Después de un verano productivo, Jenny pudo volver al instituto. Como en el caso de Sean, los recuerdos que halló ocultos en su interior la ayudaron a calmar a los fantasmas y empezó a responder a un tratamiento más tradicional para su trauma. En otoño ya estaba en condiciones de reanudar su vida.

Siempre me alegra y me duele que se cure un paciente. Los echo de menos.

A los Kramer los veo por el pueblo. Nos llevamos muy bien. Tom y Charlotte parecen contentos. Jenny también, contenta y normal. Veo que se ríe con sus amigos.

A veces, cuando estoy con mi mujer, cuando me abraza la cintura, me toca la cicatriz de la espalda. Y en esos momentos, a veces, veo a Jenny, y sé que ya no estoy solo. Ha desaparecido el dolor. Me he curado a mí mismo.

Ahora viene mucha gente a mi consulta. Me he convertido en una especie de experto en recuperación de la memoria, y a veces acuden pacientes de todo el país. Me estoy planteando abrir una clínica. El tratamiento antitrauma sigue usándose. He escrito artículos y he intervenido en congresos. He emprendido una especie de cruzada contra su uso y me he esforzado al máximo por restringir su empleo. Comprendo su atractivo. Parece tan fácil, ¿verdad? Borrar el pasado, sin más. Pero ahora estáis más informados.

Cuando viene un nuevo paciente, seguro de estar condenado a no desprenderse jamás de sus fantasmas, a no encontrar jamás las llaves del coche, siempre le digo lo mismo. Y al paciente le consuela. Le consuela saber que no todo está olvidado.

Nota de la autora

En la actualidad no existe en su forma completa el tratamiento farmacológico de esta novela, pero las modificaciones del recuerdo factual y emocional de un hecho traumático ocupan un lugar protagonista dentro de las investigaciones y la tecnología en ciernes de la ciencia de la memoria. Usando los fármacos y las terapias descritas en el libro, los investigadores ya han logrado modificar recuerdos factuales y mitigar su impacto emocional. Sigue en marcha la búsqueda de un fármaco que se centre en esos recuerdos y los borre por completo. La intención original de las terapias farmacológicas de alteración de la memoria era tratar a los soldados sobre el terreno y atenuar los efectos del TEPT, pero ya ha empezado a usarse en el mundo civil, y es muy probable que genere gran polémica.

Agradecimientos

Haría falta otra novela para contar el periplo que dio pie a la redacción y la publicación de *No todo está olvidado*. La escritura propiamente dicha me ocupó unas diez semanas, pero también diecisiete años, cuatro novelas más, dos guiones, una carrera en el mundo de la abogacía, tres hijos y angustia como para llenar durante varios años la agenda del doctor Forrester. Es difícil, a veces, escribir, y aún es más difícil saber qué escribir. Me siento afortunada por haber hallado el camino para contar esta historia, y lo acepto con humildad y gratitud.

A ese efecto, empiezo los agradecimientos por mi agente, Wendy Sherman, por haber sabido qué tenía que escribir, y por su paciencia cuando empecé a medirme con un nuevo género. Su capacidad de leer a un escritor y conocer el mercado es espectacular. También estoy en deuda con mi editora, Jennifer Enderlin, por su inquebrantable entusiasmo, y con Lisa Senz, Dori Weintraub y todo el equipo de St. Martin's Press, por el excepcional empeño que han puesto en publicar este libro con una precisión no exenta de auténtica pasión por el proyecto. Ha sido para mí una grandísima alegría colaborar con tantos profesionales de talento. Pasando a la Costa Oeste, vaya mi gratitud a mi agente de derechos cinematográficos, Michelle Weiner, de CAA, por saber que estaríamos en tan buenas manos con Reese Witherspoon y Bruna Papandrea, de

Pacific Standard Films, y con Warner Brothers. Y por vender los derechos del libro a algunas de las mejores editoriales del planeta, dicho sea en sentido literal, gracias a mi agente de derechos para el extranjero, Jenny Meyer.

Si bien asumo plena responsabilidad por cualquier libertad que me haya tomado en mi descripción de la ciencia y la psicología de la memoria, estoy en deuda con la doctora Felicia Rozek por sus penentrantes aportaciones a la dinámica psicológica de los personajes y la trama, y con el doctor Efrat Ginot, autor de *The Neuropsychology of the Unconscious: Integrating Brain and Mind in Psychotherapy*, por instruirme sobre los aspectos científicos de la pérdida, recuperación y reconsolidación de la memoria.

A nivel personal, debo un millón de gracias a los compañeros de escritura que, aun teniendo el valor de quedarse mirando cada día hojas en blanco, fueron capaces de leer mi novela, aliviar mis dudas y echarme una mano: Jane Green, Beatriz Williams, Jamie Beck, John Lavitt y Mari Passananti; también a mis lectores y «probadores de argumento» de confianza, que han sabido aunar la sinceridad con los ánimos: Valerie Rosenberg, Joan Gray, Diane Powis y Cynthia Badan; a mis queridos amigos, que me apoyan incondicionalmente; a mi paciente pareja, Hugh Hall; y a mi valerosa, compleja y hermosa familia, que cree en trabajar mucho y soñar a lo grande.

ECOSISTEMA DIGITAL

NUESTRO PUNTO DE ENCUENTRO

www.edicionesurano.com

2 AMABOOK
Disfruta de tu rincón de lectura
y accede a todas nuestras **novedades**
en modo compra.
www.amabook.com

3 SUSCRIBOOKS
El límite lo pones tú,
lectura sin freno,
en modo suscripción.
www.suscribooks.com

DISFRUTA DE 1 MES
DE LECTURA GRATIS

1 REDES SOCIALES:
Amplio abanico
de redes para que
participes activamente.

4 APPS Y DESCARGAS
Apps que te
permitirán leer e
**interactuar con
otros lectores**.